rororo

rororo

«Man lacht viel, wenn man ‹Tschick› liest, aber ebenso oft ist man gerührt, gelegentlich zu Tränen. ‹Tschick› ist ein Buch, das einen Erwachsenen rundum glücklich macht und das man den Altersgenossen seiner Helden jederzeit schenken kann.» *Gustav Seibt, Süddeutsche Zeitung*

«Auch in fünfzig Jahren wird dies noch ein Roman sein, den wir lesen wollen. Aber besser, man fängt gleich damit an.»
Felicitas von Lovenberg, Frankfurter Allgemeine Zeitung

«Am Schluss, nach 253 Seiten, bleibt man ganz still sitzen, weil man fürchtet, der Zauber, der der Geschichte innewohnt, könne allzu schnell verfliegen. [...] ‹Tschick› ist ein Buch, das Eltern ihren Kindern und Kinder ihren Eltern schenken sollten. Es wird funktionieren. Egal, ob man 14, 34, 64 ist. Oder 94. [...] In meinem Bücherregal gibt es ein Fach für zeitlose Bücher. Zeitlos sind all jene mit reichlich Eselsohren. ‹Tschick› gehört ab sofort dazu.»
Christine Westermann, WDR 2

«Tschick» ist ein Abenteuer- und auch ein Bildungsroman, mit dem Herrndorf die Modernisierung seiner Kindheitslektüren perfekt gelungen ist. Das feine Gespür des Autors für jugendrelevante Themen, komische Dialoge, der jugendlich-authentische Erzählton und der bis zum filmreifen Finale konsequent durchgehaltene Spannungsbogen machen den Roman herausragend.
Aus der Begründung der Jury des Deutschen Jugendliteraturpreises

Wolfgang Herrndorf

tschick

Roman

Rowohlt Taschenbuch Verlag

meinen Freunden

6. Auflage September 2013

Veröffentlicht im Rowohlt Taschenbuch Verlag,
Reinbek bei Hamburg, Oktober 2012

Umschlaggestaltung any.way, Barbara Hanke / Cordula Schmidt,
(Abbildung: Julien Voisin / Picturetank / Agentur Focus)
Foto des Autors: © Steffi Roßdeutscher
Satz Dolly PostScript (InDesign)
bei hanseatenSatz-bremen, Bremen
Druck und Bindung Druckerei C. H. Beck, Nördlingen
Printed in Germany
ISBN 978 3 499 21651 0

Dawn Wiener: I was fighting back.
Mrs. Wiener: Who ever told you to fight back?
Todd Solondz, Welcome to the Dollhouse

1

Als Erstes ist da der Geruch von Blut und Kaffee. Die Kaffeemaschine steht drüben auf dem Tisch, und das Blut ist in meinen Schuhen. Um ehrlich zu sein, es ist nicht nur Blut. Als der Ältere «vierzehn» gesagt hat, hab ich mir in die Hose gepisst. Ich hab die ganze Zeit schräg auf dem Hocker gehangen und mich nicht gerührt. Mir war schwindlig. Ich hab versucht auszusehen, wie ich gedacht hab, dass Tschick wahrscheinlich aussieht, wenn einer «vierzehn» zu ihm sagt, und dann hab ich mir vor Angst in die Hose gepisst. Maik Klingenberg, der Held. Dabei weiß ich gar nicht, warum jetzt die Aufregung. War doch die ganze Zeit klar, dass es so endet. Tschick hat sich mit Sicherheit nicht in die Hose gepisst.

Wo ist Tschick überhaupt? Auf der Autobahn hab ich ihn noch gesehen, wie er auf einem Bein ins Gebüsch gehüpft ist, aber ich schätze mal, sie haben ihn auch gekriegt. Mit einem Bein kommt man nicht weit. Fragen kann ich die Polizisten natürlich nicht. Weil, wenn sie ihn nicht gesehen haben, ist es logisch besser, gar nicht damit anzufangen. Vielleicht haben sie ihn ja nicht gesehen. Und von mir erfahren sie's mit Sicherheit nicht. Da können sie mich foltern. Obwohl die deutsche Polizei, glaube ich, niemanden foltern darf. Das dürfen die nur im Fernsehen und in der Türkei.

Aber vollgeschifft und blutig auf der Station der Autobahnpolizei sitzen und Fragen nach den Eltern beantworten ist auch nicht gerade der ganz große Bringer. Vielleicht wäre

Foltern sogar ganz angenehm, dann hätte ich wenigstens einen Grund für meine Aufregung.

Das Beste ist Klappe halten, hat Tschick gesagt. Und das seh ich genauso. Jetzt, wo eh alles egal ist. Und mir ist alles egal. Na ja, fast alles. Tatjana Cosic zum Beispiel ist mir natürlich nicht egal. Obwohl ich jetzt schon ziemlich lange nicht mehr an sie gedacht habe. Aber wo ich auf diesem Hocker hier sitze und draußen die Autobahn vorbeirauscht und der ältere Polizist steht seit fünf Minuten an der Kaffeemaschine dahinten und füllt Wasser ein und kippt es wieder aus, drückt auf den Schalter und schaut das Gerät von unten an, während jeder Depp sehen kann, dass der Stecker vom Verlängerungskabel nicht drin ist, da muss ich wieder an Tatjana denken. Denn genau genommen wäre ich nicht hier, wenn es Tatjana nicht gäbe. Obwohl sie mit der ganzen Sache nichts zu tun hat. Ist das unklar, was ich da rede? Ja, tut mir leid. Ich versuch's später nochmal. Tatjana kommt in der ganzen Geschichte überhaupt nicht vor. Das schönste Mädchen der Welt kommt nicht vor. Auf der ganzen Reise hab ich mir immer vorgestellt, dass sie uns sehen kann. Wie wir oben aus dem Kornfeld rausgucken. Wie wir mit dem Bündel Schläuche auf dem Müllberg stehen wie die letzten Trottel ... Ich hab mir immer vorgestellt, Tatjana steht hinter uns und sieht, was wir sehen, und freut sich, wie wir uns freuen. Aber jetzt bin ich froh, dass ich mir das nur vorgestellt hab.

Der Polizist zieht ein grünes Papierhandtuch aus einem Handtuchspender und gibt es mir. Was soll ich damit? Den Boden aufwischen? Er fasst mit zwei Fingern an seine Nase und sieht mich an. Ach so. Nase schnäuzen. Ich schnäuze mir die Nase, er lächelt freundlich. Das mit der Folter kann ich mir wohl abschminken. Aber wohin jetzt mit dem Taschentuch? Ich schaue suchend auf dem Boden herum. Die ganze

Station ist mit grauem Linoleum ausgelegt, genau das gleiche wie in den Gängen zu unserer Turnhalle. Es riecht auch ein bisschen so. Pisse, Schweiß und Linoleum. Ich sehe Wolkow, unseren Sportlehrer, im Trainingsanzug durch die Gänge federn, siebzig Jahre, durchtrainiert: Auf geht's, Jungs! Hopp, hopp! Das Geräusch seiner schmatzenden Schritte auf dem Boden, fernes Gekicher aus der Mädchenumkleide und Wolkows Blick dorthin. Ich sehe die hohen Fenster, die Bänke, die Ringe an der Decke, an denen nie geturnt wurde. Ich sehe Natalie und Lena und Kimberley durch den Seiteneingang der Halle kommen. Und Tatjana in ihrem grünen Trainingsanzug. Ich sehe ihr verschwommenes Spiegelbild auf dem Hallenboden, die Glitzerhosen, die die Mädchen jetzt immer tragen, die Oberteile. Und dass neuerdings die Hälfte von ihnen in dicken Wollpullovern turnt, und mindestens drei haben immer ein Attest vom Arzt. Hagecius-Gymnasium Berlin, achte Klasse.

«Ich dachte, fünfzehn?», sage ich, und der Polizist schüttelt den Kopf.

«Nee, vierzehn. Vierzehn. Was ist mit dem Kaffee, Horst?»

«Kaffee ist kaputt», sagt Horst.

Ich möchte meinen Anwalt sprechen.

Das wäre der Satz, den ich jetzt wahrscheinlich sagen müsste. Das ist der richtige Satz in der richtigen Situation, wie jeder aus dem Fernsehen weiß. Aber das sagt sich so leicht: Ich möchte meinen Anwalt sprechen. Würden die sich wahrscheinlich totlachen. Das Problem ist: Ich habe keine Ahnung, was dieser Satz bedeutet. Wenn ich sage, ich möchte meinen Anwalt sprechen, und sie fragen: «*Wen* möchtest du sprechen? *Deinen Anwalt?*» – was soll ich dann antworten? Ich hab in meinem Leben noch keinen Anwalt gesehen, und ich weiß auch nicht, wozu ich einen brauche. Ich weiß nicht mal, ob Rechtsanwalt dasselbe ist wie Anwalt. Oder Staatsanwalt. So was Ähnliches wie ein Richter, nehme ich an, nur dass er auf meiner Seite steht und mehr Ahnung von Gesetzen hat als ich. Aber mehr Ahnung von Gesetzen als ich hat hier praktisch jeder, der im Raum ist. Jeder Polizist vor allem. Und die könnte ich natürlich fragen. Aber ich wette, wenn ich den Jüngeren frage, ob ich jetzt so eine Art Anwalt brauchen könnte, dann dreht der sich zu seinem Kollegen um und ruft: «Hey, Horst! Horschti! Komm mal her! Unser Held hier will wissen, ob er einen Anwalt braucht! Guck dir das an. Blutet den ganzen Boden voll, pisst sich in die Hosen wie ein Weltmeister und – will *seinen Anwalt* sprechen!» Hahaha. Da lachen die sich natürlich kaputt. Und ich finde, es geht mir schlecht genug, ich muss mich nicht auch noch zum Obst machen. Was passiert ist, ist passiert. Mehr kommt jetzt nicht. Da kann auch der Anwalt nichts mehr ändern. Weil, *dass* wir Mist gebaut haben, könnte nur ein Geisteskranker abzustreiten versuchen. Was soll ich sagen? Dass ich die ganze Woche zu Hause am Pool gelegen hab, fragen Sie die Putzfrau? Dass die Schweinehälften wie Regen vom Himmel gefallen sind? Viel kann ich jetzt wirklich nicht mehr tun. Ich könnte noch gen Mekka beten und mir in die Hosen kacken, sonst sind nicht mehr viele Optionen offen.

Der Jüngere, der eigentlich ganz nett aussieht, schüttelt den Kopf und wiederholt: «Fünfzehn ist Quatsch. Vierzehn. Mit vierzehn bist du strafmündig.»

Wahrscheinlich sollte ich jetzt Schuldgefühle haben und Reue und alles, aber, ehrlich gesagt, ich fühle überhaupt nichts. Mir ist einfach nur wahnsinnig schwindlig. Ich kratze mich unten an meiner Wade. Nur da, wo früher meine Wade war, ist jetzt nichts mehr. Ein violetter Streifen Schleim bleibt an meiner Hand kleben. Das ist nicht *mein* Blut, hatte ich vorhin gesagt, als sie mich gefragt hatten. Lag ja genug anderer Schleim auf der Straße, um den man sich kümmern konnte, und ich dachte wirklich, dass das nicht mein Blut ist. Aber wenn das nicht mein Blut ist, wo ist denn jetzt meine Wade, frage ich mich?

Ich ziehe das Hosenbein hoch und gucke drunter. Dann habe ich noch genau eine Sekunde, um mich zu wundern. Wenn ich das im Film sehen müsste, würde mir mit Sicherheit übel, denke ich, und tatsächlich wird mir jetzt übel, auf dieser Station der Autobahnpolizei, was ja auch irgendwie beruhigend ist. Für einen kurzen Moment sehe ich noch mein Spiegelbild auf dem Linoleum auf mich zukommen, und dann knallt es, und ich bin weg.

2

Der Arzt macht den Mund auf und zu wie ein Karpfen. Es dauert ein paar Sekunden, bis Worte rauskommen. Der Arzt schreit. Warum schreit denn jetzt der Arzt? Er schreit die kleine Frau an. Dann mischt sich der Uniformierte ein, eine blaue Uniform. Ein Polizist, den ich noch nicht kenne. Er weist den Arzt zurecht. Woher weiß ich überhaupt, dass das ein Arzt ist? Er trägt einen weißen Kittel. Könnte also auch ein Bäcker sein. Aber in der Kitteltasche hat er eine Metalltaschenlampe und so ein Horchding. Was soll ein Bäcker mit dem Horchding, Brötchen abhorchen? Wird schon ein Arzt sein. Und dieser Arzt zeigt jetzt auf meinen Kopf und brüllt. Ich taste unter der Bettdecke herum, wo meine Beine sind. Sie sind nackt. Fühlen sich auch nicht mehr bepisst an oder blutig. Wo bin ich denn hier?

Ich liege auf dem Rücken. Oben ist alles gelb. Blick zur Seite: große, dunkle Fenster. Andere Seite: weißer Plastikvorhang. Krankenhaus, würde ich sagen. Das passt ja auch zum Arzt. Und klar, die kleine Frau trägt auch einen Kittel und einen Schreibblock. Und welches Krankenhaus, vielleicht die Charité? Nee, keine Ahnung. Ich bin ja nicht in Berlin. Mal fragen, denke ich, aber niemand beachtet mich. Weil, dem Polizisten gefällt das nämlich nicht, wie er da von dem Arzt angeschrien wird, und er schreit zurück, aber da schreit dann der Arzt noch lauter – und da merkt man interessanterweise, wer hier das Sagen hat. Das Sagen hat nämlich eindeutig der

Arzt und nicht der Polizist, und ich bin so erschöpft und auch irgendwie glücklich und müde, ich bin von innen wie mit Glück ausgepolstert und schlafe wieder ein, ohne ein Wort zu sagen. Das Glück, stellt sich später raus, heißt Valium. Es wird mit großen Spritzen verteilt.

Als ich das nächste Mal aufwache, ist alles hell. In den großen Fenstern steht die Sonne. An meinen Fußsohlen wird herumgekratzt. Aha, schon wieder ein Arzt, ein anderer diesmal, und eine Krankenschwester hat er auch wieder dabei. Keine Polizisten. Nur dass der Arzt so an meinen Füßen kratzt, ist nicht angenehm. Warum kratzt der denn so?

«Er ist aufgewacht», bemerkt die Krankenschwester. Nicht sehr geistreich.

«Ah, aha.» Der Arzt schaut mich an. «Wie geht es dir?»

Ich will etwas sagen, aber aus meinem Mund kommt nur: «Pfff.»

«Wie geht es dir? Weißt du, wie du heißt?»

«Pfff-fäh?»

Was ist das denn für eine Frage? Halten die mich für meschugge? Ich schaue den Arzt an, und er schaut mich an, und dann beugt er sich über mich und leuchtet mir mit einer Taschenlampe in die Augen. Ist das ein Verhör? Soll ich meinen Namen gestehen oder was? Ist das hier das Folterkrankenhaus? Und wenn, kann er dann bitte mal kurz aufhören, meine Augenlider hochzuziehen, oder wenigstens so tun, als würde er sich für meine Antwort interessieren? Allerdings antworte ich gar nicht. Weil, während ich noch überlege, ob ich Maik Klingenberg sagen soll oder einfach nur Maik oder Klinge oder Attila der Hunnenkönig – das sagt mein Vater immer, wenn er Stress hat, wenn er den ganzen Tag wieder nur Hiobsbotschaften gehört hat, dann trinkt er zwei Jägermeister und meldet sich am Telefon mit Attila der Hunnenkönig –, ich meine, während ich noch am Überlegen bin, ob ich überhaupt etwas sagen soll oder ob man sich das nicht letztlich sparen kann in dieser Situation, redet der Arzt schon irgendwas von «vier hiervon» und «drei davon», und ich schlafe wieder ein.

3

Über Krankenhäuser kann man ja viel sagen, aber nicht, dass es da nicht schön ist. Ich bin immer wahnsinnig gern im Krankenhaus. Man macht den ganzen Tag nichts, und dann kommen die Krankenschwestern. Die Schwestern sind alle superjung und superfreundlich. Und sie tragen diese dünnen weißen Kittel, die ich so toll finde, wo man immer gleich sieht, was für Unterwäsche sie anhaben. Warum ich das so toll finde, weiß ich übrigens auch nicht. Weil, wenn jemand mit so einem Kittel auf der Straße rumlaufen würde, würde ich das albern finden. Aber im Krankenhaus ist es toll. Meine Meinung. Das ist ein bisschen wie in Mafiafilmen, wo einen die Gangster immer eine Minute schweigend angucken, bevor sie antworten. «Hey!» Eine Minute Schweigen. «Sieh mir in die Augen!» Fünf Minuten Schweigen. Im richtigen Leben ist das albern. Aber wenn man bei der Mafia ist, eben nicht.

Meine Lieblingskrankenschwester kommt aus dem Libanon und heißt Hanna. Hanna hat kurzes schwarzes Haar und trägt *normale* Unterwäsche. Und das ist auch toll: normale Unterwäsche. Diese andere Unterwäsche sieht ja auch immer ein bisschen traurig aus. Bei den meisten. Wenn man nicht gerade die Figur von Megan Fox hat, kann das ziemlich verzweifelt aussehen. Ich weiß nicht. Vielleicht bin ich auch pervers: Ich steh auf *normale Unterwäsche*.

Hanna ist eigentlich auch erst Schwesternschülerin, also

in der Ausbildung oder so, und wenn sie in mein Zimmer kommt, streckt sie immer zuerst den Kopf um die Ecke und klopft dann mit zwei Fingern an den Türrahmen, das finde ich sehr, sehr höflich, und sie denkt sich jeden Tag einen neuen Namen für mich aus. Erst hieß ich Maik, dann Maiki, dann Maikipaiki, wo ich schon dachte: Alter Finne. Aber das war noch nicht das Ende. Dann hieß ich Michael Schumacher, dann Attila der Hunnenkönig, dann Schweinemörder und zuletzt sogar *der kranke Hase.* Allein deshalb würde ich am liebsten noch ein Jahr in diesem Krankenhaus bleiben.

Hanna wechselt jeden Tag meinen Verband. Das tut ziemlich weh, und Hanna tut es auch weh, wie man an ihrem Gesicht sehen kann.

«Hauptsache, dir macht's Spaß», sagt sie dann immer, wenn sie fertig ist, und ich sage dann immer, dass ich sie später wahrscheinlich einmal heiraten werde oder so was. Aber leider hat sie schon einen Freund. Manchmal kommt sie auch einfach so und setzt sich an mein Bett, weil ich ja sonst praktisch keinen Besuch kriege, und es sind richtig gute Unterhaltungen, die wir da führen. Richtige Erwachsenenunterhaltungen. Mit Frauen wie Hanna ist es immer unfassbar viel leichter, sich zu unterhalten, als mit Mädchen in meinem Alter. Falls mir jemand erklären kann, warum das so ist, kann er mich übrigens gern anrufen, weil, ich kann es mir nämlich nicht erklären.

4

Der Arzt ist weniger unterhaltsam. «Das ist nur ein Stück Fleisch», sagt er, «Muskel», sagt er, «ist nicht schlimm, das wächst nach. Bleibt vielleicht 'ne kleine Delle oder Narbe», sagt er, «das sieht dann sexy aus», und das sagt er jeden Tag. Jeden Tag guckt er sich den Verband an und erzählt genau das Gleiche, dass da 'ne Narbe bleibt, dass das nicht schlimm ist, dass das später mal aussieht, als wär ich im Krieg gewesen. «Als wärst du im Krieg gewesen, junger Mann, da stehen die Frauen drauf», sagt er, und es soll wohl irgendwie tiefsinnig sein, aber ich versteh den Tiefsinn nicht, und dann zwinkert er mich an, und meistens zwinker ich zurück, obwohl ich's nicht verstehe. Schließlich hat der Mann mir geholfen, da helfe ich ihm auch.

Später werden unsere Gespräche besser, vor allem, weil sie ernster werden. Beziehungsweise, es ist eigentlich nur ein Gespräch. Als ich wieder humpeln kann, holt er mich in sein Zimmer, in dem ausnahmsweise mal ein Schreibtisch steht und kein medizinisches Gerät, und da sitzen wir uns dann gegenüber wie Firmenchefs, die den nächsten Deal eintüten. Auf dem Tisch steht ein menschlicher Oberkörper aus Plastik, wo man die Organe rausnehmen kann. Der Dickdarm sieht aus wie ein Gehirn, und vom Magen blättert die Farbe ab.

«Ich muss mal mit dir reden», sagt der Arzt, und das ist logisch der dümmste Gesprächsanfang, den ich kenne. Und dann warte ich, dass er mit Reden anfängt, aber das gehört zu diesem Anfang leider dazu, dass man sagt, ich muss mal mit dir reden, und dann erst mal nicht redet. Der Arzt starrt mich also an, senkt dann seinen Blick und klappt einen grünen Pappordner auf. Oder klappt ihn nicht auf, sondern öffnet ihn, wie ich mir vorstelle, dass er einem Patienten die Bauchdecke aufschneidet. Sehr umsichtig, sehr kompliziert, sehr ernst. Der Mann ist Chirurg. Glückwunsch.

Was danach kommt, ist schon weniger interessant. Im Grunde will er nur wissen, wo meine Kopfwunde herkommt, vorne rechts. Auch wo die anderen Wunden herkommen – von der Autobahn, wie gesagt, okay, das wusste er schon –, aber die Kopfwunde, da bin ich vom Stuhl gefallen, auf der Station der Autobahnpolizei.

Der Arzt legt die Hände an den Fingerspitzen zusammen. Ja, so würde das da auch im Bericht drinstehen: vom Stuhl gefallen. Auf der Polizeistation.

Er nickt. Ja.

Ich nicke auch.

«Wir sind hier unter uns», sagt er nach einer Weile.

«Ist mir klar», sage ich wie der letzte Blödmann und zwinkere erst dem Arzt zu und dann zur Sicherheit auch nochmal dem Plastikoberkörper.

«Du kannst hier über alles sprechen. Ich bin dein Arzt, und das heißt in diesem Fall, ich habe eine Schweigepflicht.»

«Ja, gut», sage ich. So was Ähnliches hatte er mir vor ein paar Tagen schon mal angedeutet, ich hab's jetzt begriffen. Der Mann hat eine Schweigepflicht, und er erwartet jetzt, dass ich ihm etwas erzähle, damit er davon schweigen kann. Aber was? Wie übertrieben geil es ist, sich vor Angst in die Hose zu pissen?

«Es ist ja nicht nur die Handlungsweise. Das ist eine Verletzung der Aufsichtspflicht. Die hätten sich nicht auf deine Angaben verlassen dürfen, verstehst du? Die hätten nachgucken und vor allem sofort den Arzt rufen müssen. Weißt du, wie kritisch das war? Und du sagst, du bist vom Stuhl *gefallen*?»

«Ja.»

«Es tut mir leid, aber wir Ärzte sind misstrauische Menschen. Ich meine, die wollten doch einiges von dir. Und ich als dein behandelnder Arzt ...»

Ja, ja. Himmel. Schweigepflicht. Schon klar. Aber was will er denn jetzt wissen? Wie man vom Stuhl fällt? Seitlich runter und dann plumps? Er schüttelt erst lange den Kopf, dann macht er eine winzige Bewegung mit der Hand – und da erst wird mir klar, worauf er hinauswill. Mein Gott, steht bei mir einer auf der Leitung. Immer diese Scheißpeinlichkeit. Warum redet er nicht Klartext?

«Nee, nee!», rufe ich und winke mit den Händen in der Luft herum, als würde ich riesige Fliegenschwärme abwehren. «Alles korrekt! Ich hab auf dem Stuhl gesessen und mein Hosenbein hochgemacht, und dann hab ich das gesehen und dann Schwindel und rums. Keine *Fremdeinwirkung*.» Gutes Wort. Kenn ich aus dem Tatort.

«Also sicher?»

«Sicher. Ja. Und die Polizisten total nett. Ich hab sogar ein Wasser gekriegt und ein Taschentuch. Nur eben Schwindel und dann seitlich runter.» Ich richte mich vor dem Schreibtisch auf und lasse mich schauspielerisch hochbegabt zweimal halb nach rechts kippen.

«Gut», sagt der Arzt langsam.

Er kritzelt etwas auf ein Papier.

«Wollt ich nur wissen. Trotzdem unverantwortlich. Blutverlust ... hätte man wirklich ... sieht auch nicht so aus.»

Er schließt den grünen Ordner und schaut mich lange an. «Und ich weiß ja nicht, geht mich vielleicht auch nichts an –

aber das würde mich jetzt doch mal interessieren. Du musst nicht antworten, wenn du nicht magst. Aber – was wolltet ihr denn da eigentlich? Oder wohin?»

«Keine Ahnung.»

«Wie gesagt, du musst es nicht sagen. Ich frag nur interessehalber.»

«Ich würd's Ihnen sagen. Aber wenn ich's Ihnen sage, glauben Sie's eh nicht. Glaube ich.»

«Ich glaub dir alles.» Er lächelt freundlich. Kumpelhaft.

«Es ist albern.»

«Was ist schon albern?»

«Das ist ... na ja. Wir wollten in die Walachei. Sehen Sie, Sie finden's doch albern.»

«Ich find's nicht albern, ich hab's nur nicht verstanden. Wohin?»

«In die Walachei.»

«Wo soll das sein?» Er sieht mich interessiert an, und ich spüre, dass ich rot werde. Wir vertiefen das dann nicht weiter. Zum Schluss geben wir uns noch die Hand wie erwachsene Menschen, und ich bin irgendwie froh, dass ich seine Schweigepflicht nicht überstrapazieren musste.

5

Ich hatte nie einen Spitznamen. Ich meine, an der Schule. Aber auch sonst nicht. Mein Name ist Maik Klingenberg. Maik. Nicht Maiki, nicht Klinge und der ganze andere Quatsch auch nicht, immer nur Maik. Außer in der Sechsten, da hieß ich mal kurz Psycho. Das ist auch nicht der ganz große Bringer, wenn man Psycho heißt. Aber das dauerte auch nicht lang, und dann hieß ich wieder Maik.

Wenn man keinen Spitznamen hat, kann das zwei Gründe haben. Entweder man ist wahnsinnig langweilig und kriegt deshalb keinen, oder man hat keine Freunde. Wenn ich mich für eins von beiden entscheiden müsste, wär's mir, ehrlich gesagt, lieber, keine Freunde zu haben, als wahnsinnig langweilig zu sein. Weil, wenn man langweilig ist, hat man automatisch keine Freunde, oder nur Freunde, die noch langweiliger sind als man selbst.

Es gibt aber auch noch eine dritte Möglichkeit. Es kann sein, dass man langweilig ist *und* keine Freunde hat. Und ich fürchte, das ist mein Problem. Jedenfalls seit Paul weggezogen ist. Paul war mein Freund seit dem Kindergarten, und wir haben uns fast jeden Tag getroffen, bis seine endbescheuerte Mutter beschlossen hat, dass sie lieber im Grünen wohnen will.

Das war ungefähr zu der Zeit, als ich aufs Gymnasium kam, und das hat alles nicht leichter gemacht. Ich hab Paul dann fast gar nicht mehr gesehen. Das war immer eine halbe Weltreise mit der S-Bahn da raus und dann noch sechs Kilometer mit dem Fahrrad. Außerdem hat Paul sich verändert da draußen. Seine Eltern hatten sich scheiden lassen, und da ist er dann abgedreht. Ich meine, richtig abgedreht. Paul wohnt jetzt praktisch im Wald mit seiner Mutter und versumpft. Er hatte schon immer diese Tendenz zum Versumpfen. Man musste ihn immer antreiben. Aber da draußen hat ihn keiner mehr angetrieben, und er ist völlig versumpft. Wenn ich mich richtig erinnere, hab ich ihn auch höchstens drei Mal besucht. Es war jedes Mal so deprimierend, dass ich da nie wieder hinwollte. Paul hat mir das Haus gezeigt und den Garten und den Wald und einen Hochsitz im Wald, auf dem hat er immer gesessen, Tiere beobachten. Nur dass es da natürlich gar keine Tiere gab. Alle zwei Stunden flog ein Spatz vorbei. Und darüber hat er auch noch Buch geführt. Das war in dem Frühjahr, als gerade GTA IV rauskam, aber das hat Paul überhaupt nicht mehr interessiert. Nur noch diese Viecher. Einen ganzen Tag lang musste ich mit ihm auf seinem Hochsitz sitzen, und dann wurde es selbst mir zu blöd. Ich hab auch einmal heimlich sein Buch durchgeblättert, um zu gucken, was da sonst noch drinstand, weil, da stand noch ziemlich viel anderes Zeug drin. Sachen über seine Mutter standen dadrin und Sachen in Geheimschrift, und es gab Zeichnungen von nackten Frauen, ganz schreckliche Zeichnungen. Also nichts gegen nackte Frauen, nackte Frauen sind toll. Aber diese Zeichnungen waren nicht toll, die waren einfach nur endbescheuert, und dazwischen immer in Schönschrift Tierbeobachtungen und Wetterbeobachtungen. Am Ende hatte Paul Wildschweine und Luchse und Wölfe gesehen, Wölfe mit Fragezeichen, und ich hab gesagt: «Das ist hier der Stadtrand von Berlin – *Luchse* und *Wölfe*, bist du dir ganz sicher?» Und er hat mir das Buch aus der Hand gerissen und mich angeguckt, als ob *ich* der Bekloppte wäre. Und danach haben wir uns nicht mehr so oft gesehen. Drei Jahre ist das her. Das war einmal mein bester Freund.

Auf dem Gymnasium habe ich dann erst mal niemanden kennengelernt. Ich bin nicht wahnsinnig gut im Kennenlernen. Und das war auch nie das ganz große Problem für mich. Bis Tatjana Cosic kam. Oder bis ich sie bemerkte. Denn natürlich war Tatjana schon immer in meiner Klasse. Aber bemerkt hab ich sie erst in der Siebten. Warum, weiß ich nicht. Aber in der Siebten hatte ich sie auf einmal voll auf dem Schirm, da fing das ganze Elend an. Und ich sollte jetzt wahrscheinlich langsam mal anfangen, Tatjana zu beschreiben. Weil sonst alles, was danach kommt, unverständlich ist.

Tatjana heißt mit Vornamen Tatjana und mit Nachnamen Cosic. Sie ist vierzehn Jahre alt und 1,65 m groß, und ihre Eltern heißen mit Nachnamen ebenfalls Cosic. Wie sie mit Vornamen heißen, weiß ich nicht. Sie kommen aus Serbien oder Kroatien, jedenfalls kommt der Name daher, und sie wohnen in einem weißen Mietshaus mit vielen Fenstern – badabim, badabong. Schon klar: Ich kann hier noch lange rumschwafeln, aber das Erstaunliche ist, dass ich überhaupt nicht weiß, wovon ich rede. Ich kenne Tatjana nämlich überhaupt nicht. Ich weiß über sie, was jeder weiß, der mit ihr in eine Klasse geht. Ich weiß, wie sie aussieht, wie sie heißt und dass sie gut in Sport und Englisch ist. Und so weiter. Dass sie 1,65 groß ist, weiß ich vom Tag der Schuluntersuchung. Wo sie wohnt, weiß ich aus dem Telefonbuch, und mehr weiß ich praktisch nicht. Und ich könnte logisch noch ihr Aussehen ganz genau beschreiben und ihre Stimme und ihre Haare und alles. Aber ich glaube, das ist überflüssig. Weil, kann sich ja jeder vorstellen, wie sie aussieht: Sie sieht super aus. Ihre Stimme ist auch super. Sie ist einfach insgesamt super. So kann man sich das vorstellen.

6

Und jetzt hab ich immer noch nicht erklärt, warum sie mich Psycho genannt haben. Denn, wie gesagt, für kurze Zeit hieß ich auch Psycho. Keine Ahnung, was das sollte. Also schon klar: Das sollte bedeuten, dass ich sie nicht alle beisammenhab. Aber da hätten meiner Meinung nach ein paar andere viel eher so heißen können. Frank hätte so heißen können, oder Stöbcke mit seinem Feuerzeug, die sind auf jeden Fall gestörter als ich. Oder der Nazi. Aber der Nazi hieß schon Nazi, der brauchte keinen Namen mehr. Und natürlich hatte das auch einen speziellen Grund, warum ausgerechnet ich so hieß. Dieser Grund war ein Deutschaufsatz bei Schürmann, sechste Klasse. Thema Reizwortgeschichte. Falls jemand nicht weiß, was das ist, Reizwortgeschichte geht so: Man bekommt vier Wörter, zum Beispiel «Zoo», «Affe», «Wärter» und «Mütze», und dann muss man eine Geschichte schreiben, in der ein Zoo, ein Affe, ein Wärter und eine Mütze vorkommen. Wahnsinnig originell. Der reine Schwachsinn. Die Wörter, die Schürmann sich ausgedacht hatte, waren «Urlaub», «Wasser», «Rettung» und «Gott». Was schon mal deutlich schwieriger war als mit dem Zoo und dem Affen, und die Hauptschwierigkeit war natürlich Gott. Bei uns gab es nur Ethik, und in der Klasse waren sechzehn Atheisten inklusive mir, und auch die, die Protestanten waren, die haben nicht wirklich an Gott geglaubt. Glaube ich. Jedenfalls nicht so, wie Leute daran glauben, die *wirklich* an Gott glauben, die keiner Ameise was zuleide tun können oder sich riesig freuen, wenn einer stirbt, weil er dann in den Himmel kommt. Oder die mit einem Flugzeug ins World Trade Center krachen. *Die* glauben wirklich an Gott. Und deshalb war dieser Aufsatz ziemlich schwierig. Die meisten haben sich erst mal an dem Wort Urlaub festgehalten. Da rudert die Kleinfamilie an der Côte d'Azur rum, und dann geraten sie vollkommen überraschend in einen höllischen Sturm und rufen «o Gott» und werden gerettet und so. Und so was hätte ich natürlich auch schreiben können. Aber als ich über diesem Aufsatz saß, fiel mir als Erstes ein, dass wir die letzten drei Jahre schon nicht mehr in den Urlaub gefahren waren, weil mein Vater die ganze Zeit seinen Bankrott vorbereitete. Was mich nie gestört hatte, so gern bin ich mit meinen Eltern auch wieder nicht in Urlaub gefahren.

Stattdessen hatte ich den ganzen letzten Sommer in unserem Keller gehockt und Bumerangs geschnitzt. Ein Lehrer von mir, einer aus der Grundschule, hat mir das beigebracht. Das war der totale Fachmann im Bumerangbereich. Bretfeld hieß der, Wilhelm Bretfeld. Der hat sogar ein Buch darüber geschrieben. Sogar zwei Bücher. Das habe ich aber erst mitgekriegt, als ich schon aus der Grundschule raus war. Da hab ich den alten Bretfeld nochmal auf einer Wiese getroffen. Der stand praktisch direkt hinter unserem Haus auf der Kuhwiese und hat seine Bumerangs geworfen, selbstgeschnitzte Bumerangs – und das war auch wieder so eine Sache, wo ich nicht wusste, dass das funktioniert. Wo ich dachte, das gibt's nur im Film, dass die wirklich zu einem zurückkommen. Aber Bretfeld war der Vollprofi, und der hat es mir dann gezeigt. Ich fand das wahnsinnig beeindruckend. Auch dass er seine Bumerangs alle selbst geschnitzt und bemalt hat. «Alles, was vorne rund und hinten spitz ist, fliegt», hat Bretfeld gesagt, und dann hat er mich über seine Brille hinweg angeguckt und gefragt: «Wie heißt du nochmal? Ich kann mich nicht an dich erinnern.» Was mich aber am meisten umgehauen hat, war dieser Langzeitflugbumerang. Das war ein von ihm selbst entwickelter Bumerang, der konnte minutenlang fliegen, und den hat er *erfunden.* Überall auf der Welt, wenn heute jemand einen Langzeitflugbumerang wirft und der bleibt fünf Minuten in der Luft, dann wird ein Foto gemacht, und dann steht da: basierend auf einem Design von Wilhelm Bretfeld. Der ist also praktisch weltbekannt, dieser Bretfeld. Und der steht da letzten Sommer auf der Kuhwiese hinter unserem Haus und zeigt mir das. Wirklich ein guter Lehrer. Das hatte ich auf der Grundschule gar nicht bemerkt.

Jedenfalls hab ich die ganzen Sommerferien im Keller gesessen und geschnitzt. Und das waren tolle Sommerferien, viel besser als Urlaub. Meine Eltern waren fast nie zu Hause. Mein Vater fuhr von Gläubiger zu Gläubiger, und meine Mutter war auf der Beautyfarm. Und da hab ich dann eben auch den Aufsatz drüber geschrieben: *Mutter und die Beautyfarm.* Reizwortgeschichte von Maik Klingenberg.

In der nächsten Stunde durfte ich sie vorlesen. Oder musste. Ich wollte ja nicht. Svenja war zuerst dran, und die hat diesen Quatsch mit der Côte d'Azur vorgelesen, den Schürmann wahnsinnig toll fand, und dann hat Kevin nochmal das Gleiche vorgelesen, nur dass die Côte d'Azur jetzt die Nordsee war, und dann kam ich. Mutter auf der Schönheitsfarm. Die ja nicht wirklich eine Schönheitsfarm war. Obwohl meine Mutter tatsächlich immer etwas besser aussah, wenn sie von dort zurückkam. Aber eigentlich ist es eine Klinik. Sie ist ja Alkoholikerin. Sie hat Alkohol getrunken, solange ich denken kann, aber der Unterschied ist, dass es früher lustiger war. Normal wird vom Alkohol jeder lustig, aber wenn das eine bestimmte Grenze überschreitet, werden die Leute müde oder aggressiv, und als meine Mutter dann wieder mit dem Küchenmesser durch die Wohnung lief, stand ich mit meinem Vater oben auf der Treppe, und mein Vater hat gefragt: «Wie wär's mal wieder mit der Beautyfarm?» Und so fing der Sommer an, als ich in der Sechsten war.

Ich mag meine Mutter. Ich muss das dazusagen, weil das, was jetzt kommt, vielleicht kein supergutes Licht auf sie wirft. Aber ich hab sie immer gemocht, und ich mag sie noch. Sie ist nicht so wie andere Mütter. Das mochte ich immer am meisten. Sie kann zum Beispiel sehr witzig sein, das kann man ja von vielen Müttern nicht gerade behaupten. Und dass das Schönheitsfarm hieß, das war eben auch nur so ein Witz von meiner Mutter.

Früher hat meine Mutter viel Tennis gespielt. Mein Vater auch, aber nicht so gut. Der eigentliche Crack in der Familie war meine Mutter. Als sie noch fit war, hat sie jedes Jahr die Vereinsmeisterschaften gewonnen. Und auch mit einer Flasche Wodka intus hat sie die noch gewonnen, aber das ist eine andere Geschichte. Jedenfalls war ich schon als Kind immer mit ihr auf dem Platz. Meine Mutter hat auf der Vereinsterrasse gesessen und Cocktails getrunken mit Frau Weber und Frau Osterthun und Herrn Schuback und dem ganzen Rest. Und ich hab unterm Tisch gesessen und mit Autos gespielt, und die Sonne hat geschienen. In meiner Erinnerung scheint im Tennisclub immer die Sonne. Ich schaue mir den roten Staub auf fünf Paar weißen Tennisschuhen an, ich sehe die Unterwäsche unter den knappen Tennisröcken, und ich sammle die Kronkorken ein, die von oben runterfallen und in die man mit Kugelschreiber reinmalen kann. Ich darf fünf Eis essen am Tag und zehn Cola trinken und alles beim Wirt anschreiben lassen. Und dann sagt Frau Weber oben: «Nächste Woche wieder um sieben, Frau Klingenberg?»

Und meine Mutter: «Sicher.»

Und Frau Weber: «Da bring ich dann diesmal die Bälle.»

Und meine Mutter: «Sicher.»

Und so weiter und so weiter. Immer genau das gleiche Gespräch. Wobei der Witz war, dass Frau Weber nie Bälle mitbrachte, da war sie zu geizig für.

Ab und zu gab es aber auch eine andere Unterhaltung. Die ging so:

«Nächste Woche wieder Samstag, Frau Klingenberg?»

«Kann ich nicht, da fahr ich weg.»

«Aber hat Ihr Mann nicht Medenspiele?»

«Ja, er fährt ja auch nicht weg. Ich fahr weg.»

«Ach, wo fahren Sie denn hin?»

«Auf die Beautyfarm.»

Und dann kam immer, immer, immer von irgendwem am Tisch, der das noch nicht kannte, die wahnsinnig geistreiche Bemerkung: «Das haben Sie doch gar nicht nötig, Frau Klingenberg!»

Und meine Mutter hat ihren Brandy Alexander runtergekippt und gesagt: «War ein Witz, Herr Schuback. Ist 'ne Entzugsklinik.»

Dann sind wir Hand in Hand vom Tennisplatz nach Hause, weil meine Mutter nicht mehr Auto fahren konnte. Ich hab ihre schwere Sporttasche getragen, und sie hat zu mir gesagt: «Du kannst nicht viel von deiner Mutter lernen. Aber das kannst du von deiner Mutter lernen. Erstens, man kann über alles reden. Und zweitens, was die Leute denken, ist scheißegal.» Das hat mir sofort eingeleuchtet. Über alles reden. Und scheiß auf die Leute.

Zweifel sind mir erst später gekommen. Keine Zweifel

am Prinzip. Aber Zweifel, ob es meiner Mutter wirklich so scheißegal war.

Jedenfalls – diese Beautyfarm. Wie genau das da ablief, weiß ich nicht. Weil ich meine Mutter nie besuchen durfte, das wollte sie nicht. Aber wenn sie von da zurückkam, hat sie immer verrückte Sachen erzählt. Die Therapie bestand offenbar hauptsächlich aus keinem Alkohol und reden. Und Wasser treten. Manchmal auch turnen. Aber turnen konnten nicht mehr viele. Meistens haben sie nur geredet und dabei ein Wollknäuel im Kreis rumgeworfen. Weil, immer nur wer das Wollknäuel hatte, durfte reden. Ich musste fünfmal nachfragen, ob ich richtig gehört hatte oder ob das ein Witz war mit dem Wollknäuel. Aber das war kein Witz. Meine Mutter fand das auch gar nicht so witzig oder spannend, aber ich fand das, ehrlich gesagt, wahnsinnig spannend. Das muss man sich mal vorstellen: Zehn erwachsene Menschen sitzen im Kreis und werfen ein Wollknäuel rum. Hinterher war der ganze Raum voll Wolle, aber das war gar nicht der Sinn der Sache, auch wenn man das jetzt erst mal denken könnte. Der Sinn war, dass ein *Gesprächsgeflecht* entsteht. Woran man schon erkennen kann, dass meine Mutter nicht die Verrückteste in dieser Anstalt war. Da müssen noch deutlich Verrücktere gewesen sein.

Und wenn jetzt einer glaubt, das Wollknäuel wäre nicht zu toppen, dann hat er vom Pappkarton noch nichts gehört. Jeder in der Klinik hatte nämlich auch einen Pappkarton in seinem Zimmer. Der hing knapp unter der Decke, mit der Öffnung nach oben, und in diesen Karton musste man immer Zettel reinwerfen wie in einen Basketballkorb. Zettel, auf die man vorher seine Sehnsüchte, Wünsche, Vorsätze, Gebete oder was geschrieben hatte. Immer wenn meine Mutter Wünsche hatte oder Vorsätze oder wenn sie sich Vorwürfe machte, dann hat sie das aufgeschrieben und den Zettel zusammengefaltet und dann praktisch Dirk Nowitzki: Dunking. Und das Irre daran war, dass *nie* jemand diese Zettel gelesen hat. Das war nicht der Sinn der Sache. Der Sinn der Sache war, dass man das einmal aufschreibt und dass es dann da ist und dass man sehen kann: Da hängen meine Wünsche und Sehnsüchte und der ganze Kack in diesem Pappkarton da oben. Und weil diese Kartons so wichtig waren, musste man denen auch einen Namen geben. Der wurde mit Filzstift auf den Karton draufgeschrieben, und dann hatte praktisch jeder Alki einen Karton auf seinem Zimmer hängen, der «Gott» hieß und wo seine Sehnsüchte drin waren. Weil, die meisten haben ihren Karton «Gott» genannt. Das war der Vorschlag vom Therapeuten gewesen, dass man den Gott nennen könnte. Man durfte ihn aber nennen, wie man wollte. Eine ältere Frau hat ihn auch «Osiris» genannt und jemand anders «Großer Geist».

Der Karton meiner Mutter hieß «Karl-Heinz», und da ist dann der Therapeut zu ihr gekommen und hat sie gelöchert. Zuerst wollte er wissen, ob das ihr Vater war. «Wer?», hat meine Mutter gefragt, und der Therapeut hat auf den Karton gezeigt. Meine Mutter hat den Kopf geschüttelt. Und da hat der Therapeut gefragt, wer das dann sein soll, dieser Karl-Heinz, und meine Mutter hat gesagt: «Die Pappschachtel da.» Und dann wollte der Therapeut wissen, wie denn der Vater von meiner Mutter geheißen hätte. «Gottlieb», hat meine Mutter da geantwortet, und der Therapeut hat «Aha!» gesagt, und dieses «Aha» soll so geklungen haben, als hätte der Therapeut jetzt wahnsinnig Bescheid gewusst. Gottlieb – aha! Meine Mutter wusste aber nicht, worüber der Therapeut Bescheid gewusst hat, und er hat es ihr auch nicht gesagt. Und so soll das immer gewesen sein. Alle haben immer wahnsinnig so ausgesehen, als ob sie Bescheid wüssten, sie hätten's einem aber nie verraten. Als mein Vater das gehört hat, das mit dem Karton, ist er fast vom Stuhl gefallen vor Lachen. Er hat immer gesagt: «Mein Gott, ist das traurig», und dann hat er doch gelacht, und ich musste auch die ganze Zeit lachen, und meine Mutter fand's ja sowieso komisch, jedenfalls im Nachhinein.

Und das alles hab ich in meinen Aufsatz reingeschrieben. Um das Wort «Rettung» unterzubringen, hab ich noch die Episode mit dem Küchenmesser dazugenommen, und weil ich gerade so in Fahrt war, auch noch, wie sie morgens die Treppe runtergekommen ist und mich mit meinem Vater verwechselt hat. Das war der längste Aufsatz, den ich je geschrieben hatte, mindestens acht Seiten lang, und ich hätte wahrscheinlich auch noch Teil zwei und Teil drei und Teil vier schreiben können, wenn ich gewollt hätte, aber wie sich dann rausstellte, war Teil eins völlig ausreichend.

Die Klasse ist beim Vorlesen durchgedreht vor Begeisterung. Schürmann hat um Ruhe gebeten und gesagt: «Also schön. Na schön. Wie lang ist das denn noch? Ach, so lang noch? Das reicht erst mal, würde ich sagen.» Da brauchte ich den Rest gar nicht mehr zu lesen. In der Pause hat Schürmann mich dabehalten, um das Heft allein anzugucken, und ich hab wahnsinnig stolz neben ihm gestanden, weil das so ein toller Erfolg gewesen war und weil Schürmann den Aufsatz jetzt sogar noch persönlich zu Ende lesen wollte. Maik Klingenberg, der Schriftsteller. Und dann hat Schürmann das Heft zugeklappt und mich angesehen und den Kopf geschüttelt, und ich hab gedacht, das ist ein anerkennendes Kopfschütteln, so unter dem Motto: Wie kann ein Sechstklässler nur so endgeile Aufsätze schreiben? Aber dann hat er gesagt: «Was grinst du denn so blöd? Findest du das auch noch lustig?» Und da wurde mir langsam klar, dass das ein *so* toller Erfolg auch wieder nicht war. Jedenfalls nicht bei Schürmann.

Er ist vom Pult aufgestanden und zum Fenster gegangen und hat auf den Pausenhof rausgesehen. «Maik», hat er gesagt, und dann hat er sich wieder zu mir umgedreht. «Das ist deine *Mutter*. Hast du da mal drüber nachgedacht?»

Offensichtlich hatte ich einen riesigen Fehler gemacht. Ich wusste zwar nicht, welchen. Aber es war Schürmann einfach anzusehen, dass ich mit dieser Geschichte einen absolut riesigen Fehler begangen hatte. Und dass er das für den peinlichsten Aufsatz der Weltgeschichte hielt, war auch irgendwie klar. Nur warum das so war, das wusste ich nicht, das hat er mir nicht verraten, und ich weiß es, ehrlich gesagt, bis heute nicht. Er hat nur immer wiederholt, dass es meine *Mutter* wäre, und ich hab gesagt, das wäre mir klar, dass meine Mutter meine Mutter wäre, und dann wurde er plötzlich laut und hat gesagt, dieser Aufsatz wäre das Widerwärtigste und Ekelerregendste und Schamloseste, was ihm in fünfzehn Jahren Schuldienst untergekommen sei und so weiter, und ich soll sofort diese zehn Seiten rausreißen aus meinem Heft. Ich war völlig am Boden zerstört und hab natürlich gleich nach meinem Heft gegriffen wie der letzte Trottel, um die Seiten rauszureißen, aber Schürmann hat meine Hand festgehalten und geschrien: «Du sollst es nicht *wirklich* rausreißen. Kapierst du denn gar nichts? Du sollst *nachdenken*. Denk nach!» Ich dachte eine Minute nach, und, ehrlich gesagt, ich kapierte es nicht. Ich hab es bis heute nicht kapiert. Ich meine, ich hatte ja nichts erfunden oder so.

7

Und danach hieß ich eben Psycho. Fast ein Jahr lang nannten mich alle so. Sogar im Unterricht. Sogar, wenn Lehrer dabei waren. «Los, Psycho, spiel ab! Du schaffst es, Psycho! Schön den Ball flachhalten!» Und das hörte erst wieder auf, als André in unsere Klasse kam. André Langin. Der schöne André.

André war sitzengeblieben. Er hatte schon am ersten Tag eine Freundin bei uns, und dann hatte er jede Woche eine andere, und jetzt ist er gerade mit einer Türkin aus der Parallelklasse zusammen, die aussieht wie Salma Hayek. Auch an Tatjana hat er mal kurz rumgegraben, da wurde mir wirklich anders. Ein paar Tage haben die beiden dauernd miteinander geredet, auf den Gängen, vor der Schule, am Rondell. Aber zusammen waren sie am Ende doch nicht, glaube ich. Das hätte mich umgebracht. Weil, irgendwann haben sie auch nicht mehr miteinander geredet, und kurz danach hab ich gehört, wie André Patrick erklärt hat, warum Männer und Frauen nicht zusammenpassen, wahnsinnig wissenschaftliche Theorien über die Steinzeit, über Säbelzahntiger und Kinderkriegen und alles. Und auch dafür habe ich ihn gehasst. Ich habe ihn vom ersten Moment an wahnsinnig gehasst, aber das fiel mir nicht ganz leicht. Weil, André ist nicht gerade die hellste Kerze im Leuchter, aber er ist auch nicht komplett hohl. Er kann ganz nett sein, und er hat was Lässiges, und er sieht, wie gesagt, ziemlich gut aus. Aber er ist trotzdem ein Arschloch. Zu allem Überfluss wohnt er nur eine Straße weiter von uns, in der Waldstraße 15. Wo übrigens nur Arschlöcher wohnen. Die Langins haben da ein riesiges Haus. Sein Vater ist Politiker, Stadtrat oder so was. Klar. Und mein Vater sagt: Großer Mann, dieser Langin! Weil er jetzt auch in der FDP ist. Da muss ich strahlkotzen. Tut mir leid.

Aber ich wollte ja was anderes erzählen. Als André noch ganz neu bei uns war, waren wir einmal wandern, irgendwo südlich von Berlin. Der übliche Ausflug in den Wald. Ich lief mit großem Abstand hinter allen anderen her und guckte mir die Natur an. Weil, das war zu einer Zeit, da hatten wir gerade ein Herbarium angelegt, und ich interessierte mich eine Weile lang für die Natur. Für *Bäume*. Ich wollte vielleicht Wissenschaftler oder so was werden. Aber auch nicht lange, und das hing wahrscheinlich auch wieder mit diesem Ausflug zusammen, wo ich meilenweit hinter den anderen herwanderte, um mir in aller Ruhe den Blattstand und den Habitus anzugucken. Da fiel mir dann nämlich auf, dass ich mich für Blattstand und für Habitus einen Scheiß interessierte. Vorne wurde gelacht, und ich konnte das Lachen von Tatjana Cosic unterscheiden, und zweihundert Meter dahinter latscht Maik Klingenberg durch den Wald und schaut sich den Scheißblattstand in der Natur an. Die ja nicht einmal eine richtige Natur war, sondern ein mickriges Gehölz, wo alle zehn Meter drei Hinweisschilder standen. Hölle.

Irgendwann haben wir dann bei einer dreihundert Jahre alten Weißbuche gehalten, die ein Friedrich der Große da in die Erde gepflanzt hatte, und der Lehrer hat gefragt, wer denn jetzt weiß, was das für ein Baum ist. Und keiner wusste es. Außer mir natürlich. Aber ich war auch nicht so bescheuert, dass ich vor allen Leuten zugegeben hätte, dass ich wusste, dass das eine Weißbuche ist. Da hätte ich ja gleich sagen können: Mein Name ist Psycho, und ich habe ein Problem. Allein dass wir jetzt alle um diesen Baum rumstanden und keiner wusste, was das ist, war auch wieder deprimierend. Und jetzt komme ich langsam zum Punkt. Unter dieser Weißbuche hatte Friedrich der Große nämlich noch ein paar Bänke aufgestellt, damit man sich da hinsetzen und picknicken konnte, und genau das haben wir dann auch getan. Ich saß zufällig mit am Tisch von Tatjana Cosic. Mir schräg gegenüber André, der schöne André, beide Arme rechts und links um die Schultern von Laura und Marie gelegt. Als wäre er mit ihnen dick befreundet, dabei war er mit ihnen überhaupt nicht befreundet. Er war erst höchstens eine Woche in unserer Klasse. Aber die beiden hatten auch nichts dagegen. Im Gegenteil, sie waren wie vor Glück versteinert und bewegten sich keinen Millimeter, als hätten sie Angst, Andrés Arme wie scheue Vögel von ihren Schultern zu verscheuchen. Und André hat die ganze Zeit nichts gesagt, nur mit seinem Schlafzimmerblick schlafzimmerartig in die Gegend geschaut, und dann guckte er auch einmal mich an und sagte nach langem Nachdenken in irgendeine Richtung, aber garantiert nicht in meine: «Wieso heißt der eigentlich Psycho? Der ist doch total langweilig.» Laura und Marie haben sich weggeschmissen über diesen Spitzenwitz, und weil das so ein großer Erfolg war, hat André seinen Satz gleich nochmal wiederholt: «Ja, echt, warum heißt die Schlaftablette eigentlich Psycho?» Und seitdem heiße ich wieder Maik. Und es ist noch schlimmer als vorher.

8

Es gibt ziemlich viele Sachen, die ich nicht kann. Aber wenn ich was kann, dann ist das Hochsprung. Ich meine, ich bin kein olympiamäßiger Crack oder so, aber im Hochsprung und im Weitsprung bin ich fast unschlagbar. Obwohl ich einer der Kleinsten bin, komm ich so hoch wie Olaf, der einen Meter neunzig ist. Im Frühjahr hab ich einen Schulrekord für die Mittelstufe aufgestellt und war wahnsinnig stolz. Wir waren auf der Hochsprunganlage, und die Mädchen saßen nebenan im Gras, wo ihnen Frau Beilcke einen Vortrag gehalten hat. Das ist der Sportunterricht bei denen: Frau Beilcke hält einen Vortrag, und die Mädchen sitzen um sie rum und kratzen sich an den Fußknöcheln. Sie laufen auch nicht dauernd um den Platz wie bei Wolkow.

Wolkow ist unser Sportlehrer, und natürlich hält der auch gern Vorträge. Alle Sportlehrer, die ich bisher hatte, lassen unglaublich viel Text raus. Bei Wolkow ist das montags immer die Bundesliga, dienstags meistens auch noch Bundesliga, mittwochs die Champions League und freitags kommt schon wieder die Vorfreude auf die Bundesliga und die Analyse. Im Sommer kann Wolkow auch mal seine Meinung über die Tour de France äußern, aber das kommt über das Thema Doping dann auch immer schnell zurück zum sehr viel wichtigeren Thema, warum im Fußball schönerweise nicht gedopt wird. Weil es da nämlich *nichts nützt*. Das ist Wolkows ehrliche Meinung. Und das hat auch noch nie jemanden interessiert, aber das Problem ist: Wolkow redet nur, während wir um den Platz joggen. Er hat eine Wahnsinnskondition, er ist garantiert schon siebzig oder so, zuckelt aber immer frisch vorneweg und quatscht und quatscht. Und dann sagt er immer: «Männer!» Und dann sagt er zehn Meter nichts und dann: «Dortmund.» Zehn Meter. «Packt es nicht.» Zehn Meter. «Die Heimbilanz. Stimmt's oder hab ich recht?» Zwanzig Meter. «Und van Gaal, der alte Fuchs! Das wird kein Spaziergang.» Param, param. «Eure Meinung?» Hundert Meter. Und natürlich sagt keiner was, weil wir schon zwanzig Kilometer gelaufen sind, und nur Hans, der Nazi, der Fußballtrottel, der schwitzend hinterm Feld herkeucht, brüllt manchmal: «Ha-ho-he! Hertha BSC!» Und dann wird es selbst Wolkow zu viel, Schwafelwolkow, und er dreht eine Extraschleife, damit Hans wieder aufschließen kann, und dann hebt er den Zeigefinger und ruft mit zitternder Stimme: «Simunic! Joe Simunic! Kardinalfehler», und Hans ruft von hinten: «Ich weiß, ich weiß!», und Wolkow zieht das Tempo wieder an und murmelt: «Simunic, mein Gott! Das Bollwerk. Nie verkaufen. Abstieg. Simunic.»

Und allein schon deshalb kann man wahnsinnig froh sein über Hochsprung. Vielleicht haben wir aber auch nur Hochsprung gemacht an diesem Tag, weil Wolkow eine extrem schlimme Halsentzündung hatte und sowieso nicht gleichzeitig joggen und schwafeln konnte, sondern nur joggen. Wenn Wolkow eine mittelschwere Halsentzündung hat, schwafelt er etwas weniger. Wenn Wolkow tot ist, fällt der Unterricht aus. Aber wenn er eine extrem schlimme Halsentzündung hat, joggt er einfach lautlos um den Platz.

Beim Hochsprung hat er dann die ganze Zeit unsere Leistungen in sein schwarzes Notizbüchlein eingetragen und mit den Daten vom Vorjahr verglichen und uns immer zugekrächzt, letztes Jahr wären wir aber fünf Zentimeter höher gekommen. Neben der Hochsprunganlage saßen die Mädchen, wie gesagt, und hörten Frau Beilcke zu. In Wahrheit hörten sie natürlich nicht zu, sondern guckten zu uns rüber.

Tatjana hockte mit ihrer besten Freundin Natalie ganz am Rand. Sie hockten da und tuschelten. Und ich saß wie auf glühenden Kohlen. Ich wollte unbedingt drankommen, bevor Frau Beilcke mit ihrem Sermon zu Ende war. Tollerweise machte Wolkow auch gleich Wettkampf: Eins zwanzig Höhe, wer nicht drüberkam, war raus. Dann fünf Zentimeter höher und so weiter. An eins zwanzig scheiterte nur Heckel. Heckel hat einen Fettbauch, hatte er schon in der Fünften, und dazu Streichholzbeine. Es ist nicht die ganz große Überraschung, dass er keinen Zentimeter vom Boden abheben kann. Eigentlich ist er in keinem Fach besonders gut, aber in Sport ist er besonders scheiße. Er ist auch Legastheniker zum Beispiel, was bedeutet, dass in Deutsch seine Rechtschreibung nicht zählt. Da kann er so viele Fehler machen, wie er will. Es zählen nur Inhalt und Stil, weil das eine Krankheit ist und er nichts dafür kann. Aber da frage ich mich schon, was er denn für seine Streichholzbeine kann. Sein Vater ist Busfahrer und sieht genauso aus: eine Tonne auf zwei Stelzen. Genau genommen ist Heckel also auch Hochsprung-Legastheniker, und es dürfte nicht zählen, wie hoch er kommt, sondern nur der Stil. Aber das ist halt keine anerkannte Krankheit, da bleibt es dann bei der Fünf in Sport, und alle Mädchen kichern, wenn der Fettsack mit beiden Händen voran die Latte abwehrt und quiekend aufs Gesicht fällt. Arme Sau, einerseits. Andererseits muss ich zugeben, dass es wirklich komisch aussieht. Denn selbst wenn bei Heckel die Höhe nicht zählen würde, der Stil ist immer noch fünf minus.

Bei eins vierzig lichtete sich langsam das Feld. Bei eins

fünfzig waren nur noch Kevin und Patrick dabei, André mit großer Mühe und ich natürlich. Olaf war krank. Als André sich über die Latte gequält hatte, gab es Mädchenjubel, und Frau Beilcke guckte streng. Bei eins fünfundfünfzig rief Natalie: «Das schaffst du, André!» Eine extrem blöde Anfeuerung, denn er schaffte es natürlich nicht. Im Gegenteil, er flog geradezu unter der Latte durch, wie so oft beim Hochsprung, wenn man sich zu viel vornimmt. Er krachte hinten über den Rand und versuchte sich dann mit einem Witz zu retten und tat so, als ob er die Latte aus Frust wie einen Speer fortwerfen wollte. Der Witz war aber alt. Keiner lachte. Als Nächstes feuerten sie Kevin an. Mathegenie Kevin. Aber über eins sechzig kam der auch nicht drüber. Und dann war nur noch ich drin. Wolkow ließ eins fünfundsechzig auflegen, und ich merkte schon beim Anlauf, das ist mein Tag. Es war der Tag des Maik Klingenberg. Ich hatte dieses Triumphgefühl schon beim Absprung. Ich sprang überhaupt nicht, ich segelte über die Anlage wie ein Flugzeug, ich stand in der Luft, ich schwebte. Maik Klingenberg, der große Leichtathlet. Ich glaube, wenn ich mir mal selber einen Spitznamen gegeben hätte, wäre es Aeroflot gewesen oder so. Oder Air Klingenberg. Der Kondor von Marzahn. Aber leider darf man sich ja selbst keine Spitznamen geben. Als mein Rücken in die weiche Matte sank, hörte ich, wie auf der Jungsseite verhalten geklatscht wurde. Auf der Mädchenseite hörte ich nichts. Als die Matte mich wieder hochdrückte, war mein erster Blick zu Tatjana, und Tatjana guckte Frau Beilcke an. Natalie guckte auch Frau Beilcke an. Sie hatten meinen Sprung überhaupt nicht gesehen, die blöden Kühe. Keins von den Mädchen hatte meinen Sprung gesehen. Es *interessierte* sie nicht, was die psychotische Schlaftablette sich da zusammensprang. Aeroflot mein Arsch.

Das hat mich noch den ganzen Tag fertiggemacht, obwohl es mich ja selbst nicht interessiert hat. Als ob mich der Scheißhochsprung eine Sekunde lang interessieren würde! Aber wenn André über eins fünfundsechzig gekommen wär oder wenn bei André nur eins fünfundsechzig *aufgelegt* gewesen wären, wären die Mädchen puschelschwenkend über die Tartanbahn gerast. Und bei mir guckte nicht mal eine hin. Ich interessierte niemanden. Wenn *mich* irgendetwas interessierte, dann auch nur die Frage: Warum guckt keiner hin, wenn Air Klingenberg Schulrekord fliegt, und warum gucken sie hin, wenn ein Mehlsack unter der Latte durchrutscht? Aber so war das eben. Das war die Scheißschule, und das war das Scheißmädchenthema, und da gab es keinen Ausweg. Dachte ich jedenfalls immer, bis ich Tschick kennenlernte. Und dann änderte sich einiges. Und das erzähle ich jetzt.

9

Ich konnte Tschick von Anfang an nicht leiden. Keiner konnte ihn leiden. Tschick war ein Asi, und genau so sah er auch aus. Wagenbach schleppte ihn nach Ostern in die Klasse, und wenn ich sage, er *schleppte* ihn in die Klasse, dann meine ich das auch so. Erste Stunde nach den Osterferien: Geschichte. Alle saßen auf ihren Stühlen wie festgetackert, weil, wenn einer ein autoritäres Arschloch ist, dann Wagenbach. Wobei Arschloch jetzt eine Übertreibung ist, eigentlich ist Wagenbach ganz okay. Er macht okayen Unterricht und ist wenigstens nicht dumm, wie die meisten anderen, wie Wolkow zum Beispiel. Bei Wagenbach hat man keine Mühe, sich zu konzentrieren. Und man tut auch gut daran, weil, Wagenbach kann Leute richtig auseinandernehmen. Das weiß jeder. Selbst die, die ihn noch nie hatten. Bevor ein Fünftklässler zum ersten Mal das Hagecius-Gymnasium betritt, weiß er schon: Wagenbach, Achtung! Da ist es mucksmäuschenstill. Bei Schürmann klingelt immer mindestens fünf Mal in der Stunde ein Handy. Patrick hat es sogar mal geschafft, bei Schürmann seinen Klingelton neu einzustellen – sechs, sieben, acht Töne hintereinander, bis Schürmann um *ein wenig mehr Ruhe* bat. Und auch da hat er sich nicht getraut, Patrick scharf anzugucken. Wenn bei Wagenbach ein Handy klingelt, kann derjenige sicher sein, die große Pause nicht lebend zu erreichen. Es gibt sogar das Gerücht, dass Wagenbach früher mal einen Hammer dabeihatte, um Handys zu zerkloppen. Ich weiß nicht, ob das stimmt.

Wagenbach kam also rein in dem schlechten Anzug und mit der braunen Kacktasche unterm Arm wie immer, und hinter ihm her schleppte sich dieser Junge, der wirkte, als wäre er kurz vorm Koma oder so. Wagenbach knallte seine Tasche aufs Pult und drehte sich um. Er wartete mit zusammengezogenen Augenbrauen, bis der Junge langsam herangeschlurrt war, und sagte dann: «Wir haben hier einen neuen Mitschüler. Sein Name ist Andrej –»

Und dann schaute er auf seinen Notizzettel, und dann schaute er wieder den Jungen an. Offenbar sollte der seinen Nachnamen selber sagen. Aber der Junge guckte mit seinen zwei Schlitzaugen durch den Mittelgang ins Nichts und sagte auch nichts.

Und vielleicht ist es nicht wichtig zu erwähnen, was ich dachte in diesem Moment, als ich Tschick zum ersten Mal sah, aber ich will es trotzdem mal dazusagen. Ich hatte nämlich einen extrem unguten Eindruck, wie der da neben Wagenbach auftauchte. Zwei Arschlöcher auf einem Haufen, dachte ich, obwohl ich ihn ja gar nicht kannte und nicht wusste, ob er ein Arschloch war. Er war ein Russe, wie sich dann rausstellte. Er war so mittelgroß, trug ein schmuddeliges weißes Hemd, an dem ein Knopf fehlte, 10-Euro-Jeans von KiK und braune, unförmige Schuhe, die aussahen wie tote Ratten. Außerdem hatte er extrem hohe Wangenknochen und statt Augen Schlitze. Diese Schlitze waren das Erste, was einem auffiel. Sah aus wie ein Mongole, und man wusste nie, wo er damit hinguckte. Den Mund hatte er auf einer Seite leicht geöffnet, es sah aus, als würde in dieser Öffnung eine unsichtbare Zigarette stecken. Seine Unterarme waren kräftig, auf dem einen hatte er eine große Narbe. Die Beine relativ dünn, der Schädel kantig.

Niemand kicherte. Bei Wagenbach kicherte sowieso niemand. Aber ich hatte den Eindruck, dass auch ohne Wagenbach keiner gekichert hätte. Der Russe stand einfach da und sah aus seinen Mongolenaugen irgendwohin. Und er ignorierte Wagenbach komplett. Das war auch schon eine Leistung, Wagenbach zu ignorieren. Das war praktisch unmöglich.

«Andrej», sagte Wagenbach, starrte auf seinen Zettel und bewegte lautlos die Lippen. «Andrej Tsch... Tschicha... tschoroff.»

Der Russe nuschelte irgendwas.

«Bitte?»

«Tschichatschow», sagte der Russe, ohne Wagenbach anzusehen.

Wagenbach zog Luft durch ein Nasenloch ein. Das war so eine Marotte von ihm. Luft durch ein Nasenloch.

«Schön, Tschischaroff. Andrej. Willst du uns vielleicht kurz was über dich erzählen? Wo du herkommst, auf welcher Schule du bisher warst?»

Das war Standard. Wenn Neue in die Klasse kamen, mussten sie erzählen, wo sie her waren und so. Und jetzt ging die erste Veränderung mit Tschick vor. Er drehte den Kopf ganz leicht zur Seite, als hätte er Wagenbach erst in diesem Moment bemerkt. Er kratzte sich am Hals, drehte sich wieder zur Klasse und sagte: «Nein.» Irgendwo fiel eine Stecknadel zu Boden.

Wagenbach nickte ernst und sagte: «Du willst nicht erzählen, wo du herkommst?»

«Nein», sagte Tschick. «Mir egal.»

«Na schön. Dann erzähle ich eben etwas über dich, Andrej. Aus Gründen der Höflichkeit muss ich dich schließlich der Klasse vorstellen.»

Er sah Tschick an. Tschick sah die Klasse an.

«Ich nehme dein Schweigen als Zustimmung», sagte Wagenbach. Und er sagte es in einem ironischen Ton, wie alle Lehrer, wenn sie so was sagen.

Tschick antwortete nicht.

«Oder hast du was dagegen?», fragte Wagenbach.

«Beginnen Sie», sagte Tschick und machte eine Handbewegung.

Irgendwo im Mädchenblock wurde jetzt doch gekichert. *Beginnen Sie!* Wahnsinn. Er betonte jede Silbe einzeln, mit einem ganz komischen Akzent. Und er starrte immer noch die hintere Wand an. Vielleicht hatte er sogar die Augen geschlossen. Es war schwer zu sagen. Wagenbach machte ein Gesicht, das zur Ruhe aufforderte. Dabei war es schon absolut ruhig.

«Also», sagte er. «Andrej Tschicha… schoff heißt unser neuer Mitschüler, und wie wir an seinem Namen bereits unschwer erkennen, kommt unser Gast von weit her, genau genommen aus den unendlichen russischen Weiten, die Napoleon in der letzten Stunde vor Ostern erobert hat – und aus denen er heute, wie wir sehen werden, auch wieder vertrieben werden wird. Wie vor ihm Karl XII. Und nach ihm Hitler.»

Wagenbach zog die Luft wieder durch ein Nasenloch ein. Die Einleitung machte keinen Eindruck auf Tschick. Er rührte sich nicht.

«Jedenfalls ist Andrej vor vier Jahren mit seinem Bruder hier nach Deutschland gekommen, und – möchtest du das nicht lieber selbst erzählen?»

Der Russe machte eine Art Geräusch.

«Andrej, ich spreche mit dir», sagte Wagenbach.

«Nein», sagte Tschick. «Nein im Sinne von ich möchte es lieber nicht erzählen.»

Unterdrücktes Kichern. Wagenbach nickte kantig.

«Na schön, dann werde *ich* es erzählen, wenn du nichts dagegen hast, es ist schließlich sehr ungewöhnlich.»

Tschick schüttelte den Kopf.

«Es ist nicht ungewöhnlich?»

«Nein.»

«Also, *ich* finde es ungewöhnlich», beharrte Wagenbach. «Und auch bewundernswert. Aber um es kurz zu machen – kürzen wir das hier mal ab. Unser Freund Andrej kommt aus einer deutschstämmigen Familie, aber seine Muttersprache ist Russisch. Er ist ein großer Formulierer, wie wir sehen, aber er hat die deutsche Sprache erst in Deutschland gelernt und verdient folglich unsere Rücksicht in gewissen … na ja, Bereichen. Vor vier Jahren besuchte er zuerst die Förderschule. Dann wurde er auf die Hauptschule umgeschult, weil seine Leistungen das zuließen, aber da hat er es auch nicht lange ausgehalten. Dann ein Jahr Realschule, und jetzt ist er bei uns, und das alles in nur vier Jahren. So weit richtig?»

Tschick rieb sich mit dem Handrücken über die Nase, dann betrachtete er die Hand. «Neunzig Prozent», sagte er.

Wagenbach wartete einen Moment, ob da noch mehr käme. Aber da kam nichts mehr. Die restlichen zehn Prozent blieben ungeklärt.

«Na gut», sagte Wagenbach überraschend freundlich. «Und nun sind wir natürlich alle sehr gespannt, was da noch kommt … Leider kannst du nicht ewig hier vorne stehen bleiben, so schön es auch ist, sich mit dir zu unterhalten. Ich würde deshalb vorschlagen, du setzt dich dahinten an den freien Tisch, weil das ja auch der einzige Tisch ist, der frei ist. Nicht?»

Tschick schlurfte wie ein Roboter durch den Mittelgang. Alle sahen ihm nach. Tatjana und Natalie steckten die Köpfe zusammen.

«Napoleon!», sagte Wagenbach und machte eine Kunstpause, um eine Packung Papiertaschentücher aus der Aktentasche zu ziehen und sich ausführlich zu schnäuzen.

Tschick war mittlerweile hinten angekommen, und aus dem Gang, durch den er gekommen war, wehte ein Geruch rüber, der mich fast umhaute. Eine Alkoholfahne. Ich saß drei Plätze vom Gang weg und hätte seine Getränkeliste der letzten vierundzwanzig Stunden zusammenstellen können. So roch meine Mutter, wenn sie einen schlechten Tag hatte, und ich überlegte, ob das vielleicht der Grund gewesen war, warum er Wagenbach die ganze Zeit nicht angesehen und nicht den Mund aufgemacht hatte, wegen der Fahne. Aber Wagenbach hatte Schnupfen. Der roch sowieso nichts.

Tschick setzte sich an den letzten freien Tisch ganz hinten. An diesem Tisch hatte zu Beginn des Schuljahrs Kallenbach gesessen, der Klassentrottel. Aber weil bekannt war, dass Kallenbach pausenlos störte, hatte Frau Pechstein ihn noch am selben Tag von da weggeholt und in die erste Reihe gesetzt, damit sie ihn unter Kontrolle hatte. Und nun saß stattdessen dieser Russe am letzten Tisch, und vermutlich war ich nicht der Einzige, der den Eindruck hatte: dass das aus Sicht von Frau Pechstein keine gute Idee war, statt Kallenbach da den Russen sitzen zu haben. Der war ein ganz anderes Kaliber als Kallenbach, das war offensichtlich, deshalb drehten sich auch alle ständig nach ihm um. Nach diesem Auftritt mit Wagenbach wusste man einfach: Da passiert noch was, das wird jetzt richtig spannend.

Aber dann passierte den ganzen Tag lang überhaupt nichts. Tschick wurde von jedem Lehrer neu begrüßt und musste in jeder Stunde seinen Namen buchstabieren, aber ansonsten war Ruhe. Auch die nächsten Tage blieb es ruhig, es war eine richtige Enttäuschung. Tschick kam immer im selben abgewrackten Hemd zur Schule, beteiligte sich nicht am Unterricht, sagte immer «Ja» oder «Nein» oder «Weiß nicht», wenn er aufgerufen wurde, und störte nicht. Er freundete sich mit niemandem an, und er machte auch keinen Versuch, sich mit jemandem anzufreunden. Nach Alkohol stank er die nächsten Tage nicht mehr, und trotzdem hatte man immer, wenn man in die letzte Reihe guckte, den Eindruck, er wäre irgendwie weggetreten. So zusammengesunken, wie er dasaß mit seinen Schlitzaugen, da wusste man nie: Schläft der, ist der hacke, oder ist der einfach nur sehr lässig?

So ungefähr einmal die Woche roch es dann aber doch wieder. Nicht so schlimm wie am ersten Tag, aber immerhin. Es gab auch bei uns in der Klasse Leute, die schon mal einen Vollrausch gehabt hatten – ich gehörte nicht dazu –, aber dass einer morgens besoffen in die Schule kam, war neu. Tschick kaute dann stinkendes Pfefferminzkaugummi, daran konnte man immer erkennen, was Phase war.

Sonst wusste man nicht viel über ihn. Dass da einer von der Förderschule ins Gymnasium kam, war ja absurd genug. Und dann noch diese Klamotten. Aber es gab auch Leute, die ihn verteidigten, die meinten, dass er in Wirklichkeit gar nicht dumm war. «Jedenfalls garantiert nicht so dumm wie Kallenbach», behauptete ich irgendwann, denn ich war einer von diesen Leuten. Aber ich verteidigte ihn, ehrlich gesagt, auch nur, weil Kallenbach gerade dabeistand, der mir auf die Nerven ging. Aus Tschicks Redebeiträgen konnte man wirklich nicht schließen, ob er dumm oder klug war oder irgendwas dazwischen.

Und natürlich gab es auch Gerüchte über ihn und seine Herkunft. Tschetschenien, Sibirien, Moskau – war alles im Gespräch. Kevin meinte, Tschick würde mit seinem Bruder irgendwo hinter Hellersdorf in einem Campingwagen wohnen, und dieser Bruder wäre ein Waffenschieber. Jemand anders wusste, dass er ein Frauenhändler war, und es war die Rede von einer 40-Zimmer-Villa, in der die Russenmafia Orgien feierte, und wieder jemand anders behauptete, Tschick würde in einem dieser Hochhäuser Richtung Müggelsee wohnen. Aber, ehrlich gesagt, das war alles Gewäsch, und das kam nur zustande, weil Tschick selbst mit fast niemandem redete. Und so geriet er langsam wieder in Vergessenheit. Oder jedenfalls so sehr in Vergessenheit, wie man geraten kann, wenn man täglich in demselben schlimmen Hemd und einer billigen Jeans erscheint und auf dem Platz des Klassentrottels sitzt. Die Schuhe aus toten Tieren immerhin wurden irgendwann durch weiße Adidas ersetzt, von denen auch sofort wieder jemand wusste, dass sie frisch geklaut waren. Und vielleicht waren sie auch frisch geklaut. Aber die Zahl der Gerüchte nahm nicht mehr weiter zu. Man erfand nur noch den Spitznamen Tschick, und für alle, denen das zu einfach war, hieß er der *Förderschüler*, und dann war das Russenthema erst mal durch. Jedenfalls in unserer Klasse.

Auf dem Parkplatz dauerte es etwas länger. Auf diesem Parkplatz vor der Schule standen morgens die Oberstufenschüler, und da gab es ein paar, die schon Autos hatten, und die fanden diesen Mongolen wahnsinnig interessant. Typen, die fünfmal sitzengeblieben waren und in der offenen Fahrertür von ihrem Auto lehnten, damit auch jeder sehen konnte, dass sie die Besitzer dieser getunten Schrottkarren waren, und die machten sich über Tschick lustig. «Wieder hacke, Iwan?» Und das jeden Morgen. Besonders ein Typ mit einem gelben Ford Fiesta. Ich wusste lange nicht, ob Tschick das mitkriegte, dass die ihn meinten und dass sie über ihn lachten, aber irgendwann blieb er einmal stehen. Ich war gerade damit beschäftigt, mein Fahrrad anzuschließen, und ich hörte, wie sie laut Wetten abschlossen, ob Tschick die Tür zum Schulgebäude treffen würde, so wie er schwankte – sie sagten: Wie der Scheißmongole schwankt –, und da blieb Tschick stehen und ging zum Parkplatz zurück und auf die Jungs zu. Die alle einen Kopf größer und ein paar Jahre älter waren als er und die wahnsinnig grinsten, wie der Russe da jetzt ankam – und an ihnen vorbeiging. Er steuerte gleich auf den Ford-Typen zu, der der Lauteste von allen war, legte beide Hände auf das gelbe Autodach und redete mit ihm so leise, dass niemand sonst ihn hören konnte, und dann verschwand langsam das Grinsen aus dem Gesicht vom Ford-Typen, und Tschick drehte sich um und ging in die Schule. Von dem Tag an riefen sie ihm nichts mehr hinterher.

Ich war natürlich nicht der Einzige, der das beobachtet hatte, und danach verstummten die Gerüchte nicht mehr, dass Tschicks Familie wirklich die russische Mafia wäre oder so was, weil, es konnte sich keiner vorstellen, wie er es sonst geschafft hatte, dem Ford-Spacko mit drei Sätzen komplett den Stecker zu ziehen. Aber logisch war das Quark. Mafia, völliger Quark. Das dachte ich jedenfalls.

10

Zwei Wochen danach kriegten wir die erste Arbeit in Mathe zurück. Strahl malte immer erst mal den Klassenspiegel an die Tafel, um einem Angst zu machen. Diesmal war eine Eins dabei, das war ungewöhnlich. Strahls Lieblingssatz lautete: Einsen gibt's nur für den lieben Gott. Das Grauen. Aber Strahl war eben Mathelehrer und endgestört. Es gab zwei Zweien, Unmengen Dreien und Vieren, keine Fünf. Und eine Sechs. Ich machte mir ein bisschen Hoffnungen auf die Eins, Mathe war das einzige Fach, in dem ich ab und zu mal einen Treffer landete. Aber dann hatte ich eine Zwei minus. Immerhin. Bei Strahl war eine Zwei minus fast eine Eins. Ich drehte mich unauffällig um, wo der Jubelschrei wegen der Eins zu hören sein würde. Aber niemand jubelte. Weder Lukas noch Kevin noch die anderen Mathecracks. Stattdessen nahm Strahl das letzte Heft in die Hand und brachte es persönlich zu Tschichatschow in die letzte Reihe. Tschick saß da und kaute wie verrückt Pfefferminzkaugummi. Er guckte Strahl nicht an und stellte nur das Kauen und Atmen ein. Strahl beugte sich hinunter, befeuchtete seine Lippen und sagte: «Andrej.»

Es gab fast keine Reaktion. Eine winzige Kopfdrehung wie ein Gangster im Film, der hinter sich das Klicken eines Gewehrhahns hört.

«Deine Arbeit. Ich weiß nicht, was das ist», sagte Strahl und stützte eine Hand auf Tschicks Tisch. «Ich meine, wenn ihr das noch nicht gehabt habt an deiner alten Schule – du musst das nachholen. Du hast ja überhaupt nicht – du hast es ja nicht mal versucht. Was da steht», Strahl blätterte das Heft auf und senkte die Stimme, aber man konnte ihn doch noch verstehen, «diese Scherze – ich meine, wenn ihr den Stoff nicht hattet, ich merke mir das natürlich. Ich musste Sechs drunterschreiben, aber die steht sozusagen in Klammern. Ich würde sagen, du wendest dich mal an Kevin oder an Lukas. Lässt du dir von denen das Heft geben. Der Stoff der letzten zwei Monate. Und auch, wenn du Fragen hast. Weil, so wird das sonst hier nichts.»

Tschick nickte. Er nickte wahnsinnig verständnisvoll, und dann passierte es. Er fiel vom Stuhl, direkt vor Strahls Füße. Strahl zuckte zusammen, und Patrick und Julia sprangen auf. Tschick lag wie tot auf dem Boden.

Wir alle hatten diesem Russen ja einiges zugetraut, aber nicht, dass er vor Sensibilität vom Stuhl kippt wegen einer Sechs in Mathe. Wie sich dann schnell rausstellte, war es auch gar nicht die Sensibilität. Er hatte den ganzen Morgen nichts gegessen, und das mit dem Alkohol war offensichtlich. Im Sekretariat kotzte Tschick noch das Waschbecken voll und wurde dann mit Begleitung nach Hause geschickt.

Sein Ruf verbesserte sich dadurch nicht wirklich. Was das für Scherze gewesen waren, die er statt der Mathearbeit in sein Heft gemalt hatte, blieb unklar, und wer die Eins hatte, weiß ich auch nicht mehr. Aber was ich noch immer weiß und wahrscheinlich niemals vergessen werde, das ist Strahls Gesicht, als ihm dieser Russe vor die Füße kippte. Alter Finne.

Das Irritierende an dieser ganzen Geschichte war aber nicht, dass Tschick vom Stuhl kippte oder dass er eine Sechs schrieb. Das Irritierende war, dass er drei Wochen später eine Zwei hatte. Und danach wieder eine Fünf. Und dann wieder eine Zwei. Strahl drehte fast durch. Er redete irgendwas von

«Stoff gut nachgeholt» und «jetzt nicht nachlassen», aber jeder Blinde konnte sehen, dass die Zweien nichts damit zu tun hatten, dass Tschick den Stoff nachgeholt hatte. Es hatte einfach nur was damit zu tun, dass er manchmal hacke war und manchmal nicht.

So langsam kriegten das natürlich auch die Lehrer mit, und ein paarmal wurde Tschick ermahnt und nach Hause geschickt. Es gab auch Gespräche mit ihm hinter den Kulissen, aber die Schule unternahm erst mal nicht viel. Immerhin hatte Tschick ein schweres Schicksal oder so was, und weil nach dem PISA-Test sowieso jeder beweisen wollte, dass auch asige, besoffene Russen auf einem deutschen Gymnasium eine Chance haben, gab es keine richtige Strafe. Nach einer gewissen Zeit beruhigte sich dann die Lage. Was mit Tschick los war, wusste zwar noch immer keiner. Aber er kam in den meisten Fächern einigermaßen mit. Er kaute immer weniger Pfefferminzkaugummi im Unterricht. Und er störte kaum noch. Wenn er nicht ab und zu seine Aussetzer gehabt hätte, hätte man vielleicht sogar vergessen, dass er da war.

11

«Ein Mann, der Herrn K. lange nicht gesehen hatte, begrüßte ihn mit den Worten: ‹Sie haben sich gar nicht verändert.› – ‹Oh›, sagte Herr K. und erbleichte. Das war ja mal eine angenehm kurze Geschichte.» Kaltwasser klappte im Vorbeigehen die Tafel auf, zog das Jackett aus und warf es über seinen Stuhl. Kaltwasser war unser Deutschlehrer, und er kam immer ohne Begrüßung in die Klasse, oder zumindest hörte man die Begrüßung nicht, weil er schon mit Unterricht anfing, da war er noch gar nicht durch die Tür. Ich muss zugeben, dass ich Kaltwasser nicht ganz begriff. Kaltwasser ist neben Wagenbach der Einzige, der einen okayen Unterricht macht, aber während Wagenbach ein Arschloch ist, also menschlich, wird man aus Kaltwasser nicht schlau. Oder ich werde nicht schlau aus ihm. Der kommt rein wie eine Maschine und fängt an zu reden, und dann geht es 45 Minuten superkorrekt zu, und dann geht Kaltwasser wieder raus, und man weiß nicht, was man davon halten soll. Ich könnte nicht sagen, wie der zum Beispiel privat ist. Ich könnte nicht mal sagen, ob ich ihn nett finde oder nicht. Alle anderen sind sich einig, dass Kaltwasser ungefähr so nett ist wie ein gefrorener Haufen Scheiße, aber ich weiß es nicht. Ich könnte mir sogar vorstellen, dass er auf seine Weise ganz okay ist, außerhalb der Schule.

«Angenehm kurz», wiederholte Kaltwasser. «Und da haben sich sicher einige gedacht, so kurz kann ich das auch mit der Interpretation halten. Aber dann dürfte wohl klargeworden sein: So einfach ist das nicht. Oder fand es jemand sehr einfach? Wer will denn mal? Freiwillige? Na, kommt. Die letzte Reihe lacht mich an.» Wir folgten Kaltwassers Blick zur letzten Reihe. Dort lag Tschick mit dem Kopf auf dem Tisch, und man konnte nicht genau erkennen, ob er in sein Buch schaute oder schlief. Es war die sechste Stunde.

«Herr Tschichatschow, darf ich bitten?»

«Was?» Tschicks Kopf hob sich langsam. Dieses ironische Siezen. Da ging schon mal das Warnlämpchen an.

«Herr Tschichatschow, sind Sie da?»

«Bei der Arbeit.»

«Haben Sie die Hausaufgaben gemacht?»

«Selbstverständlich.»

«Hätten Sie die Güte, sie uns vorzulesen?»

«Äh, ja.» Tschick sah sich kurz auf seinem Tisch um, entdeckte dann seine Plastiktüte auf dem Boden, hievte sie hoch und suchte nach dem Heft. Wie immer hatte er nichts ausgepackt vor der Stunde. Er zog mehrere Hefte raus und schien Mühe zu haben, das richtige zu identifizieren.

«Wenn du keine Hausaufgaben gemacht hast, sag's.»

«Ich hab Hausaufgaben – wo isses denn? Wo isses denn?» Er legte ein Heft auf den Tisch, steckte die anderen zurück und blätterte darin herum.

«Da, da ist es. Soll ich vorlesen?»

«Ich *bitte* darum.»

«Gut, ich fang dann jetzt an. Die Hausaufgabe war die Geschichte vom Herrn K. Ich beginne. Interpretation der Geschichte von Herrn K. Die erste Frage, die man hat, wenn man Prechts Geschichte liest, ist logisch –»

«Brecht», sagte Kaltwasser, «Bert Brecht.»

«Ah.» Tschick fischte einen Kugelschreiber aus der Plastiktüte und kritzelte in seinem Heft. Er steckte den Kugelschreiber zurück in die Plastiktüte.

«Interpretation der Geschichte von Herrn K. Die erste Frage, die man hat, wenn man Brechts Geschichte liest, ist logisch, wer sich hinter dem rätselhaften Buchstaben K. versteckt. Ohne viel Übertreibung kann man wohl sagen, dass es ein Mann ist, der das Licht der Öffentlichkeit scheut. Er versteckt sich hinter einem Buchstaben, und zwar dem Buchstaben K. Das ist der elfte Buchstabe vom Alphabet. Warum versteckt er sich? Tatsächlich ist Herr K. beruflich Waffenschieber. Mit anderen dunklen Gestalten zusammen (Herrn L. und Herrn F.) hat er eine Verbrecherorganisation gegründet, für die die Genfer Konvention nur einen traurigen Witz darstellt. Er hat Panzer und Flugzeuge verkauft und Milliarden gemacht und macht sich längst nicht mehr die Finger schmutzig. Lieber kreuzt er auf seiner Yacht im Mittelmeer, wo die CIA auf ihn kam. Daraufhin floh Herr K. nach Südamerika und ließ sein Gesicht bei dem berühmten Doktor M. chirurgisch verändern und ist nun verblüfft, dass ihn einer auf der Straße erkennt: Er erbleicht. Es versteht sich von selbst, dass der Mann, der ihn auf der Straße erkannt hat, genauso wie der Gesichtschirurg wenig später mit einem Betonklotz an den Füßen in unheimlich tiefem Wasser stand. Fertig.»

Ich guckte Tatjana an. Sie hatte die Stirn gerunzelt und einen Bleistift im Mund. Dann guckte ich Kaltwasser an. An Kaltwassers Gesicht war absolut nichts zu erkennen. Kaltwasser schien leicht angespannt, aber mehr so interessiert-angespannt. Nicht mehr und nicht weniger. Eine Zensur gab er nicht. Anschließend las Anja die richtige Interpretation, wie sie auch bei Google steht, dann gab es noch eine endlose Diskussion darüber, ob Brecht Kommunist gewesen war, und dann war die Stunde zu Ende. Und das war schon kurz vor den Sommerferien.

12

Aber jetzt muss ich erst mal von Tatjanas Geburtstag erzählen. Mitten in den Sommerferien hatte Tatjana Geburtstag, und da sollte eine Riesenparty stattfinden. Tatjana hatte das schon lange vorher angekündigt. Es hatte geheißen, dass sie ihren vierzehnten Geburtstag in Werder bei Potsdam feiert und dass alle dorthin eingeladen wären mit Übernachtung und so. Sie hatte bei ihren besten Freundinnen rumgefragt, weil sie sicher sein wollte, dass die auch da sein würden, und weil Natalie schon am dritten Ferientag mit ihren Eltern in den Urlaub fuhr, musste die ganze Party auf den zweiten Tag vorverlegt werden, und deshalb wurde das alles auch so früh bekannt.

Dieses Haus in Werder gehörte einem Onkel von Tatjana und lag direkt am See, und dieser Onkel wollte Tatjana das Haus praktisch überlassen, es würden außer ihm keine Erwachsenen da sein, es würde die Nacht durchgefeiert, und alle sollten ihre Schlafsäcke mitbringen.

Das war natürlich ein großes Thema in der Klasse, Wochen vorher schon, und ich fing an, mich in Gedanken mit diesem Onkel zu beschäftigen. Ich weiß nicht mehr, warum der mich so faszinierte, aber ich dachte, das müsste ein ziemlich interessanter Typ sein, dass der Tatjana einfach so sein Haus überlässt und dass er auch noch verwandt mit ihr ist, und ich freute mich wahnsinnig darauf, ihn kennenzulernen. Ich sah mich schon immer mit ihm in seinem Wohnzimmer am

Kamin stehen und supergepflegt Konversation machen. Dabei wusste ich ja nicht mal, ob es in dem Haus einen Kamin gab. Aber ich war nicht der Einzige, der aufgeregt war wegen dieser Party. Julia und Natalie überlegten schon lange vorher immer, was sie Tatjana schenken sollten, das konnte man auf den Zetteln lesen, die im Unterricht durch die Bänke gereicht wurden. Das heißt, ich konnte es lesen, weil ich in der direkten Verbindungslinie zwischen Julia und Natalie saß, und ich war natürlich wie elektrisiert von dieser Geschenkidee und dachte selbst über nichts anderes mehr nach als darüber, was ich Tatjana zum Geburtstag schenken könnte. Julia und Natalie, das war schon mal klar, würden ihr die neue Beyoncé-CD schenken. Julia hatte Natalie eine Liste zum Ankreuzen geschickt, die ungefähr so aussah:

O *Beyoncé*
O *Pink*
O *das Halsband mit den* [unleserlich]
O *lieber noch mal abwarten*

Und Natalie hatte ganz oben ihr Kreuz gemacht. Das war allgemein bekannt, Tatjana fand Beyoncé toll. Was ich erst mal ein bisschen problematisch fand, weil ich Beyoncé scheiße fand, jedenfalls die Musik. Aber immerhin sah sie phantastisch aus, sie hatte sogar eine gewisse Ähnlichkeit mit Tatjana, und deshalb fand ich Beyoncé dann irgendwann auch nicht mehr ganz so scheiße. Im Gegenteil, ich fing an, Beyoncé zu mögen, und auch ihre Musik mochte ich auf einmal. Nein, das stimmt nicht. Ich fand die Musik *super.* Ich hatte mir die letzten zwei CDs gekauft und hörte sie in Endlosschleife, während ich an Tatjana dachte und daran, mit was für einem Geschenk ich auf dieser Party auflaufen wollte. Irgendwas von Beyoncé konnte ich ihr auf keinen Fall schenken. Auf die Idee waren außer Julia und Natalie wahrscheinlich noch dreißig andere gekommen, und dann bekam Tatjana zum Geburtstag dreißig Beyoncé-CDs und konnte neunundzwanzig umtauschen. Ich wollte ihr irgendwas Besonderes schenken, aber mir fiel nichts ein, und erst als dieser Zettel zum Ankreuzen bei mir vorbeikam, da fiel es mir ein.

Ich ging zu Karstadt, kaufte eine ziemlich teure Modezeitschrift mit dem Gesicht von Beyoncé drauf und fing an zu zeichnen. Mit einem Lineal machte ich Bleistiftstriche senkrecht und waagerecht über das Gesicht, in regelmäßigen Abständen, bis kleine Quadrate auf dem ganzen Bild waren. Dann nahm ich ein riesiges Blatt Papier und zeichnete fünfmal so große Quadrate drauf. Das ist eine Methode, die ich aus einem Buch kenne. *Alte Meister* oder so. Damit kann man aus einem kleinen Bild ein ziemlich großes Bild machen. Man überträgt einfach Quadrat für Quadrat. Man könnte das natürlich auch auf einen Kopierer legen. Aber ich wollte, dass es gezeichnet ist. Wahrscheinlich wollte ich, dass man sieht, dass ich mir Mühe gemacht hab. Weil, wenn man das mit der Mühe sieht, kann man sich den Rest auch denken. Wochenlang arbeitete ich jeden Tag an dieser Zeichnung. Ich arbeitete wirklich hart. Nur mit Bleistift, und ich wurde immer aufgedrehter, weil ich beim Zeichnen an nichts anderes mehr denken konnte als an Tatjana und ihren Geburtstag und ihren supersympathischen Onkel, mit dem ich am Kamin unfassbar geistreiche Gespräche führte.

Und wenn ich auch nicht viel kann, zeichnen kann ich. Ungefähr so wie Hochsprung. Wenn Beyoncézeichnen und Hochsprung die wichtigsten Disziplinen auf der Welt wären, wäre ich ganz weit vorn. Im Ernst. Leider interessiert sich kein Mensch für Hochsprung, und bei der Zeichnerei kamen mir auch so langsam Zweifel. Nach vier Wochen harter Arbeit sah Beyoncé fast wie ein Foto aus, eine riesengroße Bleistift-Beyoncé mit Tatjanas Augen, und ich wäre wahrscheinlich der glücklichste Mensch im Universum gewesen, wenn ich jetzt noch eine Einladung auf Tatjanas Party bekommen hätte. Aber ich bekam keine.

Es war der letzte Schultag, und ich war etwas nervös, weil dieser ganze Partygedanke ja immer im Raum stand, alle redeten unaufhörlich über Werder bei Potsdam, aber es hatte noch keine Einladungen gegeben, oder ich hatte keine gesehen. Und man wusste ja gar nicht, wo genau das sein sollte, so klein ist Werder ja auch wieder nicht. Ich hatte den Stadtplan längst im Kopf. Und deshalb dachte ich, dass Tatjana das am letzten Schultag irgendwie bekanntgeben würde. War aber nicht so.

Stattdessen sah ich in der Federtasche von Arndt, der zwei Reihen vor mir saß, ein kleines grünes Kärtchen. Das war in Mathe. Ich sah, wie Arndt das grüne Kärtchen Kallenbach zeigte, und Kallenbach runzelte die Stirn, und ich konnte sehen, dass in der Mitte vom grünen Kärtchen ein kleiner Straßenplan war. Und dann bemerkte ich, dass alle diese grünen Kärtchen hatten. Fast alle. Kallenbach hatte auch keins, so blöd wie er guckte, allerdings guckte er ja immer blöd. Er war ja auch blöd. Das war wahrscheinlich auch der Grund, warum er nicht eingeladen worden war. Kallenbach beugte sich tief über die Schrift, er war kurzsichtig und setzte aus irgendeinem Grund nie die Brille auf, und Arndt nahm ihm das Ding wieder weg und steckte es zurück in seine Federtasche. Wie sich später rausstellte, waren Kallenbach und ich nicht die Einzigen ohne Einladung. Der Nazi hatte auch keine, Tschichatschow nicht, und dann noch ein oder zwei. Logisch. Die größten Langweiler und Asis waren nicht eingeladen,

Russen, Nazis und Idioten. Und ich musste nicht lange überlegen, was ich in Tatjanas Augen wahrscheinlich war. Weil, ich war ja weder Russe noch Nazi.

Aber sonst war praktisch die ganze Klasse eingeladen, und dann noch die halbe Parallelklasse und garantiert noch hundert Leute, und ich war nicht eingeladen.

Bis zur letzten Schulstunde und bis nach der Zeugnisverleihung hoffte ich immer noch. Ich hoffte, dass alles ein Irrtum war, dass Tatjana nach dem Klingeln auf mich zukommen und sagen würde: «Psycho, Mann, dich hab ich ja ganz vergessen! Hier ist das grüne Kärtchen! Ich hoffe, du hast Zeit, es würde mich todunglücklich machen, wenn ausgerechnet du nicht kommen könntest – und du hast hoffentlich an mein Geschenk gedacht? Ja, auf dich ist Verlass! Also, bis dann, ich freu mich wahnsinnig, dass du kommst! Fast hätte ich dich vergessen, mein Gott!» Dann klingelte es, und alle gingen nach Hause. Ich packte lange und umständlich meine Sachen zusammen, um Tatjana die letzte Gelegenheit zu geben, ihren Irrtum zu bemerken.

Auf den Gängen standen nur noch die Dicken und die Intelligenten und unterhielten sich über ihre Zeugnisse und irgendeinen Stuss, und am Ausgang – zwanzig Meter hinter dem Ausgang – haute jemand auf meine Schulter und sagte: «Übertrieben geile Jacke.» Es war Tschick. Beim Grinsen sah man zwei große Zahnreihen, und die Schlitzaugen waren noch schmaler als sonst. «Kauf ich dir ab. Die Jacke. Bleib mal stehen.»

Ich blieb nicht stehen, aber ich hörte, wie er mir nachlief.

«Lieblingsjacke», sagte ich. «Unverkäuflich.» Ich hatte die Jacke bei Humana entdeckt und für fünf Euro gekauft, und es war wirklich meine Lieblingsjacke. Irgend so ein China-Teil, auf der Brust ein weißes Drachenmuster, das wahnsinnig billig aussah. Aber auch wahnsinnig toll. Im Grunde die ideale Jacke für Asis. Und darum mochte ich sie auch so, da sah man nicht gleich auf den ersten Blick, dass ich das genaue Gegenteil eines Asis war: reich, feige, wehrlos.

«Wo gibt's denn die? Hey, halt doch mal an! Wo läufst du hin?» Er brüllte über den ganzen Hof und fand das offenbar komisch. Es klang, als hätte man ihm außer Alkohol noch was gegeben. Ich bog in die Weidengasse ein.

«Bist du sitzengeblieben?»

«Was schreist du denn so?»

«Bist du sitzengeblieben?»

«Nee.»

«Du guckst so.»

«Wie gucke ich?»

«Als ob du sitzengeblieben wärst.»

Was wollte der denn von mir? Ich ertappte mich bei dem Gedanken, dass ich es gut fand, dass Tatjana ihn nicht eingeladen hatte.

«Aber lauter Fünfen», sagte er.

«Keine Ahnung.»

«Wie, keine Ahnung? Wenn ich dich nerv, mach Meldung.»

Ich sollte melden, dass er mich nervte? Und dann kriegte ich eins in die Fresse oder was?

«Weiß ich nicht.»

«Du weißt nicht, ob ich dich nerv?»

«Ob ich lauter Fünfen hab.»

«Im Ernst?»

«Ich hab noch nicht reingeguckt.»

«In dein Zeugnis?»

«Nein.»

«Du hast in dein Zeugnis nicht reingeguckt?»

«Nein.»

«Echt? Du hast dein Zeugnis gekriegt und nicht reingeguckt? Wie cool ist das denn.» Er machte große Armbewegungen beim Sprechen, während er neben mir herging, und zu meiner Überraschung war er nicht größer als ich. Nur stämmiger.

«Und du verkaufst die Jacke also nicht?»

«Nein.»

«Und was machst du jetzt?»

«Nach Hause.»

«Und danach?»

«Nichts.»

«Und dann?»

«Geht dich einen Scheiß an.» Jetzt, wo ich begriffen hatte, dass er mich nicht abziehen wollte, wurde ich sofort mutiger. Das ist leider immer so. Solange die Leute unfreundlich sind, kann ich vor Aufregung kaum laufen. Aber wenn sie auch nur ein bisschen freundlich werden, fang ich immer gleich an, sie zu beleidigen.

Ein paar hundert Meter ging Tschick schweigend neben mir her, dann zupfte er mich am Ärmel, wiederholte, dass das eine übertrieben geile Jacke wäre, und schlug sich seitwärts in die Büsche. Ich sah ihn über die Wiese in Richtung der Hochhäuser stapfen, die Plastiktüte, die seine Schultasche war, über die rechte Schulter gehängt.

13

Nach einer Weile blieb ich stehen und sackte auf den Bordstein. Ich hatte keine Lust, nach Hause zu gehen. Ich wollte nicht, dass es ein Tag wie alle anderen war. Es war ein besonderer Tag. Ein besonders beschissener Tag. Ich brauchte eine Ewigkeit.

Als ich die Tür aufschloss, war niemand da. Ein Zettel lag auf dem Tisch: *Essen im Kühlschrank*. Ich packte meine Sachen aus, guckte kurz in mein Zeugnis, legte die Beyoncé-CD ein und kroch unter meine Bettdecke. Ich konnte mich nicht entscheiden, ob die Musik mich tröstete oder noch mehr deprimierte. Ich glaube, sie deprimierte mich noch mehr.

Ein paar Stunden später ging ich zurück zur Schule, um mein Fahrrad zu holen. Im Ernst, ich hatte mein Fahrrad vergessen. Mein Schulweg war zwei Kilometer lang, und manchmal ging ich zu Fuß, wenn mir danach war, aber an diesem Tag war ich nicht zu Fuß gegangen. Ich war so in Gedanken gewesen, als Tschick mich angequatscht hatte, dass ich einfach mein Fahrrad auf- und wieder zugeschlossen hatte und losmarschiert war. Es war wirklich ein Elend.

Zum dritten Mal an diesem Tag führte mich der Weg vorbei an dem großen Sandhügel und an dem Spielplatz, wo das Brachland beginnt. Da setzte ich mich auf den Indianerturm. Ein riesiger Holzturm, den sie mit einem halben Fort zusammen da hingebaut haben, damit kleine Kinder Cowboy und Indianer spielen könnten, wenn es irgendwo kleine Kinder gäbe. Aber ich habe noch nie ein Kind da gesehen. Auch keine Jugendlichen oder Erwachsenen. Nicht mal Junkies übernachten da. Nur ich sitz manchmal oben auf dem Turm, wo mich keiner sehen kann, wenn's mir scheiße geht. Im Osten sieht man die Hochhäuser von Hellersdorf, im Norden läuft hinter den Sträuchern die Weidengasse, und etwas dahinter ist noch eine Kleingartenkolonie. Aber rund um den Spielplatz ist nichts, ein riesiges Brachland, das ursprünglich mal Bauland war. Da sollten einmal Einfamilienhäuser entstehen, wie man auf einem großen, verwitterten Schild noch lesen kann, das umgekippt neben der Straße liegt. Weiße Würfel mit rotem Dach, kreisrunde Bäume und daneben die Aufschrift: *Hier entstehen 96 Einfamilienhäuser.* Weiter unten ist von hochrentablen Anlageobjekten die Rede, und ganz unten steht irgendwo auch *Immobilien Klingenberg*.

Aber eines Tages wurden auf der Wiese drei ausgestorbene Insekten, ein Frosch und ein seltener Grashalm entdeckt, und seitdem prozessieren die Naturschützer gegen die Baufirmen und die Baufirmen gegen die Naturschützer, und das Land liegt brach. Die Prozesse laufen seit zehn Jahren, und wenn man meinem Vater glauben darf, werden sie auch noch zehn Jahre laufen, weil gegen diese Ökofaschisten kein Kraut gewachsen ist. Ökofaschisten ist das Wort von meinem Vater. Mittlerweile lässt er die Silbe Öko auch weg, weil diese Prozesse ihn ruiniert haben. Ein Viertel des Baulandes hat nämlich ihm gehört, und mit diesem Land hat er sich in die Scheiße prozessiert. Wenn bei uns zu Hause am Mittagstisch mal ein Fremder zugehört hätte, der hätte kein Wort verstanden. Jahrelang redete mein Vater immer nur von Scheiße, Wichsern und Faschisten. Wie viel Verlust er bei der Sache gemacht hatte und wie sich das auf uns auswirken würde, war mir lange nicht klar. Ich dachte immer, mein Vater prozessiert sich aus der Sache auch wieder raus, und vielleicht hat er das auch selbst gedacht, am Anfang. Aber dann hat er das Handtuch geworfen und seine Anteile verkauft. Da hat er nochmal Riesenverluste gemacht, aber er war der Meinung, dass die Verluste noch riesiger geworden wären, wenn er weiterprozessiert hätte, und deshalb hat er alles weit unter Wert an die *Wichser* verkauft. Wobei das jetzt das Wort für seine Kollegen ist. Die Wichser, die weiterprozessiert haben. Das war vor anderthalb Jahren. Und seit einem Jahr ist klar: dass das der Anfang vom Ende war. Um die Verluste aus der Weidengasse aufzufangen, hat mein Vater mit Aktien spekuliert, und jetzt sind wir pleite, der Urlaub ist gestrichen, und das Haus, das uns gehört, gehört uns wahrscheinlich schon lange nicht mehr. Sagt mein Vater. Und das alles wegen drei Raupen und einem Grashalm.

Das Einzige, was von der ganzen Aktion übrig geblieben ist, ist der Spielplatz, der gleich am Anfang gebaut wurde, um die Kinderfreundlichkeit von Marzahn auszudrücken. Leider vergeblich.

Und okay, ich gebe zu, es gibt noch einen anderen Grund, warum ich von diesem Spielplatz angefangen hab. Weil man in Wirklichkeit auch zwei weiße Mietshäuser sehen kann von da, von oben vom Turm. Die Mietshäuser stehen hinter der Kleingartenkolonie, irgendwo hinter den Bäumen, und in einem davon wohnt Tatjana. Ich wusste zwar nie, wo ganz genau, aber es gibt ein kleines Fenster oben links, wo in der Dämmerung immer ein grünes Licht angeht, und aus irgendwelchen Gründen hab ich mir eingebildet, dass das Tatjanas Zimmer ist. Und deshalb sitze ich manchmal auf dem Indianerturm und warte auf das grüne Licht. Wenn ich vom Fußballtraining komm oder vom Nachmittagsunterricht. Dann schau ich zwischen den Brettern durch und schnitze mit meinem Haustürschlüssel Buchstaben ins Holz, und wenn das Licht aufleuchtet, wird mir immer ganz warm ums Herz, und wenn es nicht leuchtet, ist das jedes Mal eine Riesenenttäuschung.

Aber an diesem Tag war es noch zu früh, und ich wartete nicht, sondern ging den Weg zur Schule. Da stand mein Fahrrad einsam und allein in dem kilometerlangen Fahrradständer. Am Fahnenmast hing schlapp die Fahne, und in dem ganzen Gebäude war niemand mehr. Nur der Hausmeister zog weiter hinten zwei Müllcontainer zur Straße. Ein Cabrio mit Türken-Hiphop gondelte vorbei. Und so würde es jetzt für den Rest des Sommers bleiben. Sechs Wochen keine Schule. Sechs Wochen keine Tatjana. Ich sah mich schon an einem Strick vom Indianerturm baumeln.

Wieder zu Hause, wusste ich nicht, was ich machen sollte. Ich versuchte das Licht an meinem Fahrrad zu reparieren, das schon lange kaputt war, aber ich hatte die Ersatzteile nicht. Ich legte *Survivor* ein und fing an, die Möbel in meinem Zimmer umzustellen. Ich stellte das Bett nach vorn und den Schreibtisch nach hinten. Dann ging ich wieder runter und versuchte nochmal, das Licht zusammenzuflicken, aber es war aussichtslos, und dann schmiss ich das Werkzeug in die Blumen und ging wieder hoch und warf mich auf mein Bett und schrie. Das war der erste Tag der Ferien, und ich war praktisch schon am Durchdrehen. Irgendwann holte ich die Beyoncé-Zeichnung raus. Ich schaute sie lange an, hielt sie mit zwei Händen vor mich hin und fing ganz langsam an, sie zu zerreißen. Als der Riss an Beyoncés Stirn war, hörte ich auf und heulte. Was dann war, weiß ich nicht mehr. Ich weiß noch, dass ich irgendwann aus dem Haus rannte und in den Wald rein und den Hügel rauf, und dann fing ich an zu joggen. Ich joggte nicht wirklich, ich hatte keine Sportsachen an, aber ich überholte ungefähr zwanzig Jogger pro Minute. Ich rannte einfach durch den Wald und schrie, und alle anderen, die durch den Wald rannten, gingen mir wahnsinnig auf die Nerven, weil sie mich *hörten*, und als mir dann auch noch einer entgegenkam, der mit Skistöcken spazieren ging, fehlte wirklich nur ein Hauch, und ich hätte ihm seine Scheißstöcke in den Arsch gekickt.

Zu Hause stand ich stundenlang unter der Dusche. Danach fühlte ich mich etwas besser, etwa so wie ein Schiffbrüchiger, der wochenlang auf dem Atlantik treibt, und dann kommt ein Kreuzfahrtschiff vorbei und jemand wirft eine Dose Red Bull runter und das Schiff fährt weiter – so ungefähr.

Unten ging die Haustür.

«Was liegt das da draußen rum?», brüllte mein Vater.

Ich versuchte, ihn zu ignorieren, aber es war schwierig.

«Soll das da liegen bleiben?»

Er meinte das Werkzeug. Also ging ich wieder runter, nachdem ich in den Spiegel geguckt hatte, ob meine Augen noch rot waren, und als ich unten ankam, stand ein Taxifahrer vor der Tür und kratzte sich im Schritt.

«Geh rauf und sag deiner Mutter Bescheid», sagte mein Vater. «Hast du dich überhaupt schon verabschiedet? Du hast nicht mal dran gedacht, oder? Los, geh! Geh!»

Er schubste mich die Treppe rauf. Ich war sauer. Aber mein Vater hatte leider recht. Ich hatte das mit meiner Mutter komplett vergessen. Die letzten Tage hatte ich es immer noch gewusst, aber in der Aufregung heute hatte ich es vergessen. Meine Mutter musste wieder für vier Wochen in die Klinik.

Sie saß im Schlafzimmer im Pelzmantel vor dem Spiegel, und sie hatte sich nochmal ordentlich aufgetankt. In der Klinik gab es ja nichts. Ich half ihr hoch und trug ihren Koffer runter. Mein Vater trug den Koffer zum Taxi, und kaum war das Taxi weg, telefonierte er ihr gleich hinterher, als ob er sich wahnsinnig Sorgen um sie machen würde. Aber das war nicht der Fall, wie sich bald rausstellte. Meine Mutter war noch keine halbe Stunde weg, da kam mein Vater auf mein Zimmer und hatte dieses Dackelgesicht, und dieses Dackelgesicht bedeutet: Ich bin dein Vater. Und ich muss mit dir über was Wichtiges sprechen. Was nicht nur dir unangenehm ist, sondern auch mir.

So hatte er mich vor ein paar Jahren angeguckt, als er meinte, mit mir über Sex sprechen zu müssen. So hatte er mich angeguckt, als er wegen einer Art Katzenhaarallergie nicht nur unsere Katze, sondern auch meine beiden Kaninchen im Garten und die Schildkröte irgendwo versenkte. Und so guckte er auch jetzt.

«Ich erfahre gerade, dass ich einen Geschäftstermin habe», sagte er, als würde ihn das selbst am meisten verwirren. Tiefe Dackelfurchen auf der Stirn. Er redete ein bisschen rum, aber die Sache war ganz einfach. Die Sache war, dass er mich vierzehn Tage allein lassen wollte.

Ich machte ein Gesicht, das ausdrücken sollte, dass ich ungeheuer schwer darüber nachdenken musste, ob ich diese Hiobsbotschaft verkraften konnte. Konnte ich das verkraften? Vierzehn Tage allein in dieser feindlichen Umwelt aus Swimmingpool, Klimaanlage, Pizzadienst und Videobeamer? Ja, doch, ich nickte betrübt, ich könnte es versuchen, ja, ich würde es wahrscheinlich überleben.

Das Dackelgesicht entspannte sich nur kurz. Ich hatte es wohl etwas übertrieben.

«Und dass du keinen Scheiß machst! Glaub nicht, dass du Scheiß machen kannst. Ich lass dir zweihundert Euro hier, die liegen schon unten in der Schale, und wenn irgendwas ist, rufst du sofort an.»

«Bei deinem Geschäftstermin.»

«Ja, bei meinem *Geschäftstermin.*» Er sah mich wütend an.

Am Nachmittag machte er wieder scheinbesorgte Anrufe bei meiner Mutter, und noch während er mit ihr telefonierte, kam seine Assistentin, um ihn abzuholen. Ich ging sofort runter, um zu gucken, ob es immer noch die gleiche war. Diese Assistentin ist nämlich extrem gut aussehend, und sie ist nur ein paar Jahre älter als ich, also neunzehn vielleicht. Und sie lacht immer. Sie lacht wahnsinnig viel. Ich hab sie vor zwei Jahren zum ersten Mal getroffen, bei einem Besuch im Büro von meinem Vater, und da hatte sie mir sofort in meinen Haaren gewuschelt und gelacht, während ich meine rechte und linke Gesichtshälfte, meine Hände und meine nackten Füße der Reihe nach auf den Kopierer legte. Das machte sie jetzt leider nicht mehr, mir in den Haaren wuscheln.

Sie stieg nur mit Shorts und einem knallengen Pullover aus dem Auto, und es war völlig klar, was für eine Sorte Geschäftsreise das werden sollte. Der Pullover war so eng, dass man praktisch alle Details sehen konnte. Okay fand ich immerhin, dass mein Vater gar nicht erst versuchte, irgendein großes Theater abzuziehen. Hatte er eigentlich auch nicht nötig. Zwischen meinen Eltern war so weit alles klar. Meine Mutter wusste, was mein Vater machte. Und mein Vater wusste auch, was meine Mutter machte. Und wenn sie allein waren, schrien sie sich an.

Was ich lange nicht begriff, war, warum sie sich nicht scheiden ließen. Eine Weile hatte ich mir eingebildet, ich wäre der Grund dafür. Oder das Geld. Aber irgendwann kam ich zu dem Schluss, dass sie sich gern anschrien. Dass sie gerne unglücklich waren. Das hatte ich irgendwo in einer Zeitschrift gelesen: dass es Leute gibt, die gerne unglücklich sind. Also die glücklich sind, wenn sie unglücklich sind. Wobei ich zugeben muss, dass ich das nicht ganz kapiert hab. Irgendwas daran leuchtete mir sofort ein. Aber irgendwas leuchtete mir auch nicht ein.

Und eine bessere Erklärung ist mir für meine Eltern noch nicht eingefallen. Ich hab wirklich viel darüber nachgedacht, ich hab am Ende richtig Kopfschmerzen bekommen vom Nachdenken. Das war wie 3-D-Bilder angucken, wo man auf so ein Muster schielen muss, und plötzlich sieht man irgendwas Unsichtbares. Andere Leute konnten das immer besser als ich, bei mir geht das fast gar nicht, und immer gerade in dem Moment, wo ich das Unsichtbare sehe, was meistens eine Blume ist oder ein Reh oder so was, verschwindet es sofort wieder, und ich kriege Kopfschmerzen. Und genau so ist das beim Nachdenken über meine Eltern auch, und ich kriege Kopfschmerzen davon. Und deshalb denke ich nicht mehr darüber nach.

Während mein Vater seine Koffer packte, stand ich unten mit Mona und machte Konversation. Sie heißt nämlich Mona, die Assistentin, und das Erste, was sie zu mir sagte, war, wie heiß es geworden wäre und wie viel heißer es die nächsten Tage noch werden sollte. Das Übliche. Aber als sie erfuhr, dass ich meine Ferien nun allein verbringen musste, guckte sie mich gleich so traurig an, dass mir fast die Tränen kamen über mein eigenes grausames Schicksal. Verlassen von den Eltern und Gott und der Welt! Ich dachte darüber nach, sie zu bitten, mir noch einmal durch die Haare zu wuscheln wie damals am Kopierer. Aber ich traute mich nicht. Stattdessen starrte ich die ganze Zeit haarscharf an diesem knallengen Pullover vorbei in die Landschaft und hörte Mona darüber reden, was für ein verantwortungsvoller Mensch mein Vater wäre und so weiter. Es hatte nicht nur Vorteile, älter zu werden.

Ich war noch tief in meine Landschaftsbetrachtung versunken, als mein Vater mit dem Koffer die Treppen runterkam.

«Bedauer ihn bloß nicht», sagte er. Er gab mir nochmal die gleichen Ratschläge, die er mir schon vorher gegeben hatte, erzählte zum dritten Mal, wo er die zweihundert Euro hingepackt hatte, und dann legte er seinen Arm um Monas Taille und ging mit ihr zum Auto. Das hätte er sich allerdings sparen können. Den Arm um ihre Taille legen, meine ich. Ich fand es gut, dass sie keine riesige Heimlichtuerei veranstalteten. Aber solange sie auf unserem Grundstück waren, hätte er nicht den Arm um ihre Taille legen müssen. Meine Meinung. Ich knallte die Tür zu, schloss die Augen und stand eine Minute lang völlig still. Dann warf ich mich auf die Fliesen und schluchzte.

«Mona!», rief ich. Und es schnürte mir die Kehle zu. «Ich muss dir etwas gestehen!» Im leeren Windfang hatte meine Stimme einen beängstigenden Hall, und Mona, die es schon geahnt zu haben schien, dass ich ihr etwas gestehen musste, hielt sich entsetzt die Hände vor den Mund. Ihr Pullover hob und senkte sich aufgeregt.

«O Gott, o Gott!», rief sie.

«Du darfst das nicht falsch verstehen», schluchzte ich, «ich würde doch niemals freiwillig für die CIA arbeiten! Aber sie haben uns in der Hand – verstehst du?» Und natürlich verstand sie das. Weinend brach sie neben mir zusammen. «Aber was sollen wir denn machen?», rief sie verzweifelt.

«Wir können nichts machen!», antwortete ich. «Wir können nur ihr Spiel mitspielen. Das Wichtigste ist, die Fassade aufrechtzuerhalten. Du musst dir immer klarmachen, dass ich jetzt ein *Achtklässler* bin und wie ein Achtklässler *aussehe* und dass wir einfach normal unser Leben weiterleben, mindestens noch ein, zwei Jahre, als ob wir uns überhaupt nicht kennen!»

«O Gott, o Gott!», rief Mona und umklammerte schluchzend meinen Hals. «Wie konnte ich nur an dir zweifeln?»

«O Gott, o Gott!», rief ich, und ich presste meine Stirn auf die kalten Fliesen und krümmte mich auf dem Boden und heulte noch ungefähr eine halbe Stunde lang. Danach ging es mir besser.

14

Jedenfalls so lange, bis die Vietnamesin kam. Die kommt normalerweise dreimal die Woche. Die Vietnamesin ist schon ziemlich alt, sechzig, würde ich schätzen, und mit dem Reden hat sie's nicht so. Ohne ein Wort rauschte sie plötzlich an mir vorbei und dann gleich rein in die Küche und mit dem Staubsauger wieder raus. Ich hab mir das eine Weile angesehen, schließlich bin ich zu ihr hin und hab gesagt, dass sie die nächsten zwei Wochen nicht mehr arbeiten muss. Ich wollte einfach allein sein. Ich hab ihr erklärt, dass meine Eltern so lange weg sind und dass es reicht, wenn sie Dienstag in vierzehn Tagen einmal kommt und das Haus auf Vordermann bringt. Aber es war ziemlich schwierig, ihr das begreiflich zu machen. Ich dachte, der würde jetzt vor Freude sofort der Staubsauger aus der Hand fallen, aber das war nicht so. Sie hat mir nämlich erstens nicht geglaubt. Also hab ich ihr im Haus die Liste gezeigt und was mein Vater noch für mich eingekauft hatte und den rotumkringelten Mittwoch im Kalender, wo er wiederkommen wollte, und weil sie mir dann immer noch nicht geglaubt hat, hab ich ihr sogar die zweihundert Euro gezeigt, die er dagelassen hatte. Und erst da ist mir eingefallen, warum sie sich so hartnäckig an ihren Staubsauger geklammert hat. Weil sie nämlich gedacht hat, dass sie auch kein Geld kriegt, wenn sie nicht arbeitet, und ich musste ihr erklären, dass sie ihr Geld natürlich trotzdem kriegt. Wahnsinnig peinlich. Merkt ja keiner, hab ich gesagt.

Aber verstanden hat sie das nur mit großer Mühe, sie kann kein Deutsch, und irgendwann ist sie dann tatsächlich gegangen, nachdem wir beide im Küchenkalender mit unseren Zeigefingern nochmal ausgiebig auf den übernächsten Dienstag getippt und uns dabei tief in die Augen geschaut und zugenickt hatten, und danach war ich völlig fertig. Ich weiß nie, wie ich mit diesen Leuten reden soll. Wir hatten auch mal einen Inder für den Garten, der ist aus Kostengründen jetzt gestrichen, aber da war es genau das Gleiche. Peinlich. Ich will diese Leute immer ganz normal behandeln, aber sie benehmen sich wie Angestellte, die den Dreck für einen wegmachen, und genau das sind sie ja auch, aber ich bin doch erst vierzehn. Meine Eltern haben damit kein Problem. Und wenn meine Eltern dabei sind, ist es auch für mich kein Problem. Aber allein mit der Vietnamesin in einem Raum fühle ich mich wie Hitler. Ich will ihr immer sofort das Staubtuch aus der Hand reißen und selber putzen.

Ich hab sie noch rausbegleitet, und am liebsten hätte ich ihr auch noch irgendwas geschenkt, aber ich wusste nicht, was, und deshalb hab ich ihr einfach nur hinterhergewinkt wie ein Blöder und war wahnsinnig froh, als ich endlich allein war. Ich sammelte das Werkzeug ein, das immer noch überall rumlag, und dann stand ich in der warmen Abendluft und atmete tief durch.

Schräg gegenüber grillten die Dyckerhoffs. Der älteste Sohn winkte mir mit der Grillzange zu, und weil er ein Riesenarschloch ist wie alle unsere Nachbarn, guckte ich schnell zur anderen Seite, und da kam quietschend ein Fahrrad die Straße runtergerollt. Wobei runtergerollt übertrieben ist. Und Fahrrad ist auch übertrieben. Es war der Rahmen von einem alten Damenfahrrad, vorn und hinten unterschiedliche Reifen, in der Mitte ein zerfetzter Ledersattel. Einziges

Zusatzteil war eine schlackernde Handbremse, die am Kabel senkrecht nach unten hing wie eine umgedrehte Antenne. Hinten ein Platten. Und obenauf Tschichatschow. Das war nach meinem Vater jetzt so ungefähr die letzte Person, der ich begegnen wollte. Wobei außer Tatjana jetzt im Grunde jeder die letzte Person war, der ich begegnen wollte. Aber der Ausdruck auf dem Mongolengesicht machte gleich klar, dass das nicht auf Gegenseitigkeit beruhte.

«Kawock!», sagte Tschick und steuerte strahlend bei uns auf den Bürgersteig. «Denkst du, was passiert: Fahr ich dahinten – macht's kawock. Hier wohnst du? Hey, ist das Flickzeug? Wie geil ist das denn, gib mal her.»

Ich hatte keine Lust auf Diskussionen. Darum gab ich ihm das ganze Werkzeug und sagte, er solle es einfach hinterher wieder da hintun. Ich hätte keine Zeit, ich müsste weg. Dann ging ich sofort ins Haus und lauschte noch eine Weile durch die geschlossene Tür, ob draußen was passierte, ob er vielleicht mit dem Werkzeug abhaute, und schließlich legte ich mich wieder in mein Zimmer und versuchte, an irgendwas anderes zu denken. Aber das war nicht so leicht. Unten war die ganze Zeit Werkzeuggeklapper zu hören, ein Rasen wurde gemäht, und jemand sang auf Russisch. Sang schlecht auf Russisch. Und als es endlich ruhig geworden war ums Haus, beunruhigte mich das noch mehr. Ich schaute aus dem Fenster und sah, wie jemand hinten durch unseren Garten lief. Tschick spazierte einmal ganz um den Swimmingpool herum, blieb kopfschüttelnd an der Aluleiter stehen und kratzte sich mit einem Schraubenschlüssel am Rücken. Ich machte das Fenster auf.

«Geiler Pool!», rief Tschick und strahlte zu mir hoch.

«Ja, geiler Pool. Geile Jacke, geiler Pool. Und jetzt?»

Er blieb einfach da stehen. Also ging ich runter, und wir

unterhielten uns ein bisschen. Tschick war ohne Ende begeistert von dem Pool, er wollte wissen, womit mein Vater sein Geld verdiente, und ich erklärte es ihm, und dann wollte ich von ihm wissen, wie er diesem Ford-Typen mit drei Sätzen den Stecker gezogen hatte, und er zuckte die Schultern. «Russenmafia.» Er grinste, und spätestens da wusste ich, dass es mit Mafia nichts zu tun hatte. Ich kriegte aber auch nicht raus, womit es was zu tun hatte, obwohl ich es noch eine Weile versuchte. Wir redeten nur so rum, und am Ende kam es, wie es kommen musste, und wir landeten vor der PlayStation und spielten GTA. Das kannte Tschick noch nicht, und wir waren nicht sehr erfolgreich, aber ich dachte: Immer noch besser als schreiend in der Ecke liegen.

«Und du bist wirklich nicht sitzengeblieben?», fragte er irgendwann. «Ich meine, hast du denn jetzt reingeguckt? Das versteh ich nicht. Du hast Ferien, Mann, du fährst wahrscheinlich in Urlaub, du kannst auf diese Party, und du hast ein herrliches –»

«Auf welche Party?»

«Gehst du nicht zu Tatjana?»

«Nee, kein Bock.»

«Im Ernst?»

«Ich hab morgen schon was anderes vor», sagte ich und drückte hektisch auf dem Dreieck rum. «Außerdem bin ich nicht eingeladen.»

«Du bist nicht eingeladen? Ist ja krass. Ich dachte, ich bin der Einzige.»

«Ist doch eh langweilig», sagte ich und fuhr mit dem Tanklaster ein paar Leute um.

«Ja, für Schwule vielleicht. Aber für Leute wie mich, die noch im Saft stehen, ist diese Party ein *must*. Simla ist da. Und Natalie. Und Laura und Corinna und Sarah. Nicht zu vergessen Tatjana. Und Mia. Und Fadile und Cathy und Kimberley. Und die ultrasüße Jennifer. Und die Blonde aus der 8a. Und ihre Schwester. Und Melanie.»

«Ah», sagte ich und schaute deprimiert auf den Fernseher. Auch Tschick schaute deprimiert auf den Fernseher.

«Lass mich mal den Hubschrauber», sagte er, und ich gab ihm den Controller, und dann redeten wir nicht weiter davon.

Als Tschick schließlich nach Hause fuhr, war es schon fast Mitternacht. Ich hörte das Fahrrad Richtung Weidengasse davonquietschen, und dann stand ich eine Weile allein vor unserem Haus in der Nacht, über mir die Sterne. Und das war das Beste an diesem Tag: dass er endlich zu Ende war.

15

Am nächsten Morgen ging es etwas besser. Ich wachte so früh auf wie an jedem Schultag, das ließ sich leider nicht abstellen. Aber die Stille im Haus machte mir gleich klar: Ich bin allein, es sind Sommerferien, das Haus gehört mir, und ich kann machen, was ich will.

Ich schleppte als Erstes meine CDs runter und drehte die Anlage im Wohnzimmer voll auf. White Stripes. Dann die Terrassentür auf, dann an den Pool gelegt mit drei Tüten Chips und Cola und meinem Lieblingsbuch, und ich versuchte, die ganze Scheiße zu vergessen.

Obwohl es noch früh war, hatten wir mindestens dreißig Grad im Schatten. Ich hängte die Füße ins Wasser, und Graf Luckner sprach zu mir. Das ist nämlich mein Lieblingsbuch: Graf Luckner. Hatte ich mindestens schon dreimal gelesen, aber ich dachte, ein viertes Mal kann nicht schaden. Wenn einer so drauf ist wie der Graf, kann man das auch fünfmal lesen. Oder zehnmal. Graf Luckner ist Pirat im Ersten Weltkrieg und versenkt einen Engländer nach dem anderen. Und zwar *gentlemanlike*. Das heißt, er bringt die nicht um. Er versenkt nur ihre Schiffe und rettet alle Passagiere und bringt sie an Land, im Auftrag Seiner Majestät. Und das Buch ist nicht erfunden, das hat er wirklich erlebt. Die tollste Stelle ist aber mit Australien. Da ist er Leuchtturmwärter und jagt Kängurus. Ich meine, er ist *fünfzehn*. Er kennt niemanden da. Er ist mit dem Schiff ausgerissen, und dann geht er zur Heilsarmee und landet auf einem Leuchtturm in Australien und jagt Kängurus. Aber so weit kam ich diesmal gar nicht.

Die Sonne knallte runter, ich stellte den Sonnenschirm auf, und der Wind wehte ihn um. Ich stellte Gewichte auf den Fuß. Dann war Ruhe. Aber ich konnte nicht lesen. Ich war auf einmal so begeistert davon, dass ich jetzt machen konnte, was ich wollte, dass ich vor lauter Begeisterung überhaupt nichts machte. Da war ich ganz anders als Graf Luckner. Ich phantasierte nur wieder rum, der ganze Mist mit Tatjana nochmal von vorn. Dann fiel mir ein, dass der Rasen gesprengt werden musste. Das hatte mein Vater vergessen, mir aufzutragen, und ich hätte es also nicht machen müssen. Aber ich machte es. Es hätte mich wahnsinnig gestört, wenn ich's hätte machen müssen, aber jetzt, wo ich praktisch der Hausbesitzer war und der Garten *mein* Garten, fand ich auf einmal Gefallen am Rasensprengen. Ich stand barfuß auf der Treppe vor unserem Haus und spritzte mit dem gelben Schlauch rum. Ich hatte das Wasser voll aufgedreht, der Strahl schoss mindestens zwanzig Meter durch die Luft. Die entfernteren Ecken des Vorgartens erreichte ich trotzdem nicht, obwohl ich mit allerlei Tricks und Rumschrauben an der Düse versuchte, noch weiter zu schießen. Weil, ich durfte jetzt auf keinen Fall von der Treppe runter. Das war Bedingung. Im Wohnzimmer White Stripes voll aufgedreht, Haustür offen, und ich: Hose hochgekrempelt und barfuß, Sonnenbrille im Haar, Graf Koks von der Gasanstalt sprengt seine Ländereien. Das konnte ich jetzt jeden Morgen! Ich fand es auch gut, wenn mich jemand dabei sah. Aber die meiste Zeit sah mich keiner. Es war halb neun, die großen Ferien, da lag alles schläfrig versunken. Zwei Blaumeisen zwitscherten durch den Garten. Der sympathisch vergrübelte und seit kurzem erschütternd verliebte Graf Koks von Klingenberg weilte ganz allein auf seinen Gütern – nein, nicht ganz allein. Jack und Meg, die ihn wie so oft, vom Paparazzi-Trubel ermüdet, in seinem Berliner Domizil besuchten, veranstalteten eine kleine Jamsession im Hinterzimmer. Gleich würde der Graf sich zu ihnen gesellen und ein paar rockige Töne auf der Blockflöte beisteuern. Die Vögel zwitscherten, das Wasser plätscherte … Nichts liebte Koks von Klingenberg mehr als diese Blaumeisen-Morgenstunde, in der er seinen Rasen sprengte. Er knickte den Wasserschlauch ab, wartete zehn Sekunden, bis der volle Druck sich aufgebaut hatte, und schoss eine Dreißig-Meter-Boden-Boden-Rakete auf den Rhododendron. In the Cold, Cold Night, sang Meg White.

Ein klappriges Auto kam die Straße runtergefahren. Es fuhr langsam auf unser Haus zu und bog in die Auffahrt ein. Eine Minute stand der hellblaue Lada Niva mit laufendem Motor vor unserer Garage, dann wurde der Motor abgestellt. Die Fahrertür ging auf, Tschick stieg aus. Er legte beide Ellenbogen aufs Autodach und sah zu, wie ich den Rasen sprengte.

«Ah», sagte er, und dann sagte er lange nichts mehr. «Macht das Spaß?»

16

Die ganze Zeit wartete ich krampfhaft, dass auch sein Vater oder sein Bruder oder wer auch immer hinter ihm aussteigen würde, aber da stieg niemand mehr aus. Und das lag daran, dass niemand mehr drin war in dem Auto. Man konnte es durch die dreckigen Scheiben nur schlecht erkennen.

«Du siehst aus wie ’n Schwuler, dem sie über Nacht den Garten vollgekackt haben. Soll ich dich wo hinfahren, oder willst du lieber noch ein bisschen mit dem Wasser spritzen?» Er grinste sein breitestes Russengrinsen. «Steig ein, Mann.»

Aber natürlich stieg ich nicht ein. Ich war ja nicht völlig verrückt. Ich ging nur kurz hin und setzte mich halb auf den Beifahrersitz, weil ich nicht so auffällig in der Einfahrt rumstehen wollte.

Von innen sah der Lada noch kaputter aus als von außen. Unter dem Lenkrad hingen Kabel raus, ein Schraubenzieher steckte unterm Armaturenbrett.

«Hast du jetzt endgültig den Arsch offen?»

«Ist nur geliehen, nicht geklaut», sagte Tschick. «Stell ich nachher wieder hin. Haben wir schon öfter gemacht.»

«Wer wir?»

«Mein Bruder. Hat den auch entdeckt. Die Karre steht da auf der Straße und ist praktisch Schrott. Kann man leihen. Der Besitzer merkt das gar nicht.»

«Und das da?» Ich zeigte auf den Kabelsalat.

«Kann man wieder reinmachen.»

«Du spinnst doch. Und die Fingerabdrücke?»

«Was denn für Fingerabdrücke? Sitzt du deshalb die ganze Zeit so komisch da?» Er rüttelte an meinen Armen, die ich angespannt vor der Brust verschränkt hielt. «Mach dir nicht ins Hemd. Das ist Fernsehscheiß mit Fingerabdrücken. Hier – kannst du anfassen. Kannst du alles anfassen. Los, wir fahren mal 'ne Runde.»

«Ohne mich.» Ich sah ihn an und sagte erst mal nichts mehr. Er hatte wirklich den Arsch offen.

«Hast du nicht gestern gesagt, du willst mal was erleben?»

«Damit hab ich nicht Knast gemeint.»

«Knast! Du bist doch nicht mal strafmündig.»

«Mach, was du willst. Aber ohne mich.» Ich wusste, ehrlich gesagt, nicht mal, was strafmündig heißt. Also, so ungefähr schon. Aber nicht genau.

«Strafmündig heißt: Dir kann nichts passieren. Wenn ich du wär, würd ich nochmal 'ne Bank überfallen, sagt mein Bruder immer. Bis du fünfzehn bist. Mein Bruder ist dreißig. In Russland prügeln sie dir sieben Sorten Scheiße aus dem Hirn – aber hier! Außerdem interessiert die Karre wirklich niemanden. Nicht mal den Besitzer.»

«No way.»

«Einmal um den Block.»

«Nein.»

Tschick löste die Handbremse, und ich weiß, ehrlich gesagt, nicht, warum ich nicht ausstieg. Ich bin ja sonst eher feige. Aber gerade deshalb wollte ich wahrscheinlich mal nicht feige sein. Er trat mit dem linken Fuß auf das Pedal ganz links, und der Lada rollte lautlos rückwärts die Schräge hinunter. Tschick trat das mittlere Pedal, und der Wagen blieb stehen. Ein Griff in den Kabelsalat, der Motor startete, und ich schloss meine Augen. Als ich sie wieder öffnete, glitten wir den Ketschendorfer Weg runter und rechts in die Rotraudstraße.

«Du hast nicht geblinkt», sagte ich kläglich, die Arme immer noch an die Brust gepresst. Ich war vor Aufregung fast tot. Dann suchte ich nach dem Sicherheitsgurt.

«Du musst keine Angst haben. Ich fahr wie 'n Weltmeister.»

«Blink doch mal wie 'n Weltmeister.»

«Ich hab noch nie geblinkt.»

«Bitte.»

«Wozu? Die Leute sehen doch, wo ich hinfahr. Und es ist sowieso keiner da.»

Das stimmte, die ganze Straße war leer. Und es stimmte noch ungefähr eine Minute lang. Dann war Tschick zweimal abgebogen, und plötzlich waren wir auf der Allee der Kosmonauten. Die Allee der Kosmonauten ist vierspurig. Ich kriegte endgültig Panik.

«Okay, okay. Und jetzt zurück. Bitte.»

«Mika Häkkinen ist ein Scheiß gegen mich.»

«Das hast du schon gesagt.»

«Stimmt's nicht?»

«Nein.»

«Im Ernst. Fahr ich nicht gut?», fragte Tschick.

«Ganz toll», sagte ich, und in Erinnerung daran, dass das die Standardantwort meiner Mutter auf die Standardfrage meines Vaters war, sagte ich noch: «Ganz toll, Liebling.»

«Dreh jetzt nicht durch.»

Tschick fuhr nicht gerade wie ein Weltmeister, er fuhr aber auch nicht katastrophal. Nicht viel besser oder schlechter als mein Vater. Und er steuerte tatsächlich wieder unser Viertel an.

«Und könntest du dich mal an irgendwelche Verkehrsregeln halten? Das da ist ein durchgezogener Strich.»

«Bist du schwul?»

«Was?»

«Ich hab gefragt, ob du schwul bist.»

«Hast du sie noch alle?»

«Du hast *Liebling* gesagt.»

«Ich hab ... was? Man nennt es Ironie.»

«Also, bist du schwul?»

«Wegen der Ironie?»

«Und weil du dich nicht für Mädchen interessierst.» Er sah mir tief in die Augen.

«Guck auf die Straße!», rief ich, und ich muss zugeben, ich wurde langsam hysterisch. Er fuhr einfach, ohne hinzugucken. Machte mein Vater auch manchmal, aber mein Vater war auch mein Vater und hatte einen Führerschein.

«Alle in der Klasse sind voll in Tatjana. Aber voll.»

«In *wen*?»

«In Tatjana. Wir haben ein Mädchen in der Klasse, das Tatjana heißt. Dir nie aufgefallen? Tatjana Superstar. Du bist der Einzige, der sie nicht mit dem Arsch anguckt. Aber du guckst auch sonst keine mit dem Arsch an. Also, bist du schwul? Ich frag nur so.»

Ich dachte fast, ich sterbe.

«Find ich nicht schlimm», sagte Tschick. «Ich hab einen Onkel in Moskau, der läuft den ganzen Tag in einer Lederhose mit hinten Arsch offen rum. Ist aber völlig okay sonst, mein Onkel. Arbeitet für die Regierung. Und er kann ja nichts dafür, dass er schwul ist. Ich find's wirklich nicht schlimm.»

Hammer. Ich fand es auch nicht *schlimm*, wenn einer schwul ist. Auch wenn das nicht meine Vorstellung von Russland war, dass man da in Lederhosen mit Arsch offen rumlief. Aber dass ich Tatjana Cosic wie Luft behandelte, das war doch ein ziemlicher Witz, oder? Weil, *natürlich* behandelte ich sie wie Luft. Wie hätte ich sie denn sonst behandeln sollen? Für ein absolutes Nichts, eine gestörte Schlaftablette war das ja wohl immer noch die einzige Möglichkeit, sich nicht komplett lächerlich zu machen.

«Du bist ein Idiot», sagte ich.

«Ich komm damit klar. Hauptsache, du gehst mir nicht an die Rosette.»

«Hör auf, das ist eklig.»

«Mein Onkel –»

«Scheiß auf deinen Onkel! Ich bin nicht schwul, Mann. Ist dir noch nicht aufgefallen, dass ich die ganze Zeit eine Scheißlaune hab?»

«Weil ich nicht blinke?»

«Nein! Weil ich nicht schwul bin, du Penner!»

Tschick guckte mich verständnislos an. Ich schwieg. Ich wollte das nicht erklären. Ich wollte es nicht einmal gesagt haben, das war mir nur so rausgerutscht. Ich hatte noch nie mit jemandem über so Sachen geredet, und ich wollte nicht jetzt damit anfangen.

«Versteh ich nicht. Muss ich das verstehen?», sagte Tschick. «Du bist nicht schwul, weil du scheiße drauf bist oder was? Hä?»

Ich guckte beleidigt aus dem Fenster. Gut war immerhin, dass es mir nun schon ganz egal war, dass wir gerade an einer roten Ampel hielten, von zwei Rentnern durch die Windschutzscheibe angestarrt wurden und uns demnächst die Polizei abräumen würde. Ich wünschte mir sogar, dass die Polizei uns abräumen würde. Dann wäre endlich mal was los.

«Also Scheißlaune – warum?»

«Weil heute *der Tag* ist, Mann.»

«Was für ein Tag?»

«Die Party, du Penner. Tatjanas Party.»

«Du musst jetzt keinen Mist erzählen, nur weil du sexuell desorientiert bist. Gestern wolltest du da nicht mal hin.»

«Und ob ich da hinwollte.»

«Ich find's nicht schlimm», sagte Tschick und legte mir eine Hand aufs Knie. «Mich interessieren deine sexuellen Probleme doch überhaupt nicht, und ich erzähl's auch nicht weiter, ich schwör's.»

«Ich kann's beweisen», sagte ich. «Soll ich's dir beweisen?»

«Mir beweisen, dass du nicht schwul bist? Uh-ah-ah.» Er wedelte mit den Händen unsichtbare Fliegen weg.

Da waren wir schon am Springpfuhl vorbei. Tschick parkte diesmal nicht direkt vor unserm Haus, sondern in einer kleinen Seitenstraße, einer Sackgasse, wo uns keiner beim Aussteigen sah, und als wir endlich oben bei mir waren und Tschick mich immer noch anguckte, als hätte er wer weiß was über mich rausgefunden, sagte ich: «Mach mich nicht verantwortlich für das, was du jetzt zu sehen kriegst. Und lach nicht. Wenn du lachst –»

«Ich lach ja nicht.»

«Tatjana geht kaputt auf Beyoncé, das weißt du?»

«Ja, klar. Ich hätt ihr eine CD geklaut, wenn sie mich eingeladen hätte.»

«Ja. Jedenfalls ... das da.»

Ich holte die Zeichnung aus der Schublade. Tschick nahm sie, hielt sie mit ausgestreckten Armen vor sich hin und starrte sie an. Er schenkte der Zeichnung aber erst mal nicht so viel Beachtung wie der Rückseite, wo ich den Riss säuberlich mit Tesafilm geklebt hatte, sodass er von vorne kaum noch zu sehen war. Er guckte sich diesen Riss ganz genau an und dann nochmal die Zeichnung, und dann sagte er: «Du hast ja Gefühle.»

Er sagte das im Ernst, ohne jeden Scheiß. Das fand ich reichlich merkwürdig. Und es war das erste Mal, dass ich dachte: Der ist ja wirklich gar nicht so doof. Tschick hatte diesen Riss gesehen und sofort gemerkt, was los war. Ich glaube, ich kenn nicht viele Leute, die das sofort gemerkt hätten. Tschick schaute mich ganz ernst an, und das mochte ich an ihm. Er konnte ziemlich komisch sein. Aber wenn's drauf ankam, war er eben auch nicht komisch, sondern ernst.

«Wie lang hast du dafür gebraucht? Drei Monate? Das sieht ja aus wie 'n Foto. Und was willst du jetzt damit machen?»

«Nichts.»

«Du musst doch was machen damit.»

«Was soll ich denn machen? Soll ich zu Tatjana gehen und sagen, herzlichen Glückwunsch, ich hab hier ein kleines Geschenk für dich zum Geburtstag – und es stört mich auch überhaupt nicht, dass ich nicht eingeladen bin und jeder andere Spacken schon, ja wirklich, kein Problem. Und ich komm hier auch nur zufällig vorbei und geh auch gleich wieder – viel Spaß mit dieser Zeichnung, an der ich mir drei Monate lang den Arsch abgearbeitet hab?»

Tschick kratzte sich am Hals. Er legte die Zeichnung auf den Schreibtisch, betrachtete sie kopfschüttelnd und sah mich dann wieder an und sagte: «Genau so würd ich's machen.»

17

«Im Ernst, du musst was machen. Wenn du nichts machst, wirst du verrückt. Lass uns da vorbeifahren. Ist doch wurscht, ob du denkst, es ist peinlich. In einem geklauten Lada ist eh nichts mehr peinlich. Zieh deine geile Jacke an, nimm deine Zeichnung und schwing deinen Arsch ins Auto.»

«Never.»

«Wir warten, bis es dämmert, und dann schwingst du deinen Arsch ins Auto.»

«Nee.»

«Und warum nicht?»

«Ich bin nicht eingeladen.»

«Du bist nicht eingeladen! Na und? Ich bin auch nicht eingeladen. Und weißt du, warum? Logisch, der Russenarsch ist nicht eingeladen. Aber weißt du, warum *du* nicht eingeladen bist? Siehst du – du weißt es nicht mal. Aber ich weiß es.»

«Dann sag's, du Held. Weil ich langweilig bin und scheiße ausseh.»

Tschick schüttelte den Kopf. «Du siehst nicht scheiße aus. Oder vielleicht siehst du scheiße aus. Aber daran liegt's nicht. Der Grund ist: Es gibt überhaupt keinen Grund, dich einzuladen. Du fällst nicht auf. Du musst auffallen, Mann.»

«Was meinst du mit auffallen? Jeden Tag besoffen in die Schule kommen?»

«Nein. Mein Gott. Aber wenn ich du wär und aussehen

würde wie du und hier wohnen würde und solche Klamotten hätte, wär ich schon hundertmal eingeladen.»

«Brauchst du Klamotten?»

«Lenk nicht ab. Sobald es dämmert, fahren wir nach Werder.»

«Never.»

«Wir gehen nicht auf die Party. Wir fahren nur vorbei.»

Was für eine endbescheuerte Idee. Genau genommen waren es gleich drei Ideen, und jede einzelne davon war bescheuert: Uneingeladen aufkreuzen, mit dem Lada quer durch Berlin, und – am bescheuertsten von allen – die Zeichnung mitnehmen. Denn eins war mal klar: Auch Tatjana würde merken, was es mit dieser Zeichnung auf sich hatte. Ich wollte auf keinen Fall da hin.

Während Tschick mich nach Werder kutschierte, erzählte ich unaufhörlich, dass ich da nicht hinwollte. Erst sagte ich, er solle umkehren, ich hätte es mir anders überlegt, dann behauptete ich, dass wir die genaue Adresse ja gar nicht wüssten, und dann schwor ich, dass ich auf keinen Fall aussteigen würde aus dem Lada.

Während der ganzen langen Fahrt hielt ich die Hände in den Achseln. Diesmal nicht wegen Fingerabdrücken, sondern weil sie sonst gezittert hätten. Vor mir auf dem Armaturenbrett lag Beyoncé und zitterte auch.

Bei aller Aufregung bemerkte ich immerhin, dass Tschick vorsichtiger fuhr als noch am Morgen. Er umging die zweispurigen Straßen und nahm lange vor roten Ampeln den Fuß vom Gas, damit wir nicht dastanden und Passanten zu uns reingucken konnten. Einmal mussten wir auf dem Seitenstreifen halten, weil es anfing zu regnen und der Scheibenwischer nicht funktionierte. Aber da waren wir schon fast raus aus Berlin. Es schüttete wie aus Eimern. Allerdings nur fünf Minuten lang, ein Gewitterregen. Danach roch die Luft wahnsinnig gut.

Ich schaute durch die Windschutzscheibe, auf der der Fahrtwind die Tropfen auseinandertrieb, und mir fiel zum ersten Mal auf, wie merkwürdig es war, in einem Auto, das einem nicht gehörte, durch die Straßen zu gondeln, durch das abendliche Berlin, und dann raus über die Alleen im Westen und an einsamen Tankstellen vorbei und den Wegweisern nach Werder hinterher. Plötzlich stand die rote Sonne unter schwarzen Wolken. Ich sagte kein Wort mehr, und Tschick sagte auch nichts, und ich war froh, dass er so entschlossen auf die Party zuhielt, wo ich angeblich gar nicht hinwollte. Drei Monate lang hatte ich an nichts anderes gedacht – und jetzt passierte es eben, und ich würde mich vor Tatjana aufführen wie der lächerlichste Mensch.

Das Haus war nicht schwer zu finden. Wir hätten es wahrscheinlich auch so gefunden, wenn wir die Straßen an der Havel abgefahren wären, aber gleich hinterm Ortseingang tauchten zwei Mountainbikes mit Schlafsäcken bepackt vor uns auf – André und noch irgendein Trottel. Tschick fuhr ihnen in sicherem Abstand hinterher, und dann sahen wir schon das Haus. Rot geklinkert, ein Vorgarten voller Fahrräder, vom See her ein Riesengeschrei. Noch hundert Meter entfernt. Ich rutschte von meinem Sitz hinunter in den Fußraum, während Tschick das Fenster runterkurbelte, lässig einen Ellenbogen raushängte und mit achteinhalb Stundenkilometern an der ganzen Gesellschaft vorbeifuhr. Ungefähr ein Dutzend Leute stand im Vorgarten und in der offenen Haustür, Leute mit Gläsern und Flaschen und Handys und Zigaretten in den Händen. Unmengen hinten im Garten. Bekannte und unbekannte Gesichter, aufgedonnerte Mädchen aus der Parallelklasse. Und wie eine Sonne mittendrin Tatjana. Wenn sie schon die größten Trottel und Russen nicht eingeladen hatte, hatte sie doch sonst alles eingeladen, was laufen konnte. Das Haus blieb langsam hinter uns zurück. Keiner hatte uns gesehen, und mir fiel ein, dass ich ja überhaupt keinen Plan hatte, wie ich Tatjana die Zeichnung geben sollte. Ich dachte ernsthaft darüber nach, sie während der Fahrt aus dem Fenster zu werfen. Irgendwer würde sie schon finden und zu ihr bringen. Aber bevor ich noch irgendwas Bescheuertes tun konnte, bremste Tschick schon und stieg aus. Entsetzt sah ich ihm hinterher. Ich weiß nicht, ob Verliebtsein immer so peinlich ist, aber anscheinend habe ich kein großes Talent dafür. Während ich mit mir kämpfte, ob ich endgültig im Fußraum versinken und mir die Jacke über den Kopf ziehen oder zurück auf den Sitz klettern und ein unbeteiligtes Gesicht machen sollte, schoss hinterm rotgeklinkerten Haus eine Rakete in den Himmel und explodierte rot und gelb, und fast alle rannten in den Garten zum Feuerwerk. Allein André mit seinem Mountainbike und Tatjana, die ihn begrüßen gekommen war, standen noch auf dem Bürgersteig.

Und Tschick.

Tschick stand jetzt direkt vor ihnen. Sie starrten ihn an, als ob sie ihn nicht erkennen würden, und wahrscheinlich erkannten sie ihn wirklich nicht. Denn Tschick hatte meine Sonnenbrille auf. Außerdem trug er eine Jeans von mir und mein graues Jackett. Wir hatten den ganzen Tag meinen Kleiderschrank ausgeräumt, und ich hatte Tschick drei Hosen und ein paar Hemden und Pullover und so was geschenkt, mit dem Ergebnis, dass er nun nicht mehr aussah wie der letzte Russenarsch, sondern wie ein Kleiderständer aus «Gute Zeiten, schlechte Zeiten». Wobei das keine Beleidigung sein soll. Aber er sah sich einfach selbst nicht mehr ähnlich, und dann hatte er auch noch eine Ladung Gel im Haar. Ich konnte sehen, wie er Tatjana ansprach und sie antwortete – irritiert antwortete. Tschick winkte mir hinter seinem Rücken mit der Hand. Wie hypnotisiert stieg ich aus, und was dann passierte – frag mich nicht. Ich weiß es nicht mehr. Plötzlich stand ich mit der Zeichnung neben Tatjana, und ich glaube, sie guckte mich genauso irritiert an wie vorher Tschick. Aber ich hab's eigentlich nicht gesehen.

Ich sagte: «Hier.»

Ich sagte: «Beyoncé.»

Ich sagte: «Eine Zeichnung.»

Ich sagte: «Für dich.»

Tatjana starrte die Zeichnung an, und bevor sie wieder von der Zeichnung hochgucken konnte, hörte ich schon, wie Tschick zu André sagte: «Nee, keine Zeit. Wir haben noch was zu erledigen.» Er stieß mich an, ging zum Auto zurück, und ich hinterher – und den Motor gestartet und ab. Ich rammte meine Fäuste gegen das Armaturenbrett, während Tschick in den zweiten Gang schaltete und die Straße runterschoss, die eine Sackgasse war.

«Soll ich's ihnen noch zeigen?», fragte er.

Ich antwortete nicht. Ich konnte nicht.

«Soll ich's ihnen noch zeigen?», fragte Tschick.

«Mach, was du willst!», schrie ich. Ich war so erleichtert.

Tschick raste auf das Ende der Sackgasse zu, riss das Steuer kurz nach rechts und dann nach links, zog an der Handbremse und machte mitten auf der Straße eine 180°-Drehung. Ich flog fast aus dem Fenster.

«Klappt nicht immer», sagte Tschick stolz. «Klappt nicht immer.»

Er beschleunigte am rotgeklinkerten Haus vorbei, und nur aus den Augenwinkeln sah ich, wie sie da immer noch standen auf dem Bürgersteig. Die Zeit schien angehalten zu sein. Tatjana mit der Zeichnung in der Hand, André mit dem Mountainbike und Natalie, die gerade von hinten durch den Garten kam.

Der Lada schmierte mit sechzig um die nächste Kurve, und meine Fäuste hämmerten auf das Armaturenbrett.

«Gib Gas!», rief ich.

«Mach ich doch.»

«Gib mehr Gas!», rief ich und sah meinen Fäusten beim Hämmern zu. Erleichterung ist gar kein Ausdruck.

18

Ich lief den dunklen, schmalen Korridor runter, wo nicht viel zu erkennen war, dann links in den Gang mit dem Eisengeländer und drückte mich mit dem Rücken an die Wand, die zwei Tanks und die Türöffnung im Blickfeld. Ich sah Tschick im Dauerlauf um eine Ecke biegen, heftete mich an seine Fersen und konnte sogar von hinten erkennen, wie ratlos er war. Aber er lief wie ein Irrer, mindestens noch drei Minuten lang, ohne zu merken, dass ich schon hinter ihm war. Auf einem freien Platz blieb er stehen. Ich riss die Shotgun hoch und ballerte ihm in den Rücken. Ein Feuerwerk aus Blut spritzte aus ihm raus, und er knallte hin und rührte sich nicht mehr. «Scheiße», sagte er, «wo bist du denn immer? Ich seh dich überhaupt nicht.» Ich wechselte zur Chain Gun, schändete seine Leiche und hüpfte ein bisschen im Kreis.

«Ist ja gut, ist ja gut. Ja, reagier dich ab. Mann.» Tschick drückte auf Neustart, aber es war aussichtslos. Er hatte überhaupt keinen Plan von dem Gelände. Man konnte stundenlang hinter ihm herlaufen, ohne dass er es merkte, und ich nietete ihn jedes Mal um wie blöd. Ich war so eine Art Weltmeister in Doom, und Tschick konnte wirklich gar nichts.

Er holte sich noch ein Bier.

«Und wenn wir einfach wegfahren?», fragte er.

«Was?»

«Urlaub machen. Wir haben doch nichts zu tun. Machen wir einfach Urlaub wie normale Leute.»

«Wovon redest du?»

«Der Lada und ab.»

«Das ist nicht ganz das, was *normale* Leute machen.»

«Aber könnten wir, oder?»

«Nee. Drück mal auf Start.»

«Warum denn nicht?»

«Nee.»

«Wenn ich dich krieg», sagte Tschick. «Sagen wir, wenn ich dich in fünf Runden einmal krieg. Oder in zehn Runden. Sagen wir zehn.»

«Du kriegst mich in hundert nicht.»

«In zehn.»

Er gab sich große Mühe. Ich steckte mir eine Handvoll Chips in den Mund, wartete, bis er die Kettensäge hatte, und ließ mich zerteilen.

«Im Ernst», sagte ich. «Nehmen wir mal an, wir machen das.»

Wir hatten fast den ganzen Tag rumgeballert. Wir waren zweimal im Pool gewesen. Tschick hatte mir von seinem Bruder erzählt, und dann hatte er das Bier im Kühlschrank entdeckt und sich drei Flaschen genehmigt. Ich hatte auch versucht, eins zu trinken. Ich hatte schon oft Bier probiert, aber geschmeckt hatte es mir nie, und es schmeckte mir auch jetzt nicht. Drei Viertel der Flasche schaffte ich trotzdem. Aber es hatte keine Wirkung auf mich.

«Und wenn die uns verraten?»

«Die verraten uns nicht. Außerdem, wenn sie's tun wollten, hätten sie's längst getan und die Polizei wär hier. Die wissen ja nicht mal, dass der Lada geklaut war. Sie haben uns höchstens zehn Sekunden gesehen, die denken bestimmt, der gehört meinem Bruder oder so.»

«Wo willst du denn überhaupt hin?»

«Ist doch egal.»

«Wenn man wegfährt, wär irgendwie gut, wenn man weiß, wohin.»

«Wir könnten meine Verwandtschaft besuchen. Ich hab einen Großvater in der Walachei.»

«Und wo wohnt der?»

«Wie, wo wohnt der? In der Walachei.»

«Hier in der Nähe oder was?»

«Was?»

«Irgendwo da draußen?»

«Nicht *irgendwo* da draußen, Mann. In der Walachei.»

«Das ist doch dasselbe.»

«Was ist dasselbe?»

«Irgendwo da draußen und Walachei, das ist dasselbe.»

«Versteh ich nicht.»

«Das ist nur ein *Wort*, Mann», sagte ich und trank den Rest von meinem Bier. «Walachei ist nur ein Wort! So wie Dingenskirchen. Oder Jottwehdeh.»

«Meine Familie kommt von da.»

«Ich denk, du kommst aus Russland?»

«Ja, aber ein Teil kommt auch aus der Walachei. Mein Großvater. Und meine Großtante und mein Urgroßvater und – was ist daran so komisch?»

«Das ist, als hättest du einen Großvater in Jottwehdeh. Oder in Dingenskirchen.»

«Und was ist daran so komisch?»

«Jottwehdeh gibt's nicht, Mann! Jottwehdeh heißt: *janz weit draußen.* Und die Walachei gibt's auch nicht. Wenn du sagst, einer wohnt in der Walachei, dann heißt das: Er wohnt in der Pampa.»

«Und die Pampa gibt's auch nicht?»

«Nein.»

«Aber mein Großvater wohnt da.»

«In der Pampa?»

«Du nervst, echt. Mein Großvater wohnt irgendwo am Arsch der Welt in einem Land, das Walachei heißt. Und da fahren wir morgen hin.»

Er war wieder ganz ernst geworden, und ich wurde auch ernst. «Ich kenn hundertfünfzig Länder der Welt mit Hauptstädten komplett», sagte ich und nahm einen Schluck aus Tschicks Bierflasche. «Walachei gibt's nicht.»

«Mein Großvater ist cool. Der hat zwei Zigaretten im Ohr. Und nur noch einen Zahn. Ich war da, als ich fünf war oder so.»

«Was bist du denn jetzt eigentlich? Russe? Oder Walacheier oder was?»

«Deutscher. Ich hab 'n Pass.»

«Aber wo du herkommst.»

«Aus Rostow. Das ist Russland. Aber die Familie ist von überall. Wolgadeutsche. Volksdeutsche. Und Banater Schwaben, Walachen, jüdische Zigeuner –»

«Was?»

«Was, was?»

«Jüdische Zigeuner?»

«Ja, Mann. Und Schwaben und Walachen –»

«Gibt's nicht.»

«Was gibt's nicht?»

«*Jüdische Zigeuner.* Du erzählst einen Scheiß. Du erzählst die ganze Zeit Scheiß.»

«Überhaupt nicht.»

«Jüdische Zigeuner, das ist wie englische Franzosen! Das gibt's nicht.»

«Natürlich gibt's keine englischen Franzosen», sagte Tschick. «Aber es gibt jüdische Franzosen. Und es gibt auch jüdische Zigeuner.»

«Zigeunerjuden.»

«Genau. Und die haben so 'n Dings auf dem Kopf und fahren in Russland rum und verkaufen Teppiche. Kennt man doch, die mit dem Dings auf dem Kopf. Kippe. Kippe auf dem Kopf.»

«Kippe am Arsch. Ich glaub kein Wort.»

«Kennst du nicht diesen Film mit Georges Aznavour?» Tschick wollte es mir jetzt wirklich beweisen.

«Film ist Film», bügelte ich ihn ab. «Im richtigen Leben kannst du nur entweder Jude sein oder Zigeuner.»

«Aber Zigeuner ist keine Religion, Mann. Jude ist Religion. Zigeuner ist einer ohne Wohnung.»

«Die ohne Wohnung sind zufällig Berber.»

«Berber sind Teppiche», sagte Tschick.

Ich dachte lange nach, und als ich Tschick schließlich fragte, ob er *wirklich* jüdischer Zigeuner wäre, und er ganz ernst nickte, da glaubte ich es ihm.

Was ich aber nicht glaubte, war der Quatsch mit seinem Großvater. Da wusste ich eben, dass Walachei nur ein Wort war. Ich bewies Tschick auf hundert Arten, dass es die Walachei nicht gab, und ich spürte, wie meine Worte an Überzeugungskraft gewannen, wenn ich dazu ein paar großartige Gesten mit den Armen machte. Tschick machte die gleichen Gesten, und dann ging er nochmal Bier holen und fragte, ob ich auch noch eins wollte. Aber es hatte ja keine Wirkung auf mich, und ich wollte Cola.

Gerührt sah ich einer Fliege zu, die auf dem Tisch rumkrabbelte. Ich hatte den Eindruck, dass auch die Fliege gerührt war, weil ich gerührt war. Ich hatte mich wirklich noch nie so gut unterhalten. Tschick stellte zwei Flaschen auf den Tisch und sagte: «Du wirst ja sehen. Mein Großvater und meine Großtante und zwei Cousins und vier Cousinen und die Cousinen schön wie Orchideen – du wirst ja sehen.»

Tatsächlich fing der Gedanke langsam an, mich zu beschäftigen. Aber kaum war Tschick gegangen, lösten sich die Cousinen und alles andere in Nebel auf und verschwanden, und zurück blieb ein elendes Gefühl. Geradezu das heulende Elend. Das hatte mit Tschick aber nichts zu tun. Das hatte was mit Tatjana zu tun. Damit, dass ich überhaupt nicht wusste, was sie jetzt über mich dachte, und dass ich es vielleicht auch nie erfahren würde, und in diesem Moment hätte ich wirklich einiges dafür gegeben, in der Walachei zu sein oder sonst wo auf der Welt, nur nicht in Berlin.

Bevor ich ins Bett ging, klappte ich nochmal meinen Rechner auf. Ich fand vier Mails von meinem Vater, der sich beschwerte, dass ich mein Handy ausgeschaltet hatte und auch unten nicht ranging, und ich musste mir noch irgendwelche Ausreden für ihn ausdenken und erklären, dass alles superokay war hier. Was es ja auch war. Und weil ich überhaupt keine Lust auf diese Mails hatte und mir nichts einfiel, tippte ich nebenbei noch bei Wikipedia «Walachei» ein. Und dann fing ich *wirklich* an, mir Gedanken zu machen.

19

Die Nacht auf Sonntag. Vier Uhr, hatte Tschick gesagt, das wäre die beste Zeit. Vier Uhr nachts. Ich schlief so gut wie gar nicht, döste die halbe Nacht und war sofort hellwach, als ich Schritte auf unserer Terrasse hörte. Ich rannte zur Tür, und da stand Tschick mit einem Seesack in der Finsternis. Wir flüsterten, obwohl es eigentlich keinen Grund gab zu flüstern. Tschick stellte den Seesack in unseren Flur, und dann zogen wir los.

Auf dem Rückweg von Werder hatte er den Lada wieder in der Straße abgestellt, wo er angeblich immer stand, das war nur zehn Minuten von unserem Haus. Direkt vor unseren Füßen lief ein Fuchs Richtung Stadtmitte. Ein Fahrzeug der Stadtreinigung zischte vorbei, eine Rentnerin mit Husten kam uns entgegen. Im Grunde fielen wir mehr auf, als wir bei Tag aufgefallen wären. Dreißig Meter vor dem Lada gab Tschick mir das Zeichen, stehen zu bleiben, und ich drückte mich in eine Hecke und spürte mein Herz schlagen. Tschick zog einen gelben Tennisball aus der Tasche. Er presste den Ball auf den Türgriff des Lada und schlug mit der flachen Hand dagegen. Ich konnte mir nicht vorstellen, wozu das gut sein sollte, aber Tschick zischte: «Profis am Werk!», und öffnete die Tür. Er winkte mich zu sich.

Dann hantierte er wieder mit den Kabeln, startete den Wagen und versuchte auszuparken, wobei er die vor und hinter uns mit der Stoßstange anstupste. Ich saß zusammengekauert auf dem Beifahrersitz und untersuchte den Tennisball. Ein ganz normaler Tennisball mit einem fingerdicken Loch drin.

«Und das geht bei jedem Auto?»

«Nicht bei jedem. Aber Zentralverriegelung – und Unterdruck.» Er schrammte aus der Parklücke, und ich drückte und presste den Ball in meiner Hand und konnte es nicht fassen. Russen, dachte ich.

Zehn Minuten später luden wir den Lada voll. Unsere Garage hat direkten Zugang zum Haus, und wir schleppten alles da hin, was irgendwie sinnvoll schien. Zuerst einmal Brot, Knäckebrot und Brotaufstrich und so was und Konservendosen, weil wir dachten, dass wir ja vielleicht auch mal was essen würden. Dafür brauchten wir dann natürlich auch Teller und Messer und Löffel. Wir packten ein Drei-Mann-Zelt ein, Schlafsäcke und Isomatten. Die Isomatten zogen wir gleich wieder raus und ersetzten sie durch Luftmatratzen. Nach und nach wanderte das halbe Haus ins Auto, und dann fingen wir an, alles wieder rauszuschmeißen: Das meiste braucht man ja doch nicht. Es war ein großes Hin und Her. Wir stritten, ob man zum Beispiel Rollerblades brauchte oder nicht. Wenn uns mal das Benzin ausgehen würde, könnte einer damit zur Tankstelle, meinte Tschick, aber ich fand, da hätte man ja gleich das Klapprad einpacken können. Oder eine Fahrradtour machen. Ganz zum Schluss kamen wir noch auf die Idee, einen Kasten Wasser mitzunehmen, und das stellte sich am Ende als die beste Idee von allen raus. Oder die einzige überhaupt. Weil, alles andere war leider reiner Schwachsinn. Federballschläger, ein Riesenstapel Mangas, vier Paar Schuhe, der Werkzeugkoffer von meinem Vater, sechs Fertigpizzas. Was wir jedenfalls nicht mitnahmen, waren Handys. «Damit nicht jeder Schwanzlutscher uns orten kann», sagte Tschick.

Und auch keine CDs. Der Lada hatte zwar riesige Lautsprecher hinten, aber nur einen verfilzten Kassettenrekorder, der unters Handschuhfach geschraubt war. Wobei ich, ehrlich gesagt, ganz froh war, dass ich Beyoncé nicht auch noch im Auto hören musste. Und natürlich nahmen wir auch die zweihundert Euro mit und dann noch alles Geld, das ich hatte, obwohl mir nicht ganz klar war, was wir damit wollten. In meiner Vorstellung fuhren wir durch menschenleere Gegenden, praktisch Wüste. Ich hatte nicht ganz genau geguckt bei Wikipedia, wie es da Richtung Walachei aussah. Aber dass da unten viel los wäre, kam mir eher unwahrscheinlich vor.

20

Mein Arm hing aus dem Fenster, mein Kopf lag auf meinem Arm. Wir fuhren Tempo 30 zwischen Wiesen und Feldern hindurch, über denen langsam die Sonne aufging, irgendwo hinter Rahnsdorf, und es war das Schönste und Seltsamste, was ich je erlebt habe. Was daran seltsam war, ist schwer zu sagen, denn es war ja nur eine Autofahrt, und ich war schon oft Auto gefahren. Aber es ist eben ein Unterschied, ob man dabei neben Erwachsenen sitzt, die über Waschbeton und Angela Merkel reden, oder ob sie eben nicht da sitzen und niemand redet. Tschick hatte sich auf seiner Seite auch aus dem Fenster gehängt und steuerte den Wagen mit der rechten Hand eine kleine Anhöhe hinauf. Es war, als ob der Lada von alleine durch die Felder fuhr, es war ein ganz anderes Fahren, eine andere Welt. Alles war größer, die Farben satter, die Geräusche Dolby Surround, und ich hätte mich, ehrlich gesagt, nicht gewundert, wenn auf einmal Tony Soprano, ein Dinosaurier oder ein Raumschiff vor uns aufgetaucht wäre.

Wir waren auf dem direktesten Weg aus Berlin rausgefahren, den Frühverkehr hinter uns lassend, und steuerten durch die Vororte und über abgelegene Wege und einsame Landstraßen. Wobei sich als Erstes bemerkbar machte, dass wir keine Landkarte hatten. Nur einen Straßenplan von Berlin.

«Landkarten sind für Muschis», sagte Tschick, und da

hatte er logisch recht. Aber wie man es bis in die Walachei schaffen sollte, wenn man nicht mal wusste, wo Rahnsdorf ist, deutete sich da als Problem schon mal an. Wir fuhren deshalb erst mal Richtung Süden. Die Walachei liegt nämlich in Rumänien, und Rumänien ist im Süden.

Das nächste Problem war, dass wir nicht wussten, wo Süden ist. Schon am Vormittag zogen schwere Gewitterwolken auf, und man sah keine Sonne mehr. Draußen waren mindestens vierzig Grad. Es war noch heißer und schwüler als am Tag davor.

Ich hatte diesen kleinen Kompass am Schlüsselbund, der mal aus einem Kaugummiautomaten gekommen war, aber in dem Auto zeigte er irgendwie nicht nach Süden, und auch draußen zeigte er, wohin er wollte. Wir hielten extra an, um das rauszufinden, und als ich wieder in den Wagen stieg, merkte ich, dass unter meiner Fußmatte etwas lag – eine Musikkassette. Sie hieß *The Solid Gold Collection von Richard Clayderman*, und es war eigentlich keine Musik, eher so Klaviergeklimper, Mozart. Aber wir hatten ja nichts anderes, und weil wir auch nicht wussten, was da vielleicht noch drauf war, hörten wir das erst mal. Fünfundvierzig Minuten. Alter Finne. Wobei ich zugeben muss: Nachdem wir ausreichend gekotzt hatten über *Rieschah* und sein Klavier, hörten wir auch die andere Seite, wo genau das Gleiche drauf war, und es war immer noch besser als nichts. Im Ernst, ich hab's Tschick nicht gesagt, und ich sag's auch jetzt nicht gern: Aber diese Moll-Scheiße zog mir komplett den Stecker. Ich musste immer an Tatjana denken und wie sie mich angeguckt hatte, als ich ihr die Zeichnung geschenkt hatte, und dann kachelten wir mit «Ballade pour Adeline» über die Autobahn.

Tatsächlich hatten wir uns irgendwie auf den Autobahnzubringer verirrt, und Tschick, der zwar einigermaßen fahren konnte, aber so was wie deutsche Autobahn auch noch nicht erlebt hatte, war wild am Rumkurbeln. Als er sich unten einfädeln sollte, legte er eine Vollbremsung hin, gab wieder Gas, bremste nochmal und eierte im Schritttempo auf die Standspur, bevor er es endlich nach links rüberschaffte. Zum Glück rammte uns niemand. Ich hielt die Füße mit aller Kraft vorne gegengestemmt, ich dachte, wenn wir jetzt sterben, liegt das an Rieschah und seinem Klavier. Aber wir starben nicht. Das Geklimper setzte zu immer neuen Höhenflügen an, und wir einigten uns darauf, nach der nächsten Ausfahrt nur noch kleine Straßen und Feldwege zu fahren. Ein Problem war auch: Auf der Autobahn war links neben uns ein Mann im schwarzen Mercedes aufgetaucht und hatte zu uns reingeguckt und wie wild Handzeichen gemacht. Er hatte irgendwelche Zahlen mit den Fingern angedeutet und sein Handy hochgehalten und so getan, als ob er sich unser Kennzeichen aufschreiben würde. Mir ging wahnsinnig die Muffe, aber Tschick zuckte einfach die Schultern und tat so, als wäre er dem Mann *dankbar*, dass er uns darauf aufmerksam machte, dass wir noch mit Licht fuhren, und dann hatten wir ihn im Verkehr verloren.

Tatsächlich sah Tschick ein bisschen älter aus als vierzehn. Aber keinesfalls wie achtzehn. Wobei wir ja auch nicht wussten, wie er in voller Fahrt durch die verschmierten Scheiben aussah. Um das zu testen, machten wir auf einem abgelegenen Feldweg erst mal ein paar Versuche. Ich stellte mich an den Straßenrand, und Tschick musste zwanzigmal an mir vorbeifahren, damit ich gucken konnte, wie er am erwachsensten rüberkam. Er legte beide Schlafsäcke als Kissen auf den Fahrersitz, setzte meine Sonnenbrille wieder auf, schob sie ins Haar, steckte eine Zigarette in seinen Mundwinkel und klebte sich zuletzt ein paar Stücke schwarzes Isolierband ins

Gesicht, um einen Kevin-Kurányi-Bart zu simulieren. Er sah allerdings nicht aus wie Kevin Kurányi, sondern wie ein Vierzehnjähriger, der sich Isolierband ins Gesicht geklebt hat. Am Ende riss er alles wieder runter und pappte sich einen kleinen, quadratischen Klebestreifen unter die Nase. Damit sah er aus wie Hitler, aber das wirkte aus einiger Entfernung tatsächlich am besten. Und weil wir eh in Brandenburg waren, konnte das auch keine politischen Konflikte geben.

Nur das Problem mit der Orientierung blieb. Dresden war mal ausgeschildert. Dresden lag ziemlich sicher im Süden, und da nahmen wir erst mal diese Richtung. Aber wenn wir die Wahl hatten zwischen zwei Wegen, fuhren wir nach Möglichkeit den kleineren mit weniger Autos, und da gab es dann bald immer weniger Wegweiser, und die zeigten immer nur bis zum nächsten Dorf und nicht nach Dresden. Geht es nach Burig Richtung Süden oder nach Freienbink? Wir warfen eine Münze. Tschick fand das mit der Münze toll und sagte, wir fahren jetzt nur noch nach Münze. Kopf für rechts, Zahl für links, und wenn sie auf dem Rand liegen bleibt, geradeaus. Die Münze blieb logischerweise nie auf dem Rand liegen, und wir kamen überhaupt nicht mehr voran. Deshalb gaben wir das mit der Münze bald wieder auf und fuhren immer rechts-links-rechts-links, was ich vorgeschlagen hatte, aber das war auch nicht besser. Man sollte meinen, wenn man immer abwechselnd rechts und links fährt, könnte man nicht im Kreis fahren, aber wir schafften es. Als wir zum dritten Mal an einem Wegweiser standen, wo es links nach Markgrafpieske und rechts nach Spreenhagen ging, kam Tschick auf die Idee, nur noch Orte anzusteuern, die mit M oder T anfingen. Aber davon gab es eindeutig zu wenig. Ich schlug vor, nur noch Orte mit einer Primzahl als Kilometerstand zu nehmen, aber bei *Bad Freienwalde 51 km* bogen wir gleich falsch ab, und als uns das auffiel (drei mal siebzehn), waren wir schon wieder sonst wo.

Endlich kam die Sonne durch. In einem Maisfeld gabelte sich der Weg. Nach schräg links ging es endlos auf Kopfsteinpflaster, nach rechts endlos auf Sand. Wir stritten, welcher Weg mehr nach Süden zeigte. Die Sonne stand nicht ganz in der Mitte. Es war kurz vor elf.

«Süden ist da», sagte Tschick.

«Da ist Osten.»

Wir stiegen aus und aßen ein paar Schokoladenkekse, die schon zur Hälfte geschmolzen waren. Die Insekten im Maisfeld machten einen ungeheuren Krach.

«Du weißt schon, dass man mit einer Uhr die Himmelsrichtung bestimmen kann?» Tschick nahm seine Uhr ab. Ein altes, russisches Modell, noch zum Aufziehen. Er hielt sie zwischen uns hin, aber ich wusste nicht, wie das gehen sollte, und er wusste es auch nicht. Man musste wohl irgendwie einen Zeiger auf die Sonne richten, und dann zeigte der andere nach Norden oder so. Aber um kurz vor elf zeigten beide Zeiger auf die Sonne, da war also schon mal eindeutig nicht Norden.

«Vielleicht zeigt er auch nach Süden», sagte Tschick.

«Und um halb zwölf ist Süden dann da?»

«Oder es ist wegen Sommerzeit. Im Sommer funktioniert es nicht. Ich dreh mal eine Stunde zurück.»

«Und was soll das ändern? In einer Stunde wandert der Zeiger einmal rum. Die Himmelsrichtung dreht sich doch nicht dauernd.»

«Aber wenn der Kompass sich dreht – vielleicht ist es ein Kreiselkompass.»

«Ein Kreiselkompass!»

«Hast du noch nie vom Kreiselkompass gehört?»

«Ein Kreiselkompass hat aber nichts mit Kreiseln zu tun.

Der kreiselt nicht», sagte ich. «Der hat was mit Alkohol zu tun. Da ist Alkohol drin.»

«Du verarschst mich.»

«Das weiß ich aus einem Buch, wo die auf dem Schiff kentern, und dann bricht ein Matrose den Kompass auf, weil er Alkoholiker ist, woraufhin sie komplett die Orientierung verlieren.»

«Hört sich nicht gerade wie ein Fachbuch an.»

«Stimmt aber. Das Buch hieß, glaube ich, Der Seebär. Oder Der Seewolf.»

«Du meinst Steppenwolf. Da geht es auch um Drogen. So was liest mein Bruder.»

«Steppenwolf ist zufällig eine *Band*», sagte ich.

«Also, ich würde sagen, wenn wir nicht genau wissen, wo Süden ist, fahren wir einfach Sandpiste», sagte Tschick und band die Uhr wieder um. «Da ist weniger los.»

Und wie immer hatte er recht. Es war eine gute Entscheidung. Eine Stunde lang begegnete uns kein Auto mehr. Wir waren jetzt irgendwo, wo es nicht mal mehr Häuser am Horizont gab. Auf einem Feld lagen Kürbisse, so groß wie Medizinbälle.

21

Wind kam auf, der Wind legte sich wieder. Erneut verschwand die Sonne hinter dunklen Wolken, und zwei Regentropfen fielen auf die Windschutzscheibe. Die Tropfen waren so groß, dass fast die ganze Scheibe nass wurde. Tschick fuhr schneller, hohe Bäume bogen sich unter dem Wind, und plötzlich zerrte eine Böe unser Auto fast auf die andere Straßenseite. Tschick bog in einen holprigen Feldweg zwischen zwei Weizenfeldern ein. Das Klaviergeklimper wurde dramatisch, und nach einem Kilometer hörte der Weg mitten im Feld auf.

«Ich fahr doch jetzt nicht zurück», sagte Tschick und rumpelte, ohne zu bremsen, geradeaus. Die Halme prasselten auf das Blech und gegen die Türen. Tschick ließ den Wagen im Weizenfeld ausrollen, schaltete runter und gab Gas. Der Motor zog langsam an, und wie ein Schneepflug teilte die Kühlerhaube das Meer aus gelbem Weizen. Obwohl der Lada seltsame Geräusche machte, schaffte er den Acker fast mühelos. Nur die Orientierung war schwierig, man konnte nicht richtig über die Halme hinaussehen. Kein Horizont. Ein dritter Regentropfen fiel auf unsere Scheibe. Das Feld ging leicht bergauf. Wir fuhren kleine Kurven und Schnörkel und stießen auf eine Schneise, die wir eine Minute zuvor selbst gepflügt hatten. Ich schlug vor, Tschick sollte versuchen, unsere Namen in den Weizen zu schreiben, sodass man sie von einem Hubschrauber aus lesen konnte oder später bei Google

Earth. Schon beim Querbalken vom T verloren wir die Übersicht. Wir fuhren einfach nur herum, krochen immer weiter einen Hügel hinauf, und als wir ganz oben waren, war das Feld plötzlich zu Ende. Tschick bremste in letzter Sekunde. Mit der hinteren Hälfte standen wir noch im Korn, mit der Schnauze guckte der Lada in die Landschaft hinaus. Sattgrün und steil abfallend erstreckte sich eine Kuhweide vor uns und gab den Blick frei auf endlose Felder, Baumgruppen und kleine Straßen, Hügel und Hügelketten und Berge und Wiesen und Wald. Auf dem Horizont türmten sich die Wolken. Man sah Wetterleuchten über einem fernen Kirchturm, aber es war totenstill. Der vierte Regentropfen klatschte auf die Scheibe. Tschick stellte den Motor ab. Ich drehte Clayderman aus.

Minutenlang schauten wir einfach nur. Kleinere, hellere Wolken flogen unter den schwarzen hindurch. Blaugraue Schleier liefen über die entfernten Hügelketten, über die näheren Hügelketten. Die Wolken hoben sich und kamen wie eine Walze auf uns zu.

«Independence Day», sagte Tschick.

Wir holten Brot, Cola und Marmelade raus, und während wir noch damit beschäftigt waren, ein Picknick in unserem Auto aufzubauen, wurde es finster. Es war früher Nachmittag, aber es wurde finster wie die Nacht. Kurz danach sah ich, wie auf einer Weide eine Kuh umfiel. Ich dachte erst, ich hätte mich getäuscht, aber Tschick hatte es auch gesehen. Alle anderen Kühe hatten sich mit dem Arsch in den Wind gedreht, aber die eine war einfach umgekippt. Und dann hörte der Wind so plötzlich auf, wie er gekommen war. Eine Minute passierte nichts, man konnte jetzt nicht mal mehr die Aufschrift auf der Cola-Flasche lesen. Dann klatschte ein Eimer Wasser auf unsere Frontscheibe, und es kam runter wie eine Wand.

Stundenlang. Es krachte und donnerte und goss. Ein armdicker Ast mit Laub dran flog durchs Tal, als ob ein Kind Drachen steigen ließ. Als am Abend der Regen endlich aufhörte und wir aus dem Wagen kletterten, war das ganze Weizenfeld platt, und die Wiesen vor uns hatten sich in Sumpf verwandelt. Es war unmöglich weiterzufahren, wir wären stecken geblieben. Und deshalb verbrachten wir unsere erste Nacht auf dem Hügel, auf den Autositzen schlafend. Wahnsinnig bequem war das nicht, aber wir hatten auch keine großen Alternativen in dem Schlamm da draußen.

22

Ich schlief kaum, und das Gute daran war, dass ich beim ersten Lichtstrahl schon den Bauern sah, der auf einem Traktor durch das Tal karriolte. Ob er uns wirklich gesehen hatte, weiß ich nicht, aber ich weckte Tschick, der sofort den Wagen startete. Wir rutschten mehr rückwärts durch das Weizenfeld den Hügel runter, als dass wir fuhren, und dann ging's zurück auf die Straße und ab.

Die Schokoladenkekse waren mittlerweile wieder essbar, und nachdem wir sie gefrühstückt hatten, versuchte Tschick, mir auf einer Wiese am Waldrand das Fahren beizubringen. Ich war zuerst nicht wahnsinnig wild drauf, aber Tschick meinte, es wäre albern, Autos zu klauen, wenn man nicht fahren könnte. Außerdem behauptete er, ich hätte bloß Angst, und das stimmte.

Tschick drehte eine Proberunde für mich, und ich achtete darauf, was er da eigentlich machte, welche Pedale er trat und wie er schaltete. Das hatte ich zwar schon oft bei meinen Eltern gesehen, aber ich hatte nie richtig hingeguckt. Ich wusste nicht mal genau, welches Pedal welches war.

«Links ist Kupplung. Die lässt du ganz langsam kommen und gibst auch Gas und – siehst du? Siehst du?»

Natürlich sah ich gar nichts. Kommen lassen? Gas geben? Tschick erklärte es mir.

Zum Starten legt man den ersten Gang ein. Dabei muss man die Kupplung treten und mit dem rechten Fuß ein bisschen aufs Gaspedal tippen und gleichzeitig die Kupplung loslassen. Das ist das Schwierigste, das Starten. Da brauchte ich zwanzig Anläufe, bis der Lada sich endlich mal in Bewegung gesetzt hatte, und dann war ich gleich so überrascht, dass ich beide Füße hochnahm – das Auto machte einen Satz, und der Motor ging aus.

«Einfach wieder auf die Kupplung, dann kannst du ihn nicht abwürgen. Auch beim Bremsen: Immer gleichzeitig die Kupplung, sonst würgst du ihn ab.»

Aber bis zum Bremsen dauerte es noch eine Weile. Das Bremspedal macht auch der rechte Fuß, und damit kam ich erst mal überhaupt nicht klar. Aus irgendeinem Grund wollten immer beide Füße auf die Bremse. Als ich es dann irgendwann hingekriegt hatte, dass der Wagen rollte, gurkte ich im ersten Gang auf der Wiese rum, und das war Wahnsinn. Der Lada machte, was ich wollte. Als ich schneller wurde, fing der Motor an zu heulen, und Tschick sagte, ich sollte mal drei Sekunden lang voll die Kupplung treten. Ich trat auf die Kupplung, und Tschick legte den zweiten Gang für mich ein.

«Jetzt mehr Gas!», sagte er, und plötzlich schoss ich mit dreißig dahin. Glücklicherweise war die Wiese sehr groß. Ich übte ein paar Stunden. So lange brauchte ich, bis ich es schaffte, den Wagen selbst zu starten, in den dritten Gang hochzuschalten und wieder runterzuschalten, ohne ihn andauernd abzuwürgen. Ich war schweißgebadet, aber aufhören wollte ich auch nicht. Tschick lag auf der Luftmatratze am Waldrand und sonnte sich, und den ganzen Tag kamen nur zwei Spaziergänger vorbei, die keine Notiz von uns nahmen. Irgendwann machte ich eine Vollbremsung neben Tschick und fragte, wie das mit dem Kurzschließen eigentlich funktioniert. Weil, nachdem ich fahren konnte, wollte ich den Rest natürlich auch noch wissen.

Tschick klappte die Sonnenbrille hoch, setzte sich auf den Fahrersitz und wühlte mit beiden Händen in den Kabeln rum: «Du musst das hier auf Dauerplus legen, die Fünfzehn auf die Dreißig. Da ist die dicke Klemme für. Und die muss dick sein. Damit ist die Zündanlage unter Spannung, und dann machst du die Fünfzig drauf, die führt zum Anlasserrelais – so. Das Steuerplus.»

«Und das ist bei jedem Auto so?»

«Ich kenn nur den hier. Aber mein Bruder meint, ja. Die Fünfzehn, die Dreißig und die Fünfzig.»

«Und das war's?»

«Du musst noch das Lenkrad totmachen. Der Rest ist pillepalle. Hier mit dem Fuß gegen, und zack. Und die Benzinpumpe überbrücken natürlich.»

Natürlich, die Benzinpumpe überbrücken. Ich sagte erst mal nichts mehr. In Physik hatten wir einiges über den elektrischen Strom gelernt. Dass es Plus und Minus gab und die Elektronen wie Wasser durch die Leitung rauschten und so weiter. Aber das hatte mit dem, was in unserem Lada vorging, offenbar nichts zu tun. Steuerplus, Dauerplus – das klang, als ob durch dieses Auto ein ganz anderer Strom floss als durch die Kabel im Physikunterricht, als wären wir in einer Parallelwelt gelandet. Dabei war wahrscheinlich der Physikunterricht die Parallelwelt. Denn dass es funktionierte, zeigte ja, dass Tschick recht hatte.

23

Er steuerte zurück zur Straße. Nachdem wir in einem kleinen Dorf an einer Bäckerei vorbeigekommen waren, kriegten wir beide Kaffeedurst. Wir parkten den Wagen in einem Gebüsch hinter diesem Dorf und gingen zu Fuß zur Bäckerei zurück. Dort kauften wir Kaffee und belegte Brötchen, und als ich gerade in mein Brötchen beißen wollte, sagte jemand hinter mir: «Klingenberg, was machst du denn hier?»

Lutz Heckel, die Tonne auf Stelzen, saß am Tisch hinter uns. Neben ihm eine große Tonne auf Stelzen und eine nicht ganz so große Tonne auf Säulen.

«Und der Mongole ist auch da», sagte Heckel überrascht, aber auch in einem Ton, der wenig Zweifel daran ließ, was er von Mongolen im Allgemeinen und Tschick im Besonderen hielt.

«Verwandtenbesuch», sagte ich und drehte mich schnell wieder um. Es schien mir nicht die Zeit für Diskussionen.

«Ich wusste gar nicht, dass du Verwandte hier hast?»

«Ich», sagte Tschick und prostete mit dem Kaffeebecher über den Tisch. «In Zwietow ist ein Kanakenauffanglager.»

Ich konnte mich nicht erinnern, Heckel auf Tatjanas Party gesehen zu haben, aber als Nächstes fragte er, *wie* wir denn hier wären. Tschick erzählte ihm irgendwas von einer Fahrradtour.

«Klasskamrahn von dir?», hörte ich die große Tonne fragen, und dann hörte ich lange nichts mehr. Irgendwann klimperten am Tisch hinter uns Autoschlüssel, an der Bank wurde gerückt, und Vater Heckel stelzte an uns vorbei in die Bäckerei. Er kam mit einem Armvoll belegter Brötchen wieder raus, packte vier davon auf unseren Tisch und rief: «Ma orndlich was auffe Bruss für unsre tüchgen Fahrafahra!» Dann klopfte er mit den Knöcheln aufs Holz, und die Tonnenfamilie spazierte über den Marktplatz davon.

«Uh», sagte Tschick, und ich wusste nicht, was ich sagen sollte. Wir blieben noch lange vor dieser Bäckerei sitzen. Den Kaffee brauchten wir jetzt. Und die Brötchen auch.

Alle halbe Stunde kurvte ein Reisebus mit Touristen über den Marktplatz. Irgendwo über dem Dorf gab es eine kleine Burg. Tschick saß mit dem Rücken zur Bushaltestelle, aber ich musste die ganze Zeit auf die Rentner gucken, die aus diesen Bussen quollen. Denn es waren ausschließlich Rentner. Sie trugen alle braune oder beige Kleidung und ein lächerliches Hütchen, und wenn sie an uns vorbeikamen, wo es eine kleine Steigung raufging, schnauften sie, als hätten sie einen Marathon hinter sich.

Ich konnte mir immer nicht vorstellen, dass ich selbst einmal so ein beiger Rentner werden würde. Dabei waren alle alten Männer, die ich kannte, beige Rentner. Und auch die Rentnerinnen waren so. Alle waren beige. Es fiel mir ungeheuer schwer, mir auszumalen, dass diese alten Frauen auch einmal jung gewesen sein mussten. Dass sie einmal so alt gewesen waren wie Tatjana und sich abends zurechtgemacht hatten und in Tanzlokale gegangen waren, wo man sie vermutlich als junge Feger oder so was bezeichnet hatte, vor fünfzig oder hundert Jahren. Nicht alle natürlich. Ein paar werden auch damals schon öde und hässlich gewesen sein. Aber auch die Öden und die Hässlichen haben mit ihrem Leben wahrscheinlich mal was vorgehabt, die hatten sicher auch Pläne für die Zukunft. Und auch die ganz Normalen hatten Pläne für die Zukunft, und was garantiert nicht in diesen Plänen stand, war, sich in beige Rentner zu verwandeln. Je länger ich über diese Alten nachdachte, die da aus den Bussen rauskamen, desto mehr deprimierte es mich. Am meisten deprimierte mich der Gedanke, dass unter diesen Rentnerinnen auch welche sein mussten, die nicht langweilig oder öde gewesen waren in ihrer Jugend. Die schön waren, die Jahrgangsschönsten, die, in die alle verliebt gewesen waren, und wo vor siebzig Jahren jemand auf seinem Indianerturm gesessen hat und aufgeregt war, wenn nur das Licht in ihrem Zimmer anging. Diese Mädchen waren jetzt auch beige Rentnerinnen, aber man konnte sie von den anderen beigen Rentnerinnen nicht mehr unterscheiden. Alle hatten sie die gleiche graue Haut und fette Nasen und Ohren, und das deprimierte mich so, dass mir fast schlecht wurde.

«Pst», sagte Tschick und schaute an mir vorbei. Ich folgte seinem Blick und entdeckte zwei Polizisten, die eine Reihe parkender Autos entlanggingen und auf jedes Nummernschild guckten. Wortlos nahmen wir unsere Pappbecher und schlenderten unauffällig zurück zu dem Gebüsch, wo der Lada parkte. Dann fuhren wir den Weg, den wir morgens gekommen waren, zurück und auf die Landstraße und mit hundert auf und davon. Wir mussten nicht lange darüber diskutieren, was als Nächstes zu tun wäre.

In einem Waldstück fanden wir einen Parkplatz, wo Leute ihre Autos abstellten, um spazieren zu gehen. Und es standen glücklicherweise ziemlich viele Autos dort, denn es war gar nicht so leicht, eins zu finden, wo man die Nummernschilder abschrauben konnte. Die meisten hatten überhaupt keine Schrauben. Was wir schließlich fanden, war ein alter VW Käfer mit Münchner Kennzeichen. Dem machten wir im Gegenzug unsere Kennzeichen an, in der Hoffnung, dass er's nicht so schnell merken würde.

Dann rasten wir ein paar Kilometer auf irgendwelchen Schleichwegen durch die Felder, bevor wir in einen riesigen Wald einbogen und den Lada auf einem verlassenen Sägewerksgelände abstellten. Wir packten unsere Rucksäcke und wanderten durch den Wald.

Wir hatten nicht die Absicht, den Lada schon im Stich zu lassen, aber trotz Nummernschildwechsel war uns nicht ganz wohl bei der Sache. Es schien uns das Klügste, den Wagen erst mal eine Weile aus dem Verkehr zu ziehen. Vielleicht ein, zwei Tage im Wald verbringen und später wieder vorbeigucken, das war der Plan. Wobei – ein richtiger Plan war das auch nicht. Wir wussten ja nicht mal, ob sie wirklich nach uns gesucht hatten. Und ob sie uns in ein paar Tagen nicht mehr suchen würden.

Unser Weg führte die ganze Zeit bergauf, und oben lichtete sich der Wald. Es gab eine kleine Aussichtsplattform mit einer Mauer drumrum und einen ziemlich tollen Blick über das Land. Aber das Tollste war ein kleiner Kiosk, wo man Wasser kaufen konnte und Schokoriegel und Eis. Da mussten wir also schon mal nicht verhungern, und deshalb blieben wir auch in der Nähe von diesem Kiosk. Nicht weit den Berg runter lag eine abschüssige Wiese, und da fanden wir einen stillen Platz hinter riesigen Holunderbüschen. Wir legten uns in die Sonne und dösten, und so verbrachten wir den Tag. Für die Nacht deckten wir uns noch mal mit ordentlich Snickers und Cola ein und krochen dann in unsere Schlafsäcke und hörten die Grillen zirpen. Den ganzen Tag über waren Wanderer, Fahrradfahrer und Busse vorbeigekommen, um die Aussicht zu genießen, aber als es dämmerte, kam niemand mehr, und wir hatten den ganzen Berg für uns. Es war immer noch warm, fast zu warm, und Tschick, der es am Ende mit reichlich Gel im Haar geschafft hatte, zwei Bier aus dem Kioskbesitzer rauszuleiern, öffnete die Flaschen mit dem Feuerzeug.

Die Sterne über uns wurden immer mehr. Wir lagen auf dem Rücken, und zwischen den kleinen Sternen tauchten kleinere auf und zwischen den kleineren noch kleinere, und das Schwarz sackte immer weiter weg.

«Das ist Wahnsinn», sagte Tschick.

«Ja», sagte ich, «das ist Wahnsinn.»

«Das ist noch viel besser als Fernsehen. Obwohl Fernsehen auch gut ist. Kennst du *Krieg der Welten?*»

«Logisch.»

«Kennst du *Starship Troopers?*»

«Mit den Affen?»

«Mit Insekten.»

«Und am Ende so ein Gehirn? Der riesige Gehirnkäfer mit so – mit so schleimigen Dingern?»

«Ja!»

«Der ist Wahnsinn.»

«Ja, der ist der Wahnsinn.»

«Und kannst du dir vorstellen, irgendwo da oben, auf einem dieser Sterne – ist es jetzt genau so! Da leben wirklich Insekten, die sich gerade in dieser Sekunde eine Riesenschlacht um die Vorherrschaft im Weltall liefern – und keiner weiß davon.»

«Außer uns», sagte ich.

«Außer uns, genau.»

«Aber wir sind die Einzigen, die das wissen. Auch die Insekten wissen nicht, dass wir das wissen.»

«Mal im Ernst, glaubst du das?» Tschick stützte sich auf den Ellenbogen und sah mich an. «Glaubst du, da ist noch irgendwas? Ich mein jetzt nicht unbedingt Insekten. Aber *irgendwas?*»

«Ich weiß nicht. Ich hab mal gehört, dass man das ausrechnen kann. Es ist total unwahrscheinlich, dass es was gibt, aber alles ist eben auch unendlich groß, und total unwahrscheinlich mal unendlich gibt dann eben doch eine Zahl, also eine Zahl von Planeten, wo's was gibt. Weil, bei uns hat's ja auch geklappt. Und irgendwo sind garantiert auch Riesenin-sekten da oben.»

«Das ist genau meine Meinung, genau meine Meinung!» Tschick legte sich wieder auf den Rücken und schaute angestrengt hoch. «Wahnsinn, oder?», sagte er.

«Ja, Wahnsinn.»

«Mich reißt's gerade voll.»

«Und kannst du dir das vorstellen: Die Insekten haben natürlich auch ein Insektenkino! Die drehen Filme auf ihrem Planeten, und irgendwo im Insektenkino schauen sie sich gerade einen Film an, der auf der Erde spielt und von zwei Jungen handelt, die ein Auto klauen.»

«Und es ist der totale Horrorfilm!», sagte Tschick. «Die Insekten ekeln sich vor uns, weil wir überhaupt nicht schleimig sind.»

«Aber alle denken, es ist nur Science-Fiction, und in Wirklichkeit gibt's uns gar nicht. Menschen und Autos – das ist für die totaler Quatsch. Das glaubt bei denen keiner.»

«Außer zwei jungen Insekten! Die glauben das. Zwei Junginsekten in der Ausbildung, die haben gerade einen Armeehelikopter entführt und fliegen über dem Insektenplaneten rum und denken genau das Gleiche. Die denken, dass es uns gibt, weil wir ja auch denken, dass es sie gibt.»

«Wahnsinn!»

«Ja, Wahnsinn.»

Ich schaute in die Sterne mit ihrer unbegreiflichen Unendlichkeit, und ich war irgendwie erschrocken. Ich war gerührt und erschrocken gleichzeitig. Ich dachte über die Insekten nach, die jetzt fast sichtbar wurden auf ihrer kleinen, flimmernden Galaxie, und dann drehte ich mich zu Tschick, und er guckte mich an und guckte mir in die Augen und sagte, dass das alles ein Wahnsinn wäre, und das stimmte auch. Es war wirklich ein Wahnsinn.

Und die Grillen zirpten die ganze Nacht.

24

Als ich am Morgen erwachte, war ich allein. Ich guckte mich um. Leichter Nebel lag auf der kleinen Wiese, von Tschick keine Spur. Aber weil seine Luftmatratze noch da war, machte ich mir erst mal keine allzu großen Gedanken. Ich versuchte, noch ein bisschen weiterzuschlafen, aber irgendwann trieb die Unruhe mich hoch. Ich ging zur Aussichtsplattform und schaute einmal von allen Seiten runter. Ich war der einzige Mensch auf dem Berg. Der Kiosk war noch geschlossen. Die Sonne sah aus wie ein roter Pfirsich in einer Schüssel Milch, und mit den ersten Sonnenstrahlen kam eine Gruppe Fahrradfahrer den Weg raufgefahren, und dann dauerte es keine zehn Minuten, bis auch Tschick den Berg hochgestapft kam. Ich war ziemlich erleichtert. Er war einfach einmal zum Sägewerk runtergelaufen und hatte nach dem Lada geguckt, ob der noch da stand. Er stand noch da. Wir beratschlagten eine Weile hin und her und entschieden uns schließlich, doch sofort mit dem Auto weiterzufahren, weil dieses Warten irgendwie keinen Sinn machte.

Währenddessen hatten die Radfahrer sich neben uns auf der Mauer breitgemacht, ein Dutzend Jungen und Mädchen in unserem Alter und ein Erwachsener. Die frühstückten jetzt und redeten leise miteinander, und sie sahen wirklich merkwürdig aus. Für einen Klassenausflug war die Gruppe zu klein, für eine Familie zu groß und für die Tour des Behindertenheims zu gut gekleidet. Aber irgendwas stimmte mit denen nicht. Sie trugen alle so Klamotten. Keine Markenklamotten, aber es sah auch nicht billig aus, im Gegenteil. Sehr teuer und irgendwie behindert. Und sie hatten alle sehr, sehr saubere Gesichter. Ich weiß nicht, wie ich das beschreiben soll, aber die Gesichter waren irgendwie sauber. Das Merkwürdigste aber war der Betreuer. Der redete mit denen, als wären sie seine Vorgesetzten. Tschick fragte eins der Mädchen, aus welchem Heim sie ausgebrochen wären, und das Mädchen sagte: «Aus keinem. Wir sind Adel auf dem Radel. Wir fahren von Gut zu Gut.» Sie sagte das sehr ernst und sehr höflich. Vielleicht wollte sie auch einen Witz machen, und es war die Fahrradtour der örtlichen Clownsschule.

«Und ihr so?», fragte sie.

«Wir so?»

«Macht ihr auch eine Radtour?»

«Wir sind Automobilisten», erklärte Tschick.

Das Mädchen wandte sich an den Jungen neben ihr und sagte: «Du hattest unrecht. Es sind Automobilisten.»

«Und ihr seid was genau? *Adel* auf dem *Radel*?»

«Was findest du daran so bemerkenswert? Ist Automobilist weniger bemerkenswert?»

«Ja, aber Adel auf dem Radel?»

«Ja, und ihr: Proleten auf Raketen?»

Mann, war die drauf. Vielleicht war vor der örtlichen Clownsschule auch gerade eine Ladung Koks ausgekippt worden. Was die Jungs und Mädchen auf dem Berg da wirklich machten, haben wir dann nicht mehr rausgefunden, aber tatsächlich haben wir die ganze Gruppe wenig später auf der Landstraße mit dem Lada überholt, und das Mädchen winkte, und wir winkten auch. Also wenigstens das mit dem Radel stimmte. Zu diesem Zeitpunkt fühlten wir uns schon wieder wahnsinnig sicher, und ich schlug Tschick vor, wenn wir uns mal mit Decknamen anreden müssten, dann wäre er Graf Lada und ich Graf Koks.

25

Aber das eigentliche Problem an diesem Vormittag war, dass wir nichts zu essen hatten.

Wir hatten Konservendosen mitgenommen, aber keinen Dosenöffner. Es gab noch drei Scheiben Knäckebrot, aber keine Butter. Und die sechs Fertigpizzas waren aufgetaut absolut ungenießbar. Ich versuchte noch, ein Stück davon mit dem Feuerzeug zu grillen, aber das ging gar nicht, und am Ende verließen sechs Frisbeescheiben den Lada wie Ufos den brennenden Todesstern.

Die Rettung kam ein paar Kilometer weiter: Da zeigte ein gelber Wegweiser nach links auf ein kleines Dorf, und am gleichen Wegweiser hing Werbung: *Norma 1 km.* Schon aus der Entfernung sah man den riesigen Supermarkt, der wie ein Schuhkarton in der Landschaft stand.

Das Dorf daneben war winzig. Wir fuhren erst einmal ganz durch, parkten vor einer großen Scheune, wo uns keiner sah, und gingen zu Fuß zurück. Obwohl der ganze Ort nur aus ungefähr zehn Straßen bestand, die sich alle an einem Brunnen auf dem Marktplatz trafen, konnten wir von da den Supermarkt nicht mehr entdecken. Tschick wollte nach links. Ich wollte schräg geradeaus, und es war keiner auf der Straße, den man fragen konnte. Wir liefen durch menschenleere Gassen, schließlich kam uns ein Junge auf einem Fahrrad entgegen, einem Holzfahrrad ohne Pedale. Um vorwärtszukommen, musste er die Beine vor- und zurückschleudern. Er war ungefähr zwölf Jahre alt und schätzungsweise zehn Jahre zu alt für dieses Fahrrad. Seine Knie schleiften auf der Erde. Er blieb direkt vor uns stehen und glotzte uns mit riesigen Augen an wie ein großer behinderter Frosch.

Tschick fragte ihn, wo denn hier der Norma wäre, und der Junge lächelte entweder sehr verwegen oder sehr ahnungslos. Er hatte unglaublich viel Zahnfleisch.

«Wir kaufen nicht im Supermarkt», erklärte er bestimmt.

«Interessant. Und wo ist er?»

«Wir kaufen immer bei Froehlich.»

«Ah, bei Froehlich.» Tschick nickte dem Jungen zu wie ein Cowboy, der dem anderen Cowboy nicht wehtun will. «Aber uns würde hauptsächlich interessieren, wo es hier zum Norma geht.»

Der Junge nickte eifrig, hob eine Hand an den Kopf, als würde er sich kratzen wollen, und zeigte mit der anderen unentschlossen in der Gegend rum. Dann fand sein Zeigefinger plötzlich ein Ziel zwischen den Häusern. Da sah man kurz vorm Horizont ein einsames Gehöft zwischen hohen Pappeln. «Da ist Froehlich! Da kaufen wir immer ein.»

«Phantastisch», sagte Tschick. «Und jetzt nochmal ungefähr der Supermarkt?»

Das viele Zahnfleisch machte uns klar, dass wir mit einer Antwort wahrscheinlich nicht mehr rechnen konnten. Es war aber auch sonst niemand auf der Straße, den man hätte fragen können.

«Was wollt ihr denn da?»

«Was wollen wir denn da? Maik, Maiki, was wollten wir nochmal im Supermarkt?»

«Wollt ihr einholen? Oder nur gucken?», fragte der Junge.

«Gucken? Gehst du in den Supermarkt, um zu gucken oder was?»

«Komm, lass uns weiter», sagte ich, «wir finden den auch so. Wir wollten Essen kaufen.»

Ich hatte den Eindruck, es machte keinen Sinn, den Jungen mit den Froschaugen zu verarschen.

In dem Moment stand eine sehr blasse, sehr große Frau vor einem Haus und rief: «Friedemann! Friedemann, komm rein! Es ist zwölf.»

«Ich komme gleich», antwortete der Junge, und jetzt hatte sich seine Stimme verändert. Er hatte plötzlich den gleichen Singsang wie seine Mutter.

«Wieso wollt ihr Essen kaufen?», fragte er noch, und da war Tschick schon zu der Frau hin und fragte sie, wo denn hier der Norma wäre.

«Was für ein Norma?»

«Der Supermarkt», erklärte Friedemann.

«Ah, der große Supermarkt», sagte die Frau. Sie hatte ein ziemlich beeindruckendes Gesicht. Ganz ausgemergelt, aber auch irgendwie vollfit. Sie sagte: «Da kaufen wir nie. Wir kaufen immer bei Froehlich.»

«Wir hörten davon.» Tschick setzte sein höflichstes Lächeln auf. Er konnte das sehr gut, dieses höfliche Lächeln. Ich hatte immer den Eindruck, er übertrieb es ein bisschen. Aber andererseits sah er ja auch aus wie der Mongolensturm, das glich es wieder aus.

«Was wollt ihr denn da?»

Himmel, war denn die ganze Familie so? Wusste keiner, was man in einem Supermarkt macht?

«Einkaufen», sagte ich.

«Einkaufen», sagte die Frau und verschränkte ihre Arme vor der Brust, als ob sie sie daran hindern wollte, uns zufällig oder gegen ihren Willen den Weg zum Supermarkt zu zeigen.

«Essen! Die wollen Essen kaufen», petzte Friedemann.

Die Frau sah uns misstrauisch an, und dann erkundigte sie sich, ob wir nicht von hier wären – und was wir hier wollten. Tschick erklärte ihr die Sache mit der Fahrradtour, einmal Ostdeutschland quer durch, und die Frau spähte die Straße rauf und runter. Weit und breit kein Fahrrad.

«Und wir haben einen Platten», sagte ich und machte es wie Friedemann und zeigte in eine undefinierbare Richtung. «Aber wir müssten dringend was einkaufen, wir haben praktisch nicht gefrühstückt und –»

Nichts an ihrem Gesichtsausdruck und nichts an ihrer Haltung änderte sich, als sie sagte: «Um zwölf gibt es Mittag. Ihr seid herzlich eingeladen, ihr jungen Leute aus Berlin. Ihr seid unsere Gäste.»

Dann zeigte sie Zahnfleisch, nicht ganz so viel wie Friedemann, und Friedemann riss mit einem Schrei, der wohl eine Art Begeisterung ausdrücken sollte, sein Rollerfahrrad rum und schleuderte auf das Haus zu. Dort standen mittlerweile drei oder vier kleinere Kinder vor der Tür und starrten uns durch große Froschaugen an.

Ich wusste nicht, was ich sagen sollte, und Tschick wusste es auch nicht.

«Was gibt's denn?», fragte er schließlich, und es stellte sich raus, dass es Risi-Pisi gab. Was immer das sein mochte. Ich kratzte mich hinterm Ohr, und Tschick ließ seinen letzten großen Kracher los. Er machte die Mongolenschlitze auf, beugte sich ein wenig vor und sagte: «Klingt phantastisch, gnä' Frau.»

Das zog mir endgültig den Stecker. Deutsch für Aussiedler, zweite Lektion.

«Warum hast du das gemacht?», flüsterte ich, während wir hinter der Frau hergingen, und Tschick wedelte hilflos mit den Armen, als wollte er sagen: Was sollte ich denn machen?

Aber bevor wir noch der Frau ins Haus folgen konnten, nickte sie schon Friedemann zu, und Friedemann nahm uns an den Händen und führte uns ums Haus rum in den Garten. Mir war nicht wohl dabei. Es beruhigte mich nur, dass Tschick sich noch einmal schnell mit dem Zeigefinger an die Stirn tippte, als Friedemann nicht guckte.

Im Garten stand ein großer weißer Holztisch mit zehn Stühlen. Vier davon waren schon besetzt durch Friedemanns Geschwister. Die Älteste war ein vielleicht neunjähriges Mädchen, der Jüngste ein Sechsjähriger, und alle mit dem gleichen Aussehen. Die Mutter brachte das Essen in einem riesigen Topf, und es gab Reis mit Pampe. Das war offensichtlich Risi-Pisi: Reis mit Pampe. Die Pampe war gelblich, und es schwammen kleine Bröckchen drin und grüne Kräuter. Die Mutter tat allen mit der Suppenkelle auf, aber niemand rührte das Essen an. Stattdessen hoben alle wie auf Kommando ihre Arme und fassten sich an den Händen, und weil uns die ganze Familie anguckte, hoben wir auch die Hände. Ich bekam die von Tschick und Friedemann zu fassen, und die Mutter sagte mit schiefgelegtem Kopf: «Na ja, vielleicht müssen wir das auch nicht unbedingt heute. Begrüßen wir zur Feier des Tages doch einfach unsere weitgereisten Gäste, danken für alles, was uns beschert wurde und – guten Appetit.»

Dann wurden die Hände geschüttelt, und es wurde gegessen, und da kann man sagen, was man will, die Pampe schmeckte phantastisch.

Als wir fertig waren, schob Tschick seinen leeren Teller mit zwei Händen von sich weg und erklärte in Richtung der Hausfrau, dass das ja ein bonfortionöses Mahl gewesen wäre, und ich stimmte ihm zu. Die Frau reagierte mit einer gerunzelten Stirn. Ich kratzte mich hinterm Ohr und wiederholte, dass ich schon seit Ewigkeiten nichts so Gutes mehr gegessen hätte, und Tschick ergänzte, es wäre superbonfortionös gewesen. Die Frau zeigte ein bisschen Zahnfleisch und räusperte sich in ihre Faust, und Friedemann guckte uns mit großen Froschaugen an. Und dann kam der Nachtisch. Alter Finne.

Am liebsten würde ich das ja gar nicht erzählen. Ich erzähl's aber trotzdem. Florentine, die Neunjährige, brachte den Nachtisch auf einem Tablett heraus. Es war irgendwas Schaumiges, Weißes mit Himbeeren drauf, abgefüllt in acht Schälchen. Acht unterschiedlich große Schälchen. Mir war sofort klar, dass es jetzt Streit geben würde um das größte Schälchen – aber da hatte ich mich getäuscht.

Die acht Schälchen standen zusammengedrängt in der Mitte vom Tisch, und niemand rührte sie an. Alle rutschten nur auf ihren Stühlen rum und guckten die Frau an.

«Schnell, schnell!», sagte Friedemann.

«Ich muss erst überlegen», sagte sie und schloss kurz die Augen. «Gut. Ich weiß was.» Sie bedachte Tschick und mich mit einem freundlichen Blick und schaute dann wieder in die Runde. «Was bekommt Merope Gaunt für Slytherins Medaillon, als sie –»

«Zwölf Galleonen!», brüllte Friedemann. Es riss ihn vom Stuhl, und der Tisch wackelte.

«Zehn Galleonen!», brüllten alle anderen.

Die Mutter wiegte den Kopf und lächelte: «Ich glaube, Elisabeth war die Schnellste.»

Lässig sicherte Elisabeth sich die größte Schüssel mit den meisten Himbeeren. Florentine protestierte, weil sie meinte, genauso schnell gewesen zu sein, und Friedemann hämmerte mit beiden Händen an seine Stirn und rief: «Zehn! Ich Depp! Zehn!»

Tschick stieß mich unterm Tisch mit dem Fuß an. Ich zuckte die Schultern. Slytherin? Galleonen?

«Ihr habt wohl nicht Harry Potter gelesen?», fragte die Mutter. «Aber egal. Wir wechseln die Themen.»

Sie dachte erneut kurz nach, und Elisabeth nahm ein wenig Dessert auf ihren Löffel, hielt es hoch und wartete. Sie wartete, bis Friedemann sie ansah, und schob dann den Löffel langsam in ihren Mund.

«Geografie und Wissenschaft», sagte die Mutter. «Wie heißt das Forschungsschiff, mit dem Alexander von –»

«Pizarro!», brüllte Friedemann, und sein Stuhl flog nach hinten. Er zog sofort das zweitgrößte Schälchen zu sich, senkte seine Nase auf den Rand und flüsterte: «Zehn, zehn! Wie komme ich denn auf zwölf?»

«Das ist *un*gerecht», sagte Florentine. «Ich hab's auch gewusst. Nur weil er immer so brüllt.»

Als Nächstes fragte die Mutter, was wir an Pfingsten feiern würden, und ich muss wahrscheinlich nicht dazusagen, wie das Spiel endete. Als nur noch die beiden kleinsten Schälchen übrig waren, fragte die Mutter, wer der erste deutsche Bundespräsident gewesen wäre. Ich tippte auf Adenauer, und Tschick auf Helmut Kohl. Die Mutter wollte uns die Desserts auch so geben, aber Florentine war dagegen. Und die anderen waren auch dagegen. Ich hätte jetzt wirklich gern auf den Nachtisch verzichtet, aber Jonas, der Jüngste, ein ungefähr Sechsjähriger, leierte zuerst der Reihe nach alle Bundespräsidenten der Bundesrepublik Deutschland runter und riss dann die Spielleitung an sich und fragte uns, was die Hauptstadt von Deutschland wäre.

«Na ja, Berlin, würd ick jetz ma sagen», sagte ich.

«Das hätt ich auch gesagt», sagte Tschick und nickte ernst.

Und man konnte sagen, was man wollte, aber der Schaum

mit Himbeeren drauf schmeckte wieder phantastisch. Ich schwöre, dass ich noch nie so geilen Schaum mit Himbeeren drauf gegessen hab.

Am Ende bedankten wir uns für das Essen und wollten uns gerade verabschieden, da sagte Tschick noch: «Ich hab auch mal 'ne Quizfrage. Wie stellt man mit einer Uhr fest, wo Norden ist, wenn die Uhr –»

«Den Stundenzeiger zur Sonne! Dann den halben Winkel zur Zwölf, der zeigt nach Süden!», rief Friedemann.

«Korrekt», sagte Tschick und schob ihm sein Schälchen mit der letzten Himbeere hin.

«Das hätte ich auch gewusst», sagte Florentine. «Nur weil er immer so schreit.»

«Also, ich hätt's *vielleicht* gewusst», sagte Jonas und bohrte mit einem Finger in seinem Ohr. «Vielleicht hätt ich's auch nicht gewusst. Ich weiß nicht, hätt ich das gewusst?» Er sah zweifelnd seine Mutter an, und seine Mutter strich ihm liebevoll übers Haar und nickte, als hätt er's ganz sicher gewusst.

26

Zum Abschied gingen sie noch alle mit ans Gartentor, und da bekamen wir einen riesigen Kürbis geschenkt. Der lag da rum, ein riesiger Kürbis, falls wir Hunger hätten, könnten wir den mitnehmen. Wir nahmen ihn und wussten nicht mehr, was wir sagen sollten. Sie winkten uns lange hinterher.

«Tolle Leute», sagte Tschick, und ich fragte mich, ob er das ernst meinte. Mir schien, dass er das nicht ernst meinen konnte, er hatte sich ja auch vorher mit dem Zeigefinger an die Stirn getippt. Aber sein Gesichtsausdruck machte mir klar, dass er es ganz sicher ernst meinte. Dass er beides ernst meinte. Der Zeigefinger war ernst gemeint gewesen, und «tolle Leute» war auch ernst gemeint, und er hatte vollkommen recht: Es waren tolle, spinnerte Leute. Die nett waren und ein bisschen durchgeknallt, verdammt gutes Essen machten und außerdem wahnsinnig viel wussten – außer wo der Supermarkt ist. Das wussten sie nicht.

Aber wir fanden ihn schließlich auch so. Als wir mit zwei riesigen Norma-Einkaufstüten und einem Kürbis beladen wieder in die Straße bogen, wo der Lada parkte, stellte ich den Kürbis auf die Straße und schlug mich seitwärts in die Büsche, um zu pinkeln. Tschick trottete weiter, ohne sich umzudrehen – und ich erzähle das auch nur so ausführlich, weil es leider wichtig ist.

Als ich aus den Büschen wieder rauskam, war Tschick hundert oder hundertfünfzig Meter weitergelaufen und nur noch wenige Schritte vom Lada entfernt. Ich nahm den Kürbis wieder hoch, und im selben Moment kam aus einer Einfahrt genau in der Mitte zwischen mir und Tschick ein Mann, der ein Fahrrad auf die Straße zerrte. Er hob das Fahrrad hoch und stellte es umgedreht auf Lenker und Sattel. Der Mann hatte ein gelbliches Hemd an, eine grünliche Hose mit zwei Fahrradklammern, und auf dem Gepäckträger lag eine weißliche Mütze, die davonrollte, als er das Fahrrad umdrehte. Und erst an dieser Mütze erkannte ich den Polizisten. Ich konnte auch sehen, was wir auf dem Hinweg nicht gesehen hatten: Vor der großen Scheune stand nicht nur ein kleines rotes Ziegelsteinhaus, an dem Haus hing vorne auch ein kleines, grün-weißes Polizeischild dran. Der Dorfsheriff.

Der Dorfsheriff hatte uns nicht gesehen. Er kurbelte nur an den Pedalen seines Fahrrads, zog ein Schlüsselbund aus der Tasche und versuchte, die abgegangene Kette wieder aufs Ritzel zu drücken. Das funktionierte nicht, und er musste erst die Finger zu Hilfe nehmen. Dann betrachtete er seine schmutzigen Hände und rieb sie gegeneinander. Und dann sah er mich. Fünfzig Meter entfernt und leicht bergauf: ein Junge mit einem riesigen Kürbis. Was sollte ich machen? Er hatte gesehen, dass ich in seine Richtung kam, also ging ich erst mal weiter. Ich hatte ja nur einen Kürbis, und der Kürbis gehörte mir. Meine Beine zitterten, aber es schien die richtige Entscheidung zu sein: Der Dorfsheriff wandte sich wieder seinem Fahrrad zu. Doch dann guckte er nochmal hoch und entdeckte Tschick. Tschick war in diesem Moment beim Lada angekommen, hatte seine Einkaufstaschen auf die Rückbank gehievt und war im Begriff, sich auf den Fahrersitz zu setzen. Die Hände des Polizisten hörten auf gegeneinanderzureiben. Er schaute starr in die Richtung, machte einen Schritt vorwärts und blieb wieder stehen. Ein Junge, der in ein Auto einsteigt, ist noch nicht unbedingt verdächtig. Auch wenn es die Fahrertür ist. Aber sobald Tschick den Motor starten würde, war klar, was als Nächstes passierte. Ich musste was tun. Ich umklammerte mit beiden Händen den Kürbis, hob ihn hoch über meinen Kopf und brüllte die Straße runter: «Und vergiss nicht, den Schlafsack mitzubringen!»

Was Besseres fiel mir nicht ein. Der Polizist drehte sich zu mir um. Tschick hatte sich ebenfalls umgedreht. «Vater sagt, du sollst den Schlafsack mitbringen! Den Schlafsack!», brüllte ich noch einmal, und als der Polizist wieder zu Tschick hinguckte und Tschick zu mir, fasste ich mir schnell an Schädeldecke und Hüfte (Mütze, Pistole), um zu erklären, was dieser Mann von Beruf war. Weil, ohne Mütze und nur mit dieser grünlichen Hose war das nicht leicht zu erkennen. Ich muss ziemlich bescheuert ausgesehen haben, aber ich wusste auch nicht, wie man einen Polizisten sonst darstellt. Und Tschick begriff auch so, was los war. Er verschwand sofort im Auto und kam mit einem Schlafsack in der Hand wieder raus. Dann machte er die Fahrertür hinter sich zu und tat, als würde er abschließen (Vater hat mir den Schlüssel gegeben, ich musste nur was holen), und ging mit dem Schlafsack beladen auf mich und den Polizisten zu. Doch nur etwa zehn Schritte. Ich war mir nicht hundertprozentig sicher, warum er stehen blieb. Aber etwas im Gesicht des Polizisten musste ihm wohl klargemacht haben, dass unser Täuschungsmanöver nicht die Theatersensation des Jahrhunderts werden würde.

Denn mit einem Mal ging Tschick wieder rückwärts. Er fing an zu rennen, der Polizist rannte hinterher, aber Tschick saß schon am Steuer. Rasend schnell parkte er rückwärts aus, und der Polizist, immer noch vierzig Meter entfernt, beschleunigte wie ein Weltmeister. Nicht, um den Wagen einzuholen vermutlich, das konnte er auf keinen Fall schaffen, aber um das Kennzeichen zu lesen. Heilige Scheiße. Ein Sprintweltmeister als Dorfsheriff. Und ich stand die ganze Zeit wie gelähmt mit diesem Kürbis auf der Straße, als der Lada schon auf den Horizont zuhielt und der Polizist sich endlich zu mir umdrehte. Und was ich dann gemacht hab – frag mich nicht. Normal und mit Nachdenken hätte ich das garantiert nicht gemacht. Aber es war ja schon nichts mehr normal, und so dumm war es dann vielleicht auch wieder nicht. Ich rannte nämlich zum Fahrrad hin. Ich warf den Kürbis weg und rannte zum Fahrrad vom Polizisten. Ich war jetzt deutlich näher dran als der Polizist, schleuderte das Rad am Rahmen herum und sprang in den Sattel. Der Polizist brüllte, aber glücklicherweise brüllte er noch in einiger Entfernung, und ich trat in die Pedale. Bis zu diesem Moment war ich nur wahnsinnig aufgeregt gewesen, aber dann wurde es der reinste Albtraum. Ich trat mit aller Kraft und kam nicht von der Stelle. Die Gangschaltung war im hundertsten Gang oder so, und ich konnte den Hebel nicht finden. Das Geschrei kam immer näher. Ich hatte Tränen in den Augen, und meine Oberschenkel fühlten sich an, als würden sie vor Anstrengung gleich platzen. Der Polizist brauchte im Grunde nur noch die Hand nach mir auszustrecken, und dann kam ich langsam in Fahrt und fuhr ihm davon.

27

Ich schoss über das Kopfsteinpflaster durchs Dorf. Bis zum Marktplatz brauchte ich keine neunzig Sekunden, und ich konnte mir ausrechnen, wie gefährlich das war, weil der Polizist zu diesem Zeitpunkt vielleicht längst am Telefon hing. Wenn er nicht doof war – und er hatte nicht den Eindruck gemacht, als wäre er doof –, rief er einfach jemanden an, der mich am Markt abfangen konnte. Vielleicht gab es hier noch mehr Polizisten. Ich raste mit Höchstgeschwindigkeit zwischen grauen Häusern durch und um die Ecken und endlich auf einem kleinen Weg direkt in die Felder.

In der Dämmerung lag ich im Wald, allein, keuchend und aufgeregt, mit dem Polizeifahrrad unter einem dichten Gebüsch, und wartete. Und überlegte. Und wurde immer verzweifelter. Was sollte ich machen? Ich war irgendwo hundert oder zweihundert Kilometer südlich oder südöstlich von Berlin in einem Wald, Tschick fuhr gerade mit einem hellblauen Lada mit Münchner Kennzeichen sämtlichen alarmierten Polizeieinheiten der Umgebung davon, und ich hatte keine Ahnung, wie wir uns jemals wiederfinden sollten. Normalerweise würde man in so einem Fall wahrscheinlich versuchen, sich dort wiederzutreffen, wo man sich aus den Augen verloren hat. Das ging jetzt aber schlecht: Da stand das Haus des Dorfsheriffs.

Eine andere Möglichkeit wäre vielleicht gewesen, zu Friedemanns Familie zu gehen und dort eine Nachricht zu hinterlassen. Oder zu hoffen, dass Tschick eine für mich hinterlassen würde. Aber aus irgendwelchen Gründen kam mir das sehr unwahrscheinlich vor. Das Dorf war winzig, die Leute kannten sich garantiert alle, und Tschick hätte auf keinen Fall nochmal mit dem Auto ins Dorf reingekonnt. Er hätte es höchstens nach Anbruch der Nacht zu Fuß versuchen können, auf die Gefahr hin, dass alle im Dorf längst von dem Vorfall wussten. Und das erschien mir auch deshalb so unwahrscheinlich, weil etwas ganz anderes mir auf einmal viel wahrscheinlicher erschien.

Wenn man sich nicht da wiedertreffen kann, wo man sich aus den Augen verloren hat, geht man eben an den *letzten* sicheren Ort zurück, wo man vorher war: die kleine Aussichtsplattform mit dem Kiosk und den Holunderbüschen.

Das schien mir jedenfalls logisch, während ich da mit dem Gesicht im Dreck lag. Das war die einfachste Lösung, und je länger ich darüber nachdachte, desto überzeugter war ich, dass Tschick da auch draufkommen würde. Weil ich ja auch draufgekommen war. Außerdem lag die Aussichtsplattform ganz günstig. Sie war weit genug vom Dorf entfernt, aber nah genug, dass man sie mit dem Fahrrad erreichen konnte. Und Tschick musste gesehen haben, dass ich mit dem Fahrrad abgehauen war. So verbrachte ich die halbe Nacht in diesem Gebüsch und fuhr dann beim ersten Lichtstrahl mit dem Fahrrad zurück. Ich fuhr einen riesigen Bogen um das Dorf herum und durch den Wald und über die Felder. Der Weg war nicht sehr schwer zu finden, aber es war viel, viel weiter, als ich gedacht hatte. Ich sah die Hügelkette in der Ferne im Nebel, aber sie kam überhaupt nicht näher, und schon nach kurzer Zeit hatte ich großen Durst. Und Hunger hatte ich auch. Rechts auf den Feldern standen ein paar Häuser um eine Backsteinkirche herum, und da fuhr ich dann einfach hin. Der Ort bestand aus drei Straßen und einer Bushaltestelle. Die Straßenschilder waren in einer fremden Sprache, und ich dachte einen Moment, dass ich schon in Tschechien wäre oder was, aber das konnte ja wohl nicht sein. So was Ähnliches wie eine Grenze hätte ich doch wohl bemerkt.

Es gab auch einen winzigen Laden. Aber der war geschlossen und sah nicht so aus, als würde er demnächst mal wieder aufmachen. Die Schaufenster waren fast undurchsichtig vor Schmutz, drinnen lagen ein halbes Brot und verblichene Kaugummi-Packungen auf einem Tisch, dahinter ein Regal voller DDR-Waschmittel.

An der Bushaltestelle stand ein Geisteskranker, der mitten auf die Straße pinkelte und mit seinem Pimmel herumschlackerte, als ob es ihm großen Spaß machen würde. Sonst war niemand auf der Straße, und die flachen Sonnenstrahlen glänzten auf dem Kopfsteinpflaster wie ein roter Lack. Ich überlegte, einfach an einer Haustür zu klingeln und jemanden zu bitten, mir was zu verkaufen. Aber nachdem ich irgendwo geklingelt hatte, wo Licht brannte – der Name auf dem Klingelschild war Lentz, das weiß ich noch genau –, verließ mich sofort der Mut, und ich fragte nur, ob ich vielleicht ein Glas Leitungswasser haben könnte. Der Mann, der die Tür geöffnet hatte, war halb nackt. Er hatte eine Sporthose an und schwitzte. Jung und durchtrainiert, Bandagen um die Handgelenke. «Ein Glas Leitungswasser!», brüllte er. Er starrte mich an und zeigte dann auf einen Wasserhahn außen am Haus. Während ich aus der Leitung trank, fragte er, ob mit mir alles in Ordnung sei, und ich erklärte ihm, dass ich eine Fahrradtour machen würde. Er lachte und schüttelte den Kopf und fragte nochmal, ob mit mir *alles in Ordnung* wäre. Ich zeigte auf seine Bandagen und fragte, ob mit ihm alles in

Ordnung wäre. Da wurde er sofort ernst und nickte, und die Unterhaltung war zu Ende.

Als ich auf der Aussichtsplattform ankam, war ich ganz allein auf dem Berg, und es war immer noch früh am Morgen. Hinter dem Sägewerk stand nur ein schwarzes Auto, der Kiosk auf dem leeren Parkplatz war mit einem Vorhängeschloss gesichert. Ich lief zu den Holunderbüschen hinunter, wo noch Müll von uns lag, aber von Tschick keine Spur. Da war ich wahnsinnig enttäuscht.

Eine Stunde nach der andern saß ich oben auf der Mauer und wartete. Und wurde immer trauriger. Ausflügler kamen und Reisebusse, aber den ganzen Tag kein Lada. Weiter rumzufahren schien mir nicht klug, weil, wenn Tschick auch rumfuhr, müsste er mich doch irgendwann finden. Und wenn wir beide rumfuhren, würden wir uns nie finden. Irgendwann war ich sicher, dass sie ihn wahrscheinlich geschnappt hätten, und ich richtete mich darauf ein, auch noch die nächste Nacht unter den Holunderbüschen zu verbringen, als mein Blick auf eine der Abfalltonnen fiel. In dieser Tonne lagen Unmengen von Schokoriegelpapier, leere Bierflaschen und Kronkorken, und da fiel mir plötzlich ein, dass wir unseren ganzen Müll der letzten Nacht ja ebenfalls in diese Tonne geworfen hatten. Wir hatten nichts liegen gelassen unter den Holunderbüschen. Wie ein Wahnsinniger rannte ich zurück – und da lag diese eine leere Cola-Flasche. Ich guckte sie mir genauer an, und oben im Flaschenhals steckte ein kleiner, zusammengerollter Zettel, auf dem stand: «Bin in der Bäckerei, wo Heckel war. Komm um sechs, T.» Der Satz war aber durchgestrichen und ein neuer druntergeschrieben: «Graf Lada arbeitet im Sägewerk. Bleib hier, ich hol dich bei Sonnenuntergang.»

Ich saß bis zum Abend glücklich auf der Aussichtsplattform, und dann unglücklich und immer unglücklicher. Tschick kam nicht. Touristen kamen auch nicht mehr, nur ein schwarzes Auto kurvte hinten auf dem Weg herum. Das kurvte da schon seit der Dämmerung, und ich weiß nicht, wie blind man eigentlich sein kann, denn erst als das Auto vor mir hielt und ein Mann mit Hitler-Bärtchen die Tür aufmachte, merkte ich, dass das logischerweise auch ein Lada war. Unser Lada.

Ich umarmte Tschick, und dann boxte ich ihn, und dann umarmte ich ihn wieder. Ich konnte mich überhaupt nicht beruhigen.

«Mann!», schrie ich. «Mann!»

«Wie findest du die Farbe?», fragte Tschick, und dann schossen wir schon mit Vollgas den Hügel hinunter.

Ich erzählte, was ich alles gemacht hatte, seit wir uns verloren hatten, aber was Tschick zu erzählen hatte, war deutlich interessanter. Er war auf seiner Flucht zufällig wieder an der Bäckerei vorbeigekommen, wo wir Heckel getroffen hatten, und nicht weit davon hatte er den Lada erst mal geparkt, weil ihm das Rumfahren auf der Straße zu gefährlich wurde. Er hatte sich vor die Bäckerei gesetzt und den ganzen Tag nur Polizeiautos gesehen.

Schließlich war er zu Fuß zu der Aussichtsplattform gelaufen, die nur ein paar Kilometer entfernt war, und dort hatte er zuerst auf mich gewartet, und weil ich nicht kam, weil ich ja im Wald übernachtete, hatte er schließlich den Zettel mit dem Bäckerei-Satz in die Cola-Flasche gesteckt und war den ganzen Weg zum Lada zurückgelaufen. Dabei war er an einem Baumarkt vorbeigekommen und hatte Klebeband und einen Karton Sprühdosen geklaut und war dann damit, als keine Polizei mehr auf der Straße war, wieder zur Aussichtsplattform gefahren. Da hatte er den zweiten Satz auf den Zettel geschrieben und dann in dem Sägewerk angefangen, den Lada umzuspritzen. Und an alles andere hatte er auch gedacht: Am Lada hingen jetzt Cottbuser Kennzeichen.

Als ich Tschick von dem Mann mit den Bandagen erzählte und von dem Mann an der Bushaltestelle, meinte er, das wäre ihm auch schon aufgefallen, dass es hier viele Verrückte gab. Nur was es mit den Beschriftungen in fremder Sprache auf sich hatte, wusste er auch nicht.

«Russisch ist das jedenfalls nicht», sagte er, und wir schauten auf ein paar merkwürdige Schilder, die im Licht der ersten Laternen vorüberglitten.

28

Am nächsten Tag waren wir wieder auf der Autobahn. Diesmal nicht aus Versehen. Wir fühlten uns sicher genug, wir wollten schneller vorankommen, und das taten wir auch. Und zwar ungefähr fünfzig Kilometer. Dann zeigte Tschick auf die Tankanzeige, die schon weit im roten Bereich war.

«Scheiße», sagte er.

Daran hatten wir vorher gar nicht gedacht, dass wir ja tanken müssten. Im ersten Moment schien mir das auch kein großes Problem. Zwei Kilometer vor uns war eine Raststätte, und wir hatten Geld genug. Aber dann fiel mir ein, dass zwei Achtklässler im Auto beim Tankstellenpersonal wahrscheinlich nicht wahnsinnig gut ankommen würden. Da hätte man auch früher draufkommen können.

«Hier, fünfzig Otzen! Rest ist für Sie», sagte Tschick zu einem eingebildeten Tankwart und lachte sich halb tot.

Trotzdem fuhren wir an der Raststätte erst mal raus. Es war kurz nach Mittag, und es wimmelte von Leuten. Tschick steuerte hinten an den Diesel-Zapfsäulen vorbei und parkte zwischen zwei großen Lastwagen mit Anhängern, wo uns keiner sehen konnte. Wir schauten uns deprimiert um. Tschick meinte, dass wir hier nie an Benzin kommen würden, und ich schlug vor, einfach mit dem Tennisball das nächste Auto aufzumachen.

«Viel zu viel Betrieb», sagte Tschick.

«Warten wir einfach, bis weniger Betrieb ist.»

«Warten wir einfach bis zum Abend», sagte er, «dann geht einer zu der Zapfsäule ganz außen, der andere fährt mit dem Lada ran – und zack, tanken und weg. Sparen wir außerdem Geld.»

Tschick fand, das wäre ein brillanter Plan, mindestens Hannibal über die Alpen. Und ich hätte ihm vielleicht sogar zugestimmt, wenn ich gewusst hätte, wie Tanken geht. Aber ich hatte noch nie so einen Tankschlauch in der Hand gehabt, und es stellte sich raus, dass Tschick auch noch keinen in der Hand gehabt hatte. Da ist ja nicht nur ein großer Hebel im Griff, sondern auch noch ein kleiner zum Feststellen oder so. Ich hatte meinem Vater schon oft zugesehen, aber nie genau genug hingeguckt.

Wir kauften deshalb erst mal zwei Magnum an der Tankstelle und setzten uns auf die Stufe gegenüber den Zapfsäulen und guckten den Leuten beim Tanken zu. Es schien wirklich nicht so schwierig zu sein. Nur dass es immer eine Ewigkeit dauerte, bis der Tank voll war. Und immer standen Leute daneben, und der Tankwart hatte alles im Blick durch seine Panoramascheiben. Wir hätten natürlich auch nur ein paar Liter tanken und abrauschen können, aber dann hätten wir an der nächsten Raststätte ja gleich wieder rausgemusst.

«Hast du den Tennisball nicht mehr?», fragte ich. Ich zeigte über den ganzen Parkplatz: so viele schöne Autos.

«Wir können nicht jedes Mal ein neues Auto klauen, wenn der Tank leer ist.»

«Aber du hast den Ball noch?» Ich sah Tschick an. Er hatte seine Arme um die Knie geschlungen und den Kopf in den Armen vergraben.

«Jajaja», sagte er und erklärte, dass wir den Lada ja eigentlich auch zurückbringen wollten und dass wir nicht nacheinander hundert Autos klauen könnten und so weiter. Und ich fand das alles einleuchtend. Aber wenn unsere Reise dann deshalb jetzt zu Ende war?

Ein roter Porsche hielt an den Zapfsäulen, eine junge Frau mit glatten blonden Haaren stieg aus und griff mit rosa Fingernägeln nach dem Tankschlauch – und plötzlich fiel mir ein, wie wir an Benzin kommen konnten. Wir mussten das Benzin doch nur aus einem anderen Auto rausholen! Das war ganz einfach. Dazu brauchte man nur einen Schlauch. Den steckte man oben in den Tank und saugte einmal an, dann lief das alles oben raus. Das wusste ich aus einem Buch, das ich zur Einschulung geschenkt bekommen hatte, ein Buch, wo einem die ganze Welt erklärt wird, ein Buch für Sechsjährige. Und logischerweise wurde Sechsjährigen da nicht erklärt, wie man Benzin klaut. Aber ich erinnerte mich an die Abbildung von einem gezeichneten Tisch, auf dem ein gezeichneter Topf stand. In dem Topf war Wasser, und über den Rand vom Topf floss das Wasser über einen Schlauch glatt raus. Das beruhte auf irgendeiner physikalischen Kraft.

«Was willst du mir erzählen? Dass das Wasser von unten nach oben läuft?»

«Du musst ansaugen.»

«Noch nie was von Erdanziehung gehört? Das läuft nicht nach oben.»

«Weil es ja danach nach unten läuft. Es läuft ja insgesamt mehr nach unten, deshalb.»

«Aber das weiß das Benzin doch nicht, dass es nachher noch runtergeht.»

«Das ist ein physikalisches Gesetz. Das hat auch einen Namen, irgendwas mit Kräfte. Und Röhren. Kräfte-irgendwas-Gesetz.»

«Quatsch», sagte Tschick, «Quatsch-mit-Soße-Gesetz.»

«Hast du das nie im Film gesehen?»

«Ja, *im Film.*»

«Ich weiß das aus einem Buch», sagte ich. Ich sagte lieber nicht, dass es ein Buch für Sechsjährige gewesen war. «Irgendwas mit K. Kapitalkraft. Gesetz der kapitalen Kraft oder so.»

«Kapitale Scheiße, Mann.»

«Nein, es ist auch was anderes ... ich weiß! Kommunal, das Prinzip der kommunalen Röhren.»

Da sagte Tschick erst mal nichts mehr. Glauben konnte er das noch immer nicht. Aber dass mir der Name vom Gesetz eingefallen war, hat ihm den Wind aus den Segeln genommen. Ich hab ihm noch erklärt, dass die Kommunalkraft noch stärker ist als die Erdanziehungskraft und alles, aber hauptsächlich, um uns Mut zu machen und weil ich nicht wollte, dass die Reise schon zu Ende war. Weil, gesehen hatte ich das mit dem Schlauch auch noch nie.

Wir aßen noch ein Magnum und dann noch eins, und als wir dann immer noch keine bessere Idee hatten, beschlossen wir, es wenigstens mal zu versuchen.

29

Problem war natürlich, dass wir keinen Schlauch hatten. Wir suchten zuerst das Gelände hinter der Tankstelle ab, dann das Unterholz, dann einen Acker, dann immer weiter weg. Wir fanden Radkappen, Plastikplanen, Pfandflaschen, Unmengen Bierdosen und am Ende sogar einen Fünf-Liter-Kanister ohne Verschluss, aber irgendwas Schlauchähnliches fanden wir nicht. Wir suchten fast zwei Stunden und riefen uns immer neue Pläne zu, wie wir von hier wieder wegkommen könnten. Die Pläne wurden immer absurder, und das drückte auf die Stimmung. Kein Scheißschlauch nirgendwo, kein Rohr, kein Kabel. Dabei sah man so Zeug doch sonst ständig rumliegen, wenn man es nicht brauchte.

Tschick ging in den Tankstellenshop und guckte beim Autozubehör und überall, aber Schläuche hatten sie nicht. Dafür kam er mit einer Handvoll Strohhalme wieder raus. Wir versuchten, diese Strohhalme zu einem langen Halm zusammenzustecken, und spätestens beim Anblick dieses knickrigen Gebildes wäre auch einem Dreijährigen mit Hirnschaden klargeworden, dass wir so nicht tanken konnten.

Und dann fiel Tschick doch noch was ein. Und zwar, dass da eine Müllkippe auf unserem Weg gewesen war. Ich konnte mich an keine Müllkippe erinnern, aber Tschick war sich ganz sicher. Auf der rechten Seite, nur ein paar Kilometer vor der Raststätte, da wären riesige Müllberge gewesen. Und wenn es irgendwo Schläuche gab, dann doch garantiert da.

Wir liefen immer an der Leitplanke entlang auf einem kleinen Trampelpfad und dann wieder durch den Wald und über Felder und Zäune, immer in Sichtweite zur Autobahn. Es war so heiß geworden wie an den Tagen zuvor, und am Waldrand hingen Insekten wie Nebelschwaden. Wir liefen über eine Stunde, ohne einem Müllberg zu begegnen, und ich hatte schon keine Lust mehr und wollte die Sache mit dem Schlauch aufgeben. Aber jetzt war Tschick auf einmal von der Schlauchidee restlos überzeugt und wollte auf keinen Fall ohne Schlauch zurück, und während wir noch diskutierten, tauchte am Wegrand ein riesiges Brombeergebüsch auf. Das ging über fast hundert Meter, und die meisten Brombeeren waren noch nicht reif, aber da, wo die pralle Sonne draufschien, waren auch viele reife, und die schmeckten phantastisch. Ich weiß nicht, ob ich es schon erwähnt habe, aber ich mag nichts auf der Welt lieber als Brombeeren. Da blieben wir dann erst mal und pflückten jeder hundert Kilo, und hinterher sahen wir aus wie geschminkt, das ganze Gesicht lila.

Danach ging es mir wieder blendend, und ich hatte nichts dagegen, noch stundenlang weiterzulaufen auf der Suche nach einem Schlauch. Und tatsächlich brauchten wir noch fast zwei Stunden, bis die Müllberge in Sicht kamen. Riesige Berge, ganz von Wald und Autobahn umgeben, und wir waren nicht die Einzigen, die da rumkraxelten. Irgendwo ganz hinten lief ein alter Mann gebückt herum und sammelte Elektrokabel ein. Und ein Mädchen in unserem Alter war auch da, ganz verdreckt. Und zwei Kinder. Aber die schienen nicht zusammenzugehören.

Ich hatte einen Berg mit Haushaltsmüll zu fassen und sammelte zwei Fotoalben ein, die ich Tschick zeigen wollte. In dem einen war eine Familie, lauter Aufnahmen von Vater,

Mutter, Sohn und Hund, und auf jedem Bild strahlten sie alle, sogar der Hund. Ich blätterte das Album durch, aber am Ende warf ich es doch wieder weg, weil es mich deprimierte. Ich musste an meine Mutter denken und wie schlecht es ihr ging und welchen Kummer ich ihr wahrscheinlich verursachte, wenn das alles hier rauskam. Dann rutschte ich auf einer schmierigen Holzplanke aus und fiel in einen Haufen mit vergammeltem Obst.

Tschick war auf einen anderen Berg gestiegen und hatte einen großen braunen Plastikkanister mit Einfüllstutzen gefunden. Er trommelte mit der Faust darauf und schwenkte ihn über seinem Kopf. Der Kanister war natürlich super. Aber Schläuche – Fehlanzeige.

Ich hielt besonders Ausschau nach Waschmaschinen, aber bei allen Waschmaschinen, die ich fand, war aus irgendeinem Grund die Trommel ausgebaut und der Schlauch abmontiert. Als der gebückt gehende Mann an mir vorbeischlich, fragte ich, ob er zufällig wüsste, warum bei allen Waschmaschinen die Schläuche fehlten, aber er hob kaum den Blick und zeigte nur auf seine Ohren, als ob er taub wäre. Auch das verdreckte Mädchen kletterte einmal wie ein kleines, schnelles Tier an mir vorbei, ohne mich anzusehen. Sie lief barfuß, ihre Beine waren schwarz bis zum Knie. Darüber trug sie eine hochgekrempelte Army-Hose und ein versifftes T-Shirt. Sie hatte schmale Augen, wulstige Lippen und eine platte Nase. Und ihre Haare sahen aus, als wäre beim Schneiden die Maschine kaputtgegangen. Ich sprach sie lieber gar nicht erst an. Unterm Arm hielt sie eine Holzkiste, und ich war mir nicht sicher, ob sie die hier gefunden hatte oder ob sie darin etwas aufbewahrte oder was sie überhaupt hier suchte.

Am Ende traf ich mich mit Tschick auf dem größten Berg,

und wir beide hatten nichts gefunden außer dem Zehn-Liter-Kanister. Aber was nützte der uns? Dieser Müllberg war ein Müllberg ohne Schläuche. Wir hockten ganz oben auf einer entkernten Waschmaschine, und die Sonne hing schon knapp über den Baumkronen. Das Rauschen der Autobahn war leiser geworden, der gebückte Mann und die kleinen Kinder waren nicht mehr zu sehen. Nur das dreckige Mädchen saß uns noch auf einem anderen Berg gegenüber. Ihre Beine hingen aus der offenen Tür einer alten Wohnzimmerschrankwand. Sie rief irgendwas in unsere Richtung.

«Was?», rief ich.

«Ihr Schwachköpfe!», rief sie.

«Bist du bescheuert?»

«Du hast mich gehört, Schwachkopf! Und dein Freund ist auch ein Schwachkopf!»

«Was ist denn das für eine Fotze?», sagte Tschick.

Lange sah man von dem Mädchen nur die Beine, die aus der Schrankwand baumelten. Dann setzte sie sich auf und fing an, ein Paar Stiefel anzuziehen, die neben ihr in einem Fach standen. Dabei guckte sie zu uns rüber.

«Ich hab was!», brüllte sie, womit sie offensichtlich nicht die Stiefel meinte. «Habt ihr auch was?»

«Geht dich einen Scheißdreck an!», brüllte Tschick zurück.

Sie hörte ein paar Sekunden auf, an den Stiefeln herumzuknoten. Dann beugte und streckte sie ihre Füße und rief: «Ihr seid doch zum Ficken zu blöd!»

«Steck dir 'n Finger in' Arsch und halt's Maul!»

«Russenschwuchtel!»

«Ich komm gleich rüber.»

«Der böse Mann will rüberkommen! Und was willst du machen, wenn du hier bist? Na los, komm doch. Komm her, Pussy. Ich fürchte mich jetzt schon.»

«Die tickt doch nicht sauber», sagte Tschick.

Die Kluft zwischen den Müllbergen war so steil, dass man mindestens drei Minuten gebraucht hätte, um rüberzuklettern.

Es blieb eine Weile still, dann rief sie wieder: «Was habt ihr denn gesucht?»

«Haufen Scheiße», sagte Tschick.

«Schläuche!», rief ich. Mir wurde dieses Gefluche langsam zu viel. «Wir haben Schläuche gesucht. Und du?»

Eine Krähe taumelte über die Berge hinweg und ließ sich rutschend auf einem großen Blech nieder. Das Mädchen antwortete nicht. Sie lehnte sich einfach wieder in die Schrankwand zurück.

«Und du?», rief ich.

Lange waren von ihr nur die dreckigen Waden zu sehen. Nach einer Weile wurde eine Hand sichtbar.

«Schläuche sind da drüben.»

«Was?»

«Da drüben.»

«Die will sich wichtigmachen», sagte Tschick.

«Ich hab dich genau gehört!», brüllte das Mädchen in unglaublicher Lautstärke.

«Ja und?»

«Scheißkanake!»

«Wo drüben?», rief ich.

«Na, wo zeig ich denn hin?»

Man sah die Knie und die Hand, und, um ehrlich zu sein, die Hand zeigte irgendwo in den Himmel. Ein paar Minuten blieb es still. Ich stieg von unserem Müllberg runter und auf den von dem Mädchen rauf.

«Wo drüben?», fragte ich, als ich keuchend vor der Schrankwand stand.

Das Mädchen lag unbeweglich da und starrte auf meinen Hals. «Komm mal her. Los, komm her.»

«Wo drüben?», sagte ich, und plötzlich sprang sie auf. Ich machte erschrocken einen Schritt rückwärts und stürzte fast. Direkt hinter mir ging es ein paar Meter abwärts. «Weißt du jetzt, wo Schläuche sind, oder nicht?»

«Und du bist hier der Schwule mit dem Kanakenfreund, ja?» Sie wischte ein Stück Obst, das ich übersehen hatte, von meinem T-Shirt. Dann nahm sie ihre kleine Holzkiste aus dem Schrank, klemmte sie sich untern Arm und ging voran. Auf den nächsten Berg rauf und dann auf den übernächsten, und da blieb sie stehen und zeigte runter: «Da!»

Am Fuß vom Müllberg lag ein kleiner Haufen Altmetall und dahinter ein riesiger Haufen Schläuche. Lange Schläuche, kurze Schläuche, alle Arten von Schläuchen. Tschick, der uns auf Umwegen nachgeklettert war, griff sich sofort einen dicken Waschmaschinenschlauch. «Eingebaute Krümmung!», rief er und strahlte. Das Mädchen würdigte er keines Blickes.

«Krümmung ist Mist», sagte ich. Ich schraubte den Schlauch von einer Duschbrause ab.

«Wozu wollt ihr das?»

«Krümmung ist immer gut», sagte Tschick und hielt das gekrümmte Ende in den Kanister.

«Hey, ich frag dich was», sagte das Mädchen.

«Und was?»

«Wozu willst du das?»

«Für meinen Vater zum Geburtstag.»

Komischerweise fluchte sie nicht, sondern setzte nur ein genervtes Gesicht auf. Sie sagte: «Ich hab euch den Scheiß gezeigt, jetzt könnt ihr mir auch sagen, wozu ihr das braucht.»

Tschick lag auf Knien auf dem Haufen, untersuchte einen

Waschmaschinenschlauch nach dem anderen und hielt ihn in den Kanister.

«Wozu!»

«Wir haben ein Auto geklaut», sagte Tschick. «Und jetzt müssen wir noch Benzin klauen.»

Er blies durch einen riesigen Schlauch durch und sah dabei das Mädchen an.

Sie bombardierte ihn mit noch ungefähr hundert Schimpfwörtern. «War ja klar, ihr Oberspastis. Wenn ich euch den Scheiß schon zeig. Aber typisch. Macht doch, was ihr wollt.» Sie wischte sich mit dem Ärmel über das ganze Gesicht und setzte sich dann mit ihrer Holzkiste auf einen Treckerreifen. Ich hielt meinen Duschschlauch hoch und gab Tschick damit das Zeichen zum Aufbruch. Mit Kanister und drei Schläuchen machten wir uns auf den Rückweg.

«Was wollt ihr wirklich damit?», rief das Mädchen uns hinterher.

«Du nervst.»

«Habt ihr was zu essen?»

«Sehen wir so aus?»

«Ihr seht wie Spastis aus.»

«Du wiederholst dich.»

«Habt ihr Geld?»

«Für dich oder was?»

«Ohne mich hättet ihr die nie gefunden.»

«Hol dir einen drauf runter.»

Tschick und das Mädchen beharkten sich noch, als wir schon fast außer Rufweite waren. Er drehte sich immer wieder um und brüllte ihr Beleidigungen zu, und sie brüllte von den Müllbergen zurück. Ich hielt mich da lieber raus.

Aber dann kam sie uns auf einmal hinterhergelaufen. Und irgendwie hatte ich gleich ein komisches Gefühl bei der Sache, als ich sah, *wie* sie uns hinterherlief. Normalerweise können Mädchen ja nicht laufen, oder nur so schlenkerig. Aber die konnte laufen. Und sie lief mit ihrer Holzkiste im Arm, als ginge es um Leben und Tod. Ich hatte nicht direkt Angst vor ihr, wie sie da auf uns zuschoss. Aber ein bisschen unheimlich war sie mir schon.

«Ich hab Hunger», sagte sie und blieb heftig atmend vor uns stehen. Dabei sah sie uns in etwa an, als würde sie fernsehen.

«Dahinten sind Brombeeren», sagte ich.

Sie machte mit dem Zeigefinger einen Kreis um ihren Mund und meinte: «Und ich dachte schon, ihr seid Schwuchteln. Wegen hier Lippenstift.»

Tschick und ich gingen einfach weiter, und Tschick flüsterte mir nochmal zu, dass die nicht ganz richtig tickte.

Aber wir waren noch nicht weit gekommen, da hörten wir sie schon wieder brüllen.

«Hey!», brüllte sie.

«Was hey?»

«Wo sind die? Die Brombeeren, Mann! Wo sind die Brombeeren?»

30

Der Rückweg erschien mir deutlich kürzer als der Hinweg. Vielleicht lag es daran, dass das Mädchen pausenlos redete. Sie lief zuerst hinter uns und dann zwischen uns und dann auf der anderen Seite vom Weg. Tschick hielt einmal seine Nase zu und sah mich dabei an, und es stimmte. Sie stank. Das Mädchen stank entsetzlich. Auf der Müllkippe hatte man das nicht so gerochen, weil die ganze Müllkippe roch. Aber es war ein Riesengestank, der von ihr ausging. Ein Comiczeichner hätte Fliegen um ihren Kopf schwirren lassen. Und dazu redete sie pausenlos. Ich erinnere mich nicht genau, was sie alles redete, aber sie fragte zum Beispiel dauernd, wo wir wohnen würden, ob wir zur Schule gingen, ob wir gut in Mathe wären (das war ihr besonders wichtig, ob wir gut in Mathe wären). Und ob wir Geschwister hätten, ob wir Cantors Unendlichkeitsdingens kennen würden und so weiter. Aber wenn man zurückfragte, warum sie das alles wissen wollte, kam nie eine Antwort. Auch was sie selbst auf der Müllkippe gesucht hatte – keine Antwort.

Stattdessen redete sie davon, dass sie später mal beim Fernsehen arbeiten wollte. Ihr Traum wäre es, eine Quizsendung zu moderieren, «weil man da gut aussieht und irgendwas mit Worten macht». Sie hätte eine Cousine, die das machen würde, und das wäre ein «Superjob» und sie wäre «voll überqualifiziert» und man müsste nur nachts arbeiten.

Als sie lange genug übers Fernsehen geredet hatte, kam sie

auch nochmal auf den Scherz mit dem Autoklau zurück und meinte, Tschick sei schon ein witziger Typ, irgendwie, und sie hätte *innerlich* sehr lachen müssen über diesen Witz mit dem Auto, und Tschick kratzte sich am Kopf und sagte, ja, das hätte sie richtig beobachtet, er sei schon ein ziemlich witziger Typ manchmal, und deshalb würde er seinem Vater ja auch einen Schlauch zum Geburtstag schenken.

«Und du bist eher so der Stille», sagte das Mädchen und stupste mich an der Schulter und fragte nochmal, ob ich *wirklich* zur Schule gehen würde, und ich dachte, hoffentlich kommen die Brombeeren bald, sonst werden wir die nie mehr los.

Ich dachte auch, dass das Mädchen irgendwann von allein zurückgehen würde, aber sie lief wirklich drei oder vier Kilometer weit mit bis zu dieser Brombeerhecke. Mittlerweile hatte ich auch schon wieder Hunger und Tschick auch, und wir stürzten uns zu dritt in die Brombeeren.

«Wir müssen die irgendwie loswerden», flüsterte Tschick, und ich sah ihn an, als hätte er gesagt, wir sollten uns nicht die Füße absägen.

Und dann fing das Mädchen an zu singen. Ganz leise erst, auf Englisch, und immer unterbrochen von kleinen Pausen, wenn sie Brombeeren kaute.

«Jetzt singt sie auch noch kacke», sagte Tschick, und ich sagte nichts, denn im Ernst sang sie nicht kacke. Sie sang «Survivor» von Beyoncé. Ihre Aussprache war absurd. Sie konnte überhaupt kein Englisch, hatte ich den Eindruck, sie machte nur die Worte nach. Aber sie sang wahnsinnig schön. Ich hielt eine Ranke mit Daumen und Zeigefinger vorsichtig von mir weg und schaute zwischen den Blättern durch auf das Mädchen, das da singend und summend und Brombeeren kauend im Gebüsch stand. Dazu dann noch der Brombeergeschmack in meinem eigenen Mund und die orangerote Dämmerung über den Baumkronen und im Hintergrund immer das Rauschen der Autobahn – mir wurde ganz seltsam zumute.

«Wir gehen jetzt allein weiter», sagte Tschick, als wir wieder auf dem Weg standen.

«Wieso?»

«Wir müssen nach Hause.»

«Da komm ich mit. Das ist auch meine Richtung», sagte das Mädchen, und Tschick sagte: «Das ist überhaupt nicht deine Richtung.»

Er erklärte ihr ungefähr fünfhundert Mal, dass wir sie nicht dabeihaben wollten, aber sie zuckte nur die Schultern und lief uns hinterher, und schließlich baute Tschick sich vor ihr auf und sagte: «Ist dir eigentlich klar, dass du stinkst? Du stinkst wie ein Haufen Scheiße. Jetzt hau ab.»

Beim Weitergehen hatte ich ein paarmal den Eindruck, dass sie uns immer noch folgte. Aber sie schien langsamer zu werden, und bald konnten wir sie nicht mehr entdecken. Die Dunkelheit kroch zwischen den Bäumen durch. Einmal raschelte es im Unterholz, aber das war vielleicht nur ein Tier.

«Wenn die uns nachläuft, ist megakacke», sagte Tschick.

Um ganz sicherzugehen, liefen wir ein bisschen schneller und hockten uns dann nach einer scharfen Biegung in ein Gebüsch und warteten. Wir warteten mindestens fünf Minuten, und als das Mädchen uns nicht nachgeschlichen kam, gingen wir zur Raststätte zurück.

«Das mit dem Stinken hättest du nicht sagen müssen.»

«Irgendwas musste ich ja sagen. Und Alter, hat die voll gestunken! Die wohnt garantiert auf der Müllkippe da. Asi.»

«Aber schön gesungen hat sie», sagte ich nach einer Weile. «Und logisch wohnt die nicht auf der Müllkippe.»

«Warum fragt die dann nach Essen?»

«Ja, aber wir sind hier nicht in Rumänien. Hier wohnt keiner auf der Müllkippe.»

«Hast du nicht gemerkt, wie die gestunken hat?»

«So riechen wir jetzt wahrscheinlich auch.»

«Die wohnt da, garantiert. Von zu Hause abgehauen. Glaub mir, ich kenn solche Leute. Die ist abgedreht. Tolle Figur, aber voll asi.»

Links über der Autobahn sah man die ersten Sterne. Wir hatten Mühe, den Weg noch zu erkennen, und ich schlug vor, direkt an der Fahrbahn langzugehen, im Licht der Scheinwerfer, weil wir uns sonst wahrscheinlich verlaufen würden. Das war zwar ein bescheuertes Argument, weil man auch im Wald immer das Rauschen der Autobahn hören konnte. Aber, ehrlich gesagt, ich bekam ein bisschen Angst im Dunkeln. Warum, wusste ich auch nicht. Angst vor herumlaufenden Verbrechern konnte es ja schlecht sein. Die einzigen Verbrecher, die in diesem Wald rumliefen, waren garantiert wir. Aber vielleicht war es das, was mich beunruhigte. Dass mir das auf einmal klarwurde. Und ich war froh, als die Neonlichter der Tankstelle wieder vor uns durch das Laub leuchteten.

31

Das Erste, was wir machten, war dann aber Eis und Cola kaufen. Wir versteckten den Kanister und die Schläuche hinter der Leitplanke und liefen Eis essend über den Parkplatz hinten und probierten im Vorbeigehen die Tanköffnungen der parkenden Autos durch. Keine davon ließ sich aufmachen. Ich war schon fast am Verzweifeln, als Tschick endlich einen alten Golf mit kaputtem Tankdeckel fand.

Wir warteten noch, bis es wirklich zappenduster war und weit und breit kein Mensch mehr, und machten uns ans Werk.

Der Waschmaschinenschlauch war so unbiegsam, dass wir ihn gleich wegschmeißen konnten. Aber mit dem Duschschlauch kam man gut rein in den Tank. Nur Benzin kam leider keins. Dabei war der Tank voll. Der Schlauch war unten fünfzehn Zentimeter nass.

Nachdem ich zehnmal angesaugt hatte und trotzdem nichts kam und Tschick es auch noch zehnmal probiert hatte, guckte er mich an und sagte: «Was war das nochmal für ’n Buch? Wo hattest du das her?»

Und ich hatte absolut keine Lust zu erklären, was das für ein Buch gewesen war. Ich versuchte es weiter mit Ansaugen und merkte auch, wie ich das Benzin hochgesaugt kriegte im Schlauch. Einmal hatte ich es bis an meine Lippen, aber mehr als drei Tropfen flossen am Ende nicht raus. Wir knieten zwischen den parkenden Autos und schauten uns an.

«Ich weiß, wie’s funktioniert», sagte Tschick schließlich.

«Du nimmst es in den Mund und spuckst es in unsern Tank. Das funktioniert hundert Pro.»

«Und warum ich?»

«War es meine Idee?»

«Ich hab 'ne bessere Idee: Hast du den Tennisball noch?»

«O Mann», sagte Tschick. «O Mann. Das geht nicht.»

«Es ist stockfinster. Keiner sieht uns.»

«Das *geht* nicht», sagte Tschick und guckte mich an, als ob ihm alles wehtun würde. «Du hast das nicht wirklich geglaubt, oder? Du kannst mit einem Tennisball kein Auto aufmachen. Sonst würde das doch jeder. Der Lada war immer offen, hast du das nicht gemerkt? Das Schloss ist kaputt, oder der Besitzer hat nie abgeschlossen, was weiß ich. Ich glaube, der hat nie abgeschlossen. Weil, so eine Rostlaube klaut doch kein Mensch. Mein Bruder hat das mal rausgefunden und – guck mich nicht so an! Mein Bruder hat mich auch verarscht mit dem Tennisball … oha. Dreh dich nicht um.»

«Was ist?»

«Kopf runter. Da ist jemand, bei den Containern.»

Ich lehnte mich seitlich an den Golf und versuchte, vorsichtig über meine Schulter zu sehen.

«Jetzt ist er weg. Da war ein Schatten hinter der Leitplanke, wo der Flaschencontainer steht.»

«Dann lass uns abhauen.»

«Da isser wieder. Ich rauch mal eine.»

«Was?»

«Tarnung.»

«Scheißtarnung, lass uns abhauen!»

Tschick stand auf und schob dabei Schlauch und Kanister mit dem Fuß unter den Golf. Es machte einen Höllenkrach. Ich stand auch vorsichtig auf. Hinter den Containern bewegte sich was. Ich sah es aus den Augenwinkeln.

«Können auch Zweige sein», murmelte Tschick. Er steckte sich eine Zigarette an, gleich über dem Tank.

«Wirf doch gleich das Streichholz da rein.»

Er nahm ein paar Züge und begann mit Dehnübungen. Es war mit Sicherheit die dümmste Tarnung, die ich je gesehen hatte.

Dann gingen wir extra langsam zum Lada zurück. Im Davonschlendern drückte ich noch die Tankklappe mit der Hüfte zu.

«Ihr Schwachköpfe!», brüllte jemand hinter uns.

Wir schauten in die Dunkelheit, aus der die Stimme gekommen war.

«Eine halbe Stunde macht ihr rum und kriegt's nicht raus, ihr Schwachköpfe! Ihr Vollprofis!»

«Kannst du vielleicht noch etwas lauter schreien?», sagte Tschick und blieb stehen.

«Und dann noch rauchen!»

«Geht's noch lauter? Kannst du bitte über den ganzen Parkplatz schreien?»

«Ihr seid doch zum Ficken zu blöd!»

«Stimmt. Kannst du dich jetzt wieder verpissen?»

«Schon mal was von ansaugen gehört?»

«Und was machen wir hier die ganze Zeit? Los, hau ab!»

«Pschhhht!», sagte ich.

Geduckt standen Tschick und ich zwischen den Autos, nur dem Mädchen war natürlich alles egal. Sie überblickte den ganzen Parkplatz.

«Ist doch eh keiner da, ihr Angsthasen. Wo habt ihr denn den Schlauch?»

Sie zog unsere Gerätschaften unter dem Golf hervor. Dann steckte sie ein Ende vom Schlauch in den Tank und das andere Ende und einen Finger in ihren Mund. Sie saugte zehn-, fünfzehnmal, als würde sie Luft trinken, dann nahm sie den Schlauch mit dem Finger drauf aus dem Mund.

«So. Jetzt, wo ist der Kanister?»

Ich stellte ihr den Kanister hin, sie hielt den Schlauch in die Öffnung, und das Benzin schoss aus dem Tank. Von ganz allein, und es hörte auch überhaupt nicht mehr auf.

«Wieso ging das bei uns nicht?», flüsterte Tschick.

«Das hier muss unter dem Wasserspiegel sein», sagte das Mädchen.

«Ach ja, unter dem Wasserspiegel», sagte ich.

«Ach ja», sagte Tschick, und wir sahen zu, wie der Kanister sich langsam füllte. Das Mädchen kauerte am Boden, und als nichts mehr kam, schraubte sie den Verschluss wieder drauf, und Tschick flüsterte: «Was für ein *Wasser*spiegel?»

«Frag sie, du Arsch», flüsterte ich zurück.

32

Und so lernten wir Isa kennen. Die Ellenbogen auf die vorderen Sitzlehnen gelegt, schaute sie von der Rückbank genau zu, wie Tschick den Lada anließ und Gas gab. Und natürlich hatten wir da überhaupt keine Lust drauf. Aber nach dieser Benzinsache war es schwer, sie nicht wenigstens ein Stück mitzunehmen. Sie wollte unbedingt, und nachdem sie gehört hatte, dass wir Berliner waren, sagte sie, das wäre genau ihre Richtung. Und als wir erklärten, dass wir gerade nicht nach Berlin fahren würden, sagte sie, das wäre auch genau richtig. Außerdem versuchte sie rauszukriegen, wo wir eigentlich hinwollten, aber weil sie uns nicht sagen konnte, wo sie hinwollte, sagten wir ihr auch nur, dass wir ungefähr in den Süden führen, und dann fiel ihr ein, dass sie eine Halbschwester in Prag hätte, die sie dringend besuchen müsste. Und das läge ja praktisch auf dem Weg, und es war, wie gesagt, schwer, ihr den Wunsch abzuschlagen, weil wir ohne sie ja nicht mal Benzin gehabt hätten.

Als wir auf die Autobahn rollten, hatten wir alle Fenster geöffnet. Man roch es trotzdem – wenn auch nicht so stark. Tschick hatte mittlerweile keine Probleme mehr mit der Autobahn, er fuhr wie Hitler in seinen besten Tagen, und Isa saß hinten und quasselte unaufhörlich. Sie war auf einmal ganz aufgekratzt und rüttelte beim Reden an unseren Sitzlehnen. Nicht, dass ich das normal gefunden hätte, aber im Vergleich zu dem Gefluche vorher war es immerhin ein Fortschritt.

Und auch was sie da redete, war gar nicht immer uninteressant. Ich meine, sie war nicht doof auf ihre Weise, und auch Tschick biss sich nach einiger Zeit auf die Lippen und hörte ihr zu und nickte. Ja, das wäre ihm auch schon aufgefallen, dass im Spiegel rechts und links vertauscht wäre, aber nicht oben und unten.

Trotzdem war es zwischen den beiden noch nicht ganz vorbei. Als Isa einmal ihren Kopf durch die Sitze nach vorne steckte, zeigte Tschick auf ihre Haare und sagte: «Da leben Tiere drin», und Isa zog sofort den Kopf zurück und sagte: «Ich weiß», und ein, zwei Kilometer später fragte sie: «Ihr habt nicht zufällig eine Schere? Weil, ich müsste mal Haare schneiden.»

Anhand der Schilder an den Ausfahrten versuchten wir rauszufinden, wo wir überhaupt waren. Aber die Städtenamen kannte kein Mensch. Ich hatte den Verdacht, dass wir überhaupt nicht vorangekommen waren mit unseren Landstraßen und Feldwegen. Aber es war auch ziemlich egal. Mir zumindest. Die Autobahn führte auch schon längst nicht mehr nach Süden, und irgendwann bogen wir ab und fuhren wieder Landstraßen und der Sonne nach.

Isa verlangte, unsere einzige Musikkassette zu hören, und nach einem Lied verlangte sie, wir sollten sie aus dem Fenster werfen. Dann tauchte eine riesige Bergkette vor uns am Horizont auf, wir fuhren genau darauf zu. Ungeheuer hoch und mit Steinzacken obendrauf. Wir hatten keine Ahnung, was das für Berge waren. Stand auch kein Schild dran. Die Alpen sicher nicht. Aber waren wir überhaupt noch in Deutschland? Tschick schwor, in Ostdeutschland gäbe es keine Berge. Isa meinte, es gäbe schon welche, aber die wären höchstens einen Kilometer hoch. Und ich erinnerte mich, dass wir in Erdkunde zuletzt Afrika durchgenommen hatten. Davor

Amerika, davor Südosteuropa, näher waren wir Deutschland nie gekommen. Und jetzt dieses Gebirge, das da nicht hingehörte. Immerhin waren wir uns einig, dass es da nicht hingehörte. Es dauerte noch ungefähr eine halbe Stunde, dann krochen wir langsam die Serpentinen rauf.

Wir hatten uns die kleinste Straße ausgesucht, und der Lada schaffte die Steigung mit Mühe im ersten Gang. Wie Handtücher auf abschüssigem Gelände lagen die Felder rechts und links. Dann kam der Wald, und als der Wald endete, standen wir über einer Schlucht mit einem glasklaren See drin. Ein winziger See. Zur Hälfte eingefasst von hellgrauen Felsen und zu einer Seite eine Beton- und Eisenkonstruktion, der Rest von einer Staustufe oder so. Und außer uns kein Mensch. Wir parkten den Lada unten am See. Von der Betonsperre aus konnte man ins Tal und über die ganzen Berge sehen. Nur ein paar hundert Meter unter uns lag ein Dorf. Der ideale Platz zum Übernachten.

Zum Baden schien der See zu kalt zu sein. Ich stand am Ufer neben Isa und atmete tief ein – und Tschick ging noch einmal zum Auto und kam mit etwas zurück, was er unauffällig hinterm Rücken hielt. Offenbar hatten wir genau den gleichen Gedanken gehabt. Auf ein Zeichen von Tschick packten wir Isa und warfen sie ins Wasser.

Eine Fontäne spritzte senkrecht hoch, als sie unterging, und eine zweite, als sie wieder auftauchte und mit den Armen schlug, und erst in dem Moment fiel mir ein, dass wir ja gar nicht wussten, ob sie schwimmen konnte. Sie schrie und planschte erbärmlich – aber dann doch so übertrieben erbärmlich und hundepaddelnd, ohne nur einen einzigen Millimeter abzusacken, dass man genau sah, dass sie schwimmen konnte. Sie schüttelte die nassen Haare, machte ein paar Brustschwimmzüge und verfluchte uns. Tschick warf ihr eine Flasche Duschdas zu. Und während ich noch überlegte, ob ich das jetzt lustig finden oder Mitleid haben sollte, bekam ich schon einen Stoß in den Rücken und fiel auch in den See. Es war noch kälter als kalt. Ich tauchte auf und schrie, und Tschick stand am Ufer und lachte, und Isa fluchte und lachte abwechselnd.

Die Betonsperre war zu hoch zum wieder Rausklettern, und wir mussten quer durch den ganzen See bis zur einzigen Stelle mit flacher Böschung schwimmen, und während wir schwammen, beschimpfte Isa mich unaufhörlich und meinte, ich wäre ein noch größerer Volltrottel als mein Homofreund, und versetzte mir unter Wasser Tritte. Wir gerieten in eine Balgerei. Währenddessen spazierte Tschick zum Auto, zog sich pfeifend eine Badehose an und kam mit einer Zigarette im Mundwinkel und einem Handtuch über der Schulter zurück.

«So badet der Gentleman», sagte er, machte ein vornehmes Gesicht und sprang mit einem Köpper in den See.

Wir verfluchten ihn gemeinsam.

Als wir an Land kamen, zog Isa sofort Shirt und Hose und alles aus und fing an, sich einzuseifen. Das war ungefähr das Letzte, womit ich gerechnet hatte.

«Herrlich», sagte sie. Sie stand im knietiefen Wasser, schaute in die Landschaft und schäumte ihre Haare ein, und ich wusste nicht, wo ich hingucken sollte. Ich guckte mal hier-, mal dahin. Sie hatte eine wirklich tolle Figur und eine Gänsehaut. Ich hatte auch eine Gänsehaut. Als Letztes kam Tschick zu der flachen Stelle gekrault, und komischerweise gab es überhaupt keine Diskussionen mehr. Keiner sagte etwas, keiner fluchte, und keiner machte einen Witz. Wir wuschen uns nur und keuchten vor Kälte und benutzten alle dasselbe Handtuch.

Mit Blick auf Berge und Täler im Abendnebel aßen wir dann einen Kanister Haribo, der noch vom Norma übrig war. Isa hatte ein T-Shirt von mir an und die glänzende Adidas-Hose. Ihre stinkenden Sachen lagen hinten am Ufer und blieben dort auch liegen, für immer.

Wir versuchten an diesem Abend noch mehrfach rauszukriegen, wo sie denn eigentlich herkam und wo sie wirklich hinwollte, aber alles, was sie erzählte, waren wilde Geschichten. Sie wollte ums Verrecken nicht sagen, was sie auf der Müllkippe gemacht hatte oder was in ihrer Holzkiste drin war, die sie mit sich rumschleppte. Das Einzige, was sie verriet, war, dass sie Schmidt hieß. Isa Schmidt. Das war jedenfalls das Einzige, was wir ihr glaubten.

33

Früh am nächsten Morgen marschierte Tschick allein los, um im Dorf unten irgendwas zu essen zu kaufen. Ich lag noch im Halbschlaf auf der Luftmatratze und schaute in die dämmrige Landschaft, und Isa stand in der offenen Heckklappe vom Lada und fragte nochmal, ob wir nicht zufällig eine Schere dabeihätten und ob ich ihr die Haare schneiden könnte.

Tatsächlich fand sich im Verbandskasten eine ganz kleine Schere, aber ich hatte noch nie Haare geschnitten. Das war Isa egal, und sie wollte alles komplett ab, bis auf einen Pony vorne. Sie setzte sich an den Rand der Staustufe, zog ihr T-Shirt aus und sagte: «Fang an.»

Nach einer Weile drehte sie sich zu mir und sagte: «Warum fängst du nicht an? Ich will nicht, dass das T-Shirt voll Haare wird.»

Also fing ich an. Anfangs versuchte ich, Isas Kopf nicht dauernd mit der Hand zu berühren, aber es ist schwer, jemandem mit einer so winzigen Schere einen Skinhead zu verpassen, ohne sich abzustützen. Und noch schwieriger ist es, nicht dauernd auf eine nackte Brust zu gucken, die gerade so vor einem hängt.

«Guck mal, der holt sich einen runter», sagte Isa. Ich sah zum Waldrand hin. Da stand ein alter Mann vor den Bäumen, also nicht mal hinter den Bäumen, sondern davor, die Hose auf die Knie runtergelassen und wedelte sich einen von der Palme.

«O Mann», sagte ich und ließ die Schere sinken.

Isa sprang auf, sammelte blitzschnell ein paar Steine ein und fing an zu rennen. Sie rannte die Böschung hoch und auf den Alten zu und fing schon im Laufen an, mit Steinen zu schmeißen. Sie schmiss die Steine mindestens fünfzig Meter weit wie an der Schnur gezogen durch die Gegend, und es wunderte mich überhaupt nicht. Wer laufen kann, kann logisch auch werfen. Der Mann pumpte erst noch weiter, aber als Isa schon ziemlich nah war, riss er sich plötzlich die Hose hoch und stolperte in den Wald. Isa folgte ihm mit lautem Geschrei und wilden, schleudernden Armbewegungen, aber es war zu sehen, dass sie nicht mehr mit Steinen warf. Am Waldrand drehte sie um. Außer Atem kam sie zurück und setzte sich auf ihren alten Platz.

Ich muss eine Weile versteinert dagestanden haben, denn irgendwann tippte sie gegen meinen Oberschenkel und sagte: «Weiter.»

Es fehlte nur noch der Pony. Ich ging vor Isa in die Knie, um eine gerade Linie hinzukriegen, und bemühte mich, auch nicht im Entferntesten so auszusehen, als würde ich dabei woanders hingucken als auf diesen Pony. Ich hielt die Schere genau waagerecht und machte einen vorsichtigen ersten Schnitt. Dann beugte ich den Oberkörper zurück wie ein echter Künstler und machte einen zweiten Schnitt. Die Haarspitzen fielen an den schmalen Augen vorbei nach unten.

«Muss nicht genau sein», sagte Isa, «der Rest ist doch auch vergurkt.»

«Überhaupt nicht. Sieht super aus», sagte ich. Und tonlos: «Du siehst super aus.»

Mehr sagte ich nicht. Als ich fertig war, wischte Isa die abgeschnittenen Haare weg, und dann saßen wir auf der Staustufe nebeneinander, schauten in die Landschaft und warteten darauf, dass Tschick zurückkam. Isa hatte ihr T-Shirt noch immer nicht angezogen, und vor uns lagen die Berge mit ihrem blauen Morgennebel, der in den Tälern vorne schwamm, und dem gelben Nebel in den Tälern hinten, und ich fragte mich, warum das eigentlich so schön war. Ich wollte sagen, *wie* schön es war, oder jedenfalls wie schön ich es fand und warum, oder wenigstens, dass ich nicht erklären konnte, warum, und irgendwann dachte ich, es ist vielleicht auch nicht nötig, es zu erklären.

«Hast du schon mal gefickt?», fragte Isa.

«Was?»

«Du hast mich gehört.»

Sie hatte ihre Hand auf mein Knie gelegt, und mein Gesicht fühlte sich an, als hätte man heißes Wasser draufgegossen.

«Nein», sagte ich.

«Und?»

«Was und?»

«Willst du?»

«Was will ich?»

«Du hast mich schon verstanden.»

«Nein», sagte ich.

Meine Stimme war ganz hoch und fiepsig. Nach einer Weile nahm Isa ihre Hand wieder weg, und wir schwiegen mindestens zehn Minuten, von Tschick immer noch keine Spur. Auf einmal kamen mir die Berge und das alles ziemlich uninteressant vor. Was hatte Isa da gerade gesagt? Was hatte ich geantwortet? Es waren nur ungefähr drei Worte, aber – was bedeuteten sie? Mein Gehirn nahm ungeheuer Fahrt auf, und ich würde schätzungsweise fünfhundert Seiten brauchen, um aufzuschreiben, was mir in den nächsten fünf Minuten alles durch den Kopf ging. Es war wahrscheinlich auch nicht sehr spannend, es ist nur spannend, wenn man gerade drinsteckt in so einer Situation. Ich fragte mich nämlich hauptsächlich, ob Isa das ernst gemeint hatte, und auch, ob ich das ernst gemeint hatte, als ich gesagt hatte, dass ich nicht mit ihr schlafen will, falls ich das überhaupt gesagt hatte. Aber tatsächlich wollte ich gar nicht mit ihr schlafen. Ich fand Isa zwar toll und immer toller, aber ich fand es eigentlich auch vollkommen ausreichend, in diesem Nebelmorgen mit ihr dazusitzen und ihre Hand auf meinem Knie zu haben, und es war wahnsinnig deprimierend, dass sie die Hand jetzt wieder weggenommen hatte. Ich brauchte eine Ewigkeit, bis ich mir einen Satz zurechtgelegt hatte, den ich sagen konnte. Ich übte diesen Satz in Gedanken ungefähr zehnmal, und dann sagte ich mit einer Stimme, die klang, als würde ich gleich einen Herzinfarkt kriegen: «Aber ich fand es schön mit deiner … ähchrrm. Hand auf meinem Knie.»

«Ach?»

«Ja.»

«Und warum?»

Und warum, mein Gott. Der nächste Herzinfarkt.

Isa legte ihren Arm um meine Schulter.

«Du zitterst ja», sagte sie.

«Ich weiß», sagte ich.

«Viel weißt du nicht.»

«Ich weiß.»

«Wir könnten ja auch erst mal küssen. Wenn du magst.»

Und in dem Moment kam Tschick mit zwei Brötchentüten durch die Felsen gestiegen, und es wurde nichts mit Küssen.

34

Stattdessen ging es rauf auf den Berg. Wir hatten ja nie einen Plan, was wir machen wollten, aber während wir frühstückten, guckten wir die ganze Zeit auf diesen Berg, der aussah wie der höchste Berg überhaupt, und irgendwann war klar, dass wir da mal raufmussten. Unklar war nur, wie. Isa fand zu Fuß am besten. Das fand ich auch, aber Tschick meinte, zu Fuß wäre ja wohl Schwachsinn. «Wenn du fliegen willst, nimmst du ein Flugzeug, zum Waschen eine Waschmaschine, und wenn du auf den Berg willst, nimmst du das Auto», sagte er. «Wir sind doch nicht in Bangladesch.»

Wir kurvten also am Berg entlang durch den Wald, aber es war schwierig, die richtige Abzweigung nach oben zu finden. Erst hinter dem Berg schlängelte sich eine Straße hinauf, und dann krochen wir durch die Felsen voran bis zu einer kleinen Passhöhe. Von da ging die Straße wieder bergab, und wir mussten doch zu Fuß zum Gipfel.

Entweder hatten wir die Seite erwischt, wo die Touristen nicht waren, oder wir waren wirklich die Einzigen an diesem Morgen – jedenfalls begegneten wir auf dem ganzen Weg durchs Gelände nur Schafen und Kühen. Zwei Stunden brauchten wir bis ganz nach oben, aber es lohnte sich, und es sah aus wie auf ganz tollen Postkarten. Auf der höchsten Spitze stand ein riesiges Holzkreuz, darunter irgendwo eine kleine Hütte, und die ganze Hütte war bedeckt mit Schnitzereien. Da setzten wir uns hin und lasen Buchstaben und Zahlen. CKH 23.4.61. Sonny 86. Hartmann 1923.

Das Älteste, was wir finden konnten, war «Anselm Wail 1903». Uralte Buchstaben in uraltem, dunklem Holz, und dazu der Ausblick auf die Berge und die heiße Sommerluft und ein Geruch von Heu, der aus dem Tal hochwehte.

Tschick zog sein Taschenmesser raus und fing auch an zu schnitzen. Und während wir uns sonnten, uns unterhielten und Tschick beim Schnitzen zuguckten, musste ich die ganze Zeit darüber nachdenken, dass wir in hundert Jahren alle tot wären. So wie Anselm Wail tot war. Seine Familie war auch tot, seine Eltern waren tot, seine Kinder waren tot, alle, die ihn gekannt hatten, waren ebenfalls tot. Und wenn er irgendwas in seinem Leben gemacht oder gebaut oder hinterlassen hatte, war es wahrscheinlich auch tot, zerstört, von zwei Weltkriegen verwüstet, und das Einzige, was übrig war von Anselm Wail, war dieser Name in einem Stück Holz. Warum hatte er den da hingeschnitzt? Vielleicht war er auch auf großer Reise gewesen wie wir. Vielleicht hatte er auch ein Auto geklaut oder eine Kutsche oder ein Pferd oder was sie damals hatten und war herumgeritten und hatte seinen Spaß gehabt. Aber egal, was es war, es würde nie wieder jemanden interessieren, weil nichts übrig war von seinem Spaß und seinem Leben und allem, und nur wer hier auf den Gipfel stieg, erfuhr noch von Anselm Wail. Und ich dachte, dass es mit uns logisch genauso sein würde, und da wünschte ich mir, Tschick hätte unsere vollen Namen ins Holz geritzt. Aber allein für die sechs Buchstaben und zwei Zahlen brauchte er schon fast eine Stunde. Er machte es sehr ordentlich, und dann stand da:

AT MK IS 10

«Jetzt denken alle, wir wären 1910 da gewesen», sagte Isa. «Oder 1810.»

«Ich find's schön», sagte ich.

«Ich find's auch schön», sagte Tschick.

«Und wenn ein Witzbold kommt und ein paar Buchstaben dazwischenschnitzt, wird das die ATOMKRISE 10», sagte Isa, «die berühmte Atomkrise des Jahres 2010.»

«Ach, halt doch die Klappe», sagte Tschick, aber ich fand es eigentlich ganz lustig.

Allein dass jetzt unsere Buchstaben neben all den anderen Buchstaben standen, die von Toten gemacht worden waren, zog mir am Ende doch irgendwie den Stecker.

«Ich weiß nicht, wie es euch geht», sagte ich, «aber die ganzen Leute hier, die Zeit – ich meine, der Tod.» Ich kratzte mich hinterm Ohr und wusste nicht, was ich sagen wollte. «Ich wollte sagen», sagte ich, «ich finde es toll, dass wir jetzt hier sind, und ich bin froh, dass ich mit euch hier bin. Und dass wir befreundet sind. Aber man weiß ja nie, wie lange – ich meine, ich weiß nicht, wie lange es Facebook noch gibt – und eigentlich würde ich gern wissen, was aus euch mal wird, in fünfzig Jahren.»

«Dann googelst du einfach», sagte Isa.

«Und Isa Schmidt kann man googeln?», sagte Tschick. «Gibt's da nicht hunderttausend?»

«Ich wollte eigentlich auch was anderes vorschlagen», sagte ich. «Wie wär's, wenn wir uns einfach in fünfzig Jahren wiedertreffen? Genau hier, in fünfzig Jahren. Am 17. Juli, um fünf Uhr nachmittags, 2060. Auch wenn wir vorher dreißig Jahre nichts mehr voneinander gehört haben. Dass wir alle wieder hierherkommen, egal, wo wir dann gerade sind, ob wir Siemens-Manager sind oder in Australien. Wir schwören uns das, und dann reden wir nie wieder drüber. Oder ist das blöd?»

Nein, fanden sie gar nicht blöd. Wir standen um diese Schnitzerei rum und schworen, und ich glaube, wir dachten alle drüber nach, ob das sein könnte, dass wir in fünfzig Jahren noch immer am Leben wären und wieder hier. Und dass wir dann alles mickrige Greise wären, was ich unvorstellbar fand. Dass wir wahrscheinlich nur mit Mühe den Berg raufkommen würden, dass wir alle eigene blöde Autos hätten, dass wir im Innern wahrscheinlich noch genau dieselben geblieben wären und dass der Gedanke an Anselm Wail mich noch immer genauso fertigmachen würde wie heute.

«Machen wir», sagte Isa, und Tschick wollte dann noch, dass wir alle unsere Finger ritzen und einen Tropfen Blut auf die Buchstaben gießen, aber Isa meinte, wir wären doch nicht Winnetou und dieser andere Indianer, und da haben wir's dann nicht gemacht.

Als wir abstiegen, sahen wir weit unter uns zwei Soldaten. Auf dem Pass, wo der Lada parkte, standen jetzt ein paar Reisebusse. Isa lief sofort zu einem hin, auf dem in unlesbarer Schrift irgendwelche Dinge standen, und redete auf den Fahrer ein. Tschick und ich sahen uns das vom Lada aus an, und dann kam Isa plötzlich zurückgesprintet und rief: «Habt ihr mal dreißig Euro? Ich kann euch das nicht wiedergeben jetzt, aber später, ich schwör! Meine Halbschwester hat Geld, die schuldet mir noch – und ich muss jetzt da lang.»

Ich war sprachlos. Isa holte ihr Holzkästchen aus dem Lada, sah mich und Tschick schief an und sagte: «Mit euch schaff ich's nie. Tut mir leid.» Sie umarmte Tschick, dann sah sie mich einen Moment lang an und umarmte mich auch und küsste mich auf den Mund. Sie sah sich nach dem Reisebus um. Der Fahrer winkte. Ich riss dreißig Euro aus der Tasche und hielt sie ihr wortlos hin. Isa umarmte mich nochmal und rannte davon. «Ich meld mich!», rief sie. «Kriegst du wieder!» Und ich wusste, dass ich sie nie wiedersehen würde. Oder frühestens in fünfzig Jahren.

«Du hast dich nicht schon wieder verliebt?», fragte Tschick, als er mich vom Asphalt aufsammelte. «Im Ernst, du hast ja echt ein glückliches Händchen mit Frauen, oder wie sagt man so?»

35

Die Sonne knallte von vorn, der Asphalt sah in der Entfernung aus wie flüssiges Metall. Wir waren längst aus den Bergen raus, und Tschick steuerte auf eine Kreuzung zu, an der Autos auf der Straße standen, die sich nicht bewegten. Sie zitterten leicht in der Mittagshitze, als wären sie unter Wasser. Es war keine Straßensperre, eher ein Unfall, aber ein Auto hatte ein blaues Blinklicht auf dem Dach.

Tschick schwenkte sofort nach rechts in einen Feldweg zwischen hohen Strommasten. Der Weg war breit genug, dass ein Lkw dort hätte fahren können, aber völlig von Gras überwuchert, als hätte ihn schon lange niemand mehr benutzt. Die Polizei schien uns nicht bemerkt zu haben. Wir konnten sie allerdings auch nur noch wenige Sekunden lang sehen, dann hatte sich der Feldweg in einen Wald aus Birken geschlängelt. Unter den großen Birken kleinere Birken, und unter den kleineren Birken noch kleinere Birken, sodass man nur noch ein paar Meter weit sehen konnte. Allein oben war noch Himmel und ab und zu ein Strommast. Der Weg wurde immer schmaler und machte nicht gerade den Eindruck, als ob er irgendwohin führen würde. Schließlich endete er an einem Holzgatter, das schief in den Angeln hing. Dahinter lag bis zum Horizont eine sumpfige Ebene, und diese sumpfige Ebene sah so anders aus als die ganze andere Landschaft davor, dass wir uns einen Blick zuwarfen: Wo sind wir denn hier?

Wir beratschlagten kurz, dann ging ich raus und zerrte das Gatter auf. Tschick fuhr durch, und ich machte das Gatter wieder zu.

Flach gewölbte, etwas hellere Stellen, dazwischen tiefgrüner, fast violetter Sumpf. Im Sumpf verstreut große, quadratische Betonquader, in denen senkrecht Metallstäbe steckten, mit gelben Markierungen an der Spitze. Zuerst waren es nur ein paar Quader, aber je weiter wir kamen, desto voller lag die Landschaft mit diesen Betonblöcken mit dem Metallstab obendrin. Alle paar Meter einer, bis zum Horizont. Man hätte eigentlich wieder Richard Clayderman einlegen können, so traurig sah das aus, wie trauriges Klaviergeklimper. Auch der Weg wurde langsam sumpfig, Tschick kroch im ersten Gang durch die weichen Schlaglöcher, die Strommasten immer neben uns. Ich schwitzte. Vier Kilometer. Fünf Kilometer. Das Terrain hob sich ein wenig. Die Reihe der Strommasten endete, vom letzten hingen die Kabel runter wie frischgewaschenes Haar, zehn Meter dahinter war die Welt zu Ende.

Und das musste man gesehen haben: Die Landschaft hörte einfach auf. Wir stiegen aus und stellten uns auf die letzten Grasbüschel. Vor unseren Füßen war die Erde senkrecht weggefräst, mindestens dreißig, vierzig Meter tief, und unten lag eine Mondlandschaft. Weißgraue Erde, Krater, so groß, dass man Einfamilienhäuser dadrin hätte bauen können. Ein ganzes Stück links von uns begann eine Brücke über den Abgrund. Wobei, Brücke ist wahrscheinlich das falsche Wort. Es war eher so ein Gestell aus Holz und Eisen, wie ein riesiges Baustellengerüst, schnurgerade bis zum anderen Ufer. Vielleicht zwei Kilometer, vielleicht mehr. Die Entfernung war schwer zu schätzen. Was drüben lag, war auch nicht zu erkennen, vielleicht Sträucher und Bäume. Hinter uns der große Sumpf, vor uns das große Nichts, und wenn man genau hinhörte, hörte man auch genau überhaupt nichts. Kein Grillenzirpen, kein Gräserrascheln, kein Wind, keine Fliege, nichts.

Wir rätselten ein Weile, was das sein sollte, dann machten wir uns zu Fuß auf, um das Gerüst zu besichtigen. Es war breiter, als es aus der Entfernung ausgesehen hatte. Etwa drei Meter und mit dicken Holzbohlen obendrauf. Einen anderen Weg am Abgrund vorbei schien es nicht zu geben, und weil wir auch nicht zurückfahren wollten, holte Tschick schließlich den Lada. Er rollte ein paar Meter auf das Gestell – oder die Brücke oder den Damm oder was auch immer – und sagte: «Geht doch.»

Aber ganz geheuer war mir das nicht. Ich stieg wieder ein, und langsamer als mit Schritttempo fuhren wir über die Holzbohlen. Das Geräusch, das die Bohlen machten, war so hohl und unheimlich, dass ich schließlich wieder ausstieg, um dem Auto voranzugehen. Ich hielt Ausschau nach kaputten Planken, trat mit dem Fuß auf verdächtige Stellen und schaute dazwischen dreißig Meter in die Tiefe. Tschick rollte im Abstand von ein paar Wagenlängen hinter mir her. Wenn uns jemand entgegengekommen wäre, hätten wir alt ausgesehen. Andererseits war es auch nicht gerade eine Straße mit Durchgangsverkehr.

Als wir so weit gekommen waren, dass wir die Kante, von der wir gestartet waren, kaum noch und das entgegengesetzte Ufer noch nicht wirklich sehen konnten, machten wir eine Pause. Tschick holte Cola aus dem Auto, und wir setzten uns auf den Rand der Holzbohlen oder versuchten es zumindest. Das Holz war so glühend heiß, dass man erst mal eine Weile Schatten auf eine Stelle werfen musste, bevor man sich setzen konnte. Dann starrten wir in die Kraterlandschaft, und als ich lange genug in diese Kraterlandschaft gestarrt hatte, dachte ich an Berlin. Ich hatte plötzlich Schwierigkeiten, mir vorzustellen, dass ich dort einmal gelebt hatte. Ich konnte mir kaum vorstellen, dass ich da zur Schule gegangen war, und ich konnte mir auch nicht vorstellen, dass ich es einmal wieder tun würde.

36

Auf der anderen Seite dann karge Sträucher und Gräser und so eine Art Dorf. Eine zerbröselte Straße wand sich zwischen verfallenen Häusern. Die Fenster hatten größtenteils keine Scheiben, die Dächer waren abgedeckt. Auf den Straßen nirgends Schilder, keine Autos, keine Zigarettenautomaten, nichts. Vor den Gärten waren die Zäune abmontiert vor langer Zeit, Unkraut wucherte aus jeder Ritze.

Wir gingen in ein verlassenes Bauernhaus und durchsuchten die Räume. Verschimmelte Holzregale lehnten an einer Wand. Auf einem Küchentisch eine leere Konservendose und ein Teller, am Boden eine Zeitung von 1995 mit einer Meldung vom Tagebau. Als wir sicher waren, dass in dem ganzen Ort kein Mensch mehr war, durchsuchten wir auch noch zwei andere Häuser, fanden aber nichts Interessantes. Alte Kleiderbügel, kaputte Gummistiefel, ein paar Tische und Stühle. Ich hatte ja mindestens irgendwo eine Leiche erwartet, aber in die ganz dunklen Keller trauten wir uns auch nicht.

Wir fuhren weiter durch den Ort. An einer zweistöckigen Ruine waren die Fenster mit Brettern vernagelt, und auf die Bretter hatte jemand mit weißer Farbe Zeichen und Zahlen gemalt. Auch auf dem Weg, den wir fuhren, waren links und rechts Zeichen und Zahlen auf Steine und Zaunpfähle gemalt, und in der Mitte lag plötzlich ein riesiger Bretterhaufen. Außen rum zog sich eine Wagenspur, und Tschick hielt vorsichtig im ersten Gang darauf zu, als es einen ungeheuren Schlag gab. Es knirschte. Wir guckten uns an. Der Lada stand still, und dann gab es den nächsten Schlag, als ob jemand von außen gegen die Karosserie hämmerte. Oder mit Steinen warf. Oder schoss. Tschick drehte leicht den Kopf, und da merkte ich, dass die Scheibe hinter uns aussah wie ein Spinnennetz.

Sofort sprang ich aus dem Auto. Ich weiß nicht, warum, aber ich warf mich hinterm Auto ins Gras, und an die nächsten Sekunden erinnere ich mich nicht wirklich. Ich meine, ich hätte gewinkt. Und was ich auch noch weiß – weil Tschick es mir hinterher erzählt hat –, ist, dass er den Rückwärtsgang einlegte und mich anbrüllte, ich soll wieder einsteigen. Aber ich war hinter dem Auto entlanggekrochen und winkte wie blöd mit den Armen über die Kühlerhaube. Ich spähte zu den Ruinen gegenüber, zu den kahlen Fenstern, und dann sah ich, was ich zu sehen erwartet hatte: In einer Fensteröffnung stand jemand mit dem Gewehr im Anschlag. Ich sah noch eine Sekunde in die Mündung, dann hob er das Gewehr und setzte es ab. Ein alter Mann.

Er stand im zweiten Stock des beschrifteten Hauses. Er zitterte, so kam es mir vor, aber nicht, wie ich zitterte. Bei ihm schien es das Alter zu sein. Er schirmte seine Augen mit einer Hand gegen die blendende Sonne ab, während ich wie blöd weiterwinkte.

«Wo willst du hin? Steig ein, steig ein!», rief Tschick, aber ich war aufgestanden und ging, immer noch winkend und händeschwenkend, auf das Gebäude zu.

«Wir wollen nichts! Wir haben uns verfahren. Wir fahren sofort zurück!», rief ich.

Der Alte nickte. Er hielt das Gewehr am Lauf in die Luft und brüllte: «Kein Plan! Keine Karte und kein Plan!»

Ich blieb auf dem Gelände vor seinem Haus stehen und versuchte mit meiner Miene auszudrücken, wie recht er hatte.

«Im Feld nie ohne Plan!», rief er. «Kommt rein! Ich habe Limo für euch. Kommt rein.»

Und logisch war das das Letzte, was ich wollte, da reingehen, aber er beharrte drauf, und es war am Ende keine allzu schwere Entscheidung. Wir standen immer noch in seinem Schussfeld, der Weg um den Bretterhaufen herum war schwierig, und der Alte schien ja auch nicht völlig gestört. Na ja: Ich meine, er redete wie ein normaler Mensch.

Sein Wohnzimmer – wenn man das so nennen kann – war in nicht wesentlich besserem Zustand als die Zimmer der Häuser, die wir durchsucht hatten. Man sah zwar, dass es bewohnt wurde, aber es war unglaublich düster und dreckig. An einer Wand hingen Unmengen Schwarzweißfotos.

Wir mussten uns auf ein Sofa setzen, und dann holte der Mann mit feierlicher Miene eine halbvolle Fanta hervor und sagte: «Trinkt. Trinkt aus der Flasche.»

Er saß uns in einem Sessel gegenüber und kippte selbst irgendeinen Fusel aus einem Marmeladenglas. Das Gewehr lehnte zwischen seinen Knien. Ich hatte erwartet, dass er uns jetzt erst mal zum Lada ausfragen oder wissen wollen würde, wo wir damit hinwollten, aber das kratzte ihn offenbar gar nicht. Als er rausgefunden hatte, dass wir aus Berlin waren, interessierte ihn hauptsächlich, ob Berlin sich wirklich so verändert hätte und ob man da noch unbehelligt über die Straße gehen könnte. Er bezweifelte das nämlich. Und nachdem wir ungefähr zehnmal versichern mussten, dass uns von Mord und Totschlag an unserer Schule nichts bekannt war, fragte er plötzlich: «Habt ihr denn ein Mädel?»

Ich wollte nein sagen, aber Tschick war schneller.

«Seine heißt Tatjana, und ich bin voll in Angelina», sagte

er, und ich wunderte mich nicht, warum er das sagte. Die Antwort schien den Alten allerdings nicht recht zufriedenzustellen.

«Weil, ihr seid zwei ganz hübsche Jungs», sagte er.

«Nee, nee», sagte Tschick.

«In dem Alter weiß man häufig nicht, wohin der Hase will.»

«Nee», sagte Tschick und schüttelte den Kopf, und auch ich schüttelte den Kopf, ungefähr wie ein ultimativer Lionel-Messi-Fan, der gefragt wird, ob er nicht doch eher Cristiano Ronaldo für den Allergrößten hält.

«Dann seid ihr also verliebt, ja?»

Wir sagten wieder ja, und mir wurde etwas mulmig, als ich merkte, wie er auf dem Thema rumritt. Er redete nur noch von Mädeln und von Liebe und dass das Schönste im Leben der Alabasterkörper der Jugend wäre.

«Glaubt mir», sagte er, «ihr schließt ein Mal die Augen und öffnet sie wieder, und welk hängt das Fleisch in Fetzen. Die Liebe, die Liebe! Carpe diem.»

Er ging zwei Schritte zur Wand und zeigte auf eins der vielen kleinen Fotos. Tschick guckte mich stirnrunzelnd an, aber ich stand sofort auf, setzte mein Ich-weiß-was-sich-gehört-Lächeln auf und begutachtete das Foto, über dem der runzlige Finger des Alten schwebte. Es war ein Passfoto, auf einer Ecke ein Viertel eines Stempels und ein Viertel Hakenkreuz. Es zeigte einen hübschen jungen Mann in Uniform, der einigermaßen trotzig in die Gegend guckte. Offenbar er selbst. Während ich mir das ansah, wanderte der runzlige Finger ein Bild nach rechts.

«Und das ist die Else. Das war mein Mädel.»

Das Foto zeigte ein scharfgeschnittenes Gesicht, von dem ich auf den ersten Blick nicht hätte sagen können, ob es Junge oder Mädchen war. Aber «Else» trug eine andere Uniform als der Soldat oder Hitlerjunge neben ihr. Insofern war es vielleicht wirklich ein Mädchen.

Er fragte, ob er uns die Geschichte von sich und der Else erzählen sollte, und da er dabei schon wieder das Luftgewehr in die Hand genommen hatte, gedankenverloren allerdings, als wäre es ein Teil seines Körpers oder ein Teil seiner Geschichte, und weil wir ja auch schlecht nein sagen konnten, hörten wir uns das dann an.

Es war allerdings keine richtige Geschichte. Jedenfalls nicht so eine, wie Leute sie normalerweise erzählen, wenn sie von ihrer großen Liebe erzählen.

«Ich war Kommunist», sagte er. «Die Else und ich, wir waren Kommunisten. Und zwar Ultrakommunisten. Und auch nicht erst nach 45 wie alle andern, wir waren schon immer Kommunisten. Und da haben wir uns auch kennengelernt, in der Widerstandsgruppe Ernst Röhm. Das glaubt heute keiner mehr, aber das war eine andere Zeit. Und ich konnte mit Waffen wie kein Zweiter. Die Else war das einzige Mädel da, eine ganz Feine, aus bestem Haus, und hat ausgesehen wie ein Junge. Die hat die ganzen verbotenen Schriftsteller übersetzt. Die hat den Juden Shakespeare übersetzt. Die hat den Ravage übersetzt. Sie konnte Englisch wie ein Vogel, das konnten ja nicht viele, und ich hab das auf der Schreibmaschine abgetippt … ja, so war das. Liebe meines Lebens, Feuer meiner Lenden. Im KZ haben sie die Else dann sofort vergast, und ich bin im Strafbataillon mit meiner Flinte durch den Kursker Bogen gekrochen. Damit konnte ich einem Iwan auf 400 Meter ein Auge ausschießen.»

«Einem Iwan?», fragte Tschick.

«Einem Iwan. Einem Scheißrussen», sagte der Alte und dachte nach. Er sah dabei weder Tschick noch mich an, und wir wechselten einen Blick. Tschick wirkte nicht sonderlich beunruhigt, ich war's eigentlich auch nicht mehr.

«Ich dachte», sagte ich, «Sie wären Kommunist gewesen.»

«Ja.»

«Und – waren die Russen nicht auch so 'ne Art Kommunisten?»

«Ja.»

Er dachte wieder nach. «Und ich konnte einem auf 400 Meter ein Auge ausschießen! Horst Fricke, bester Schütze seiner Einheit. Ich hatte mehr Eichenlaub an meiner Brust als ein verdammter Wald. Wie Tontauben hab ich die weggeknallt. Die waren komplett behämmert. Oder die Kommandanten waren behämmert. Die haben die Horden auf uns zugetrieben. Vorne hat Sinning am MG abgeräumt und hinten Schütze Fricke. Fricke allein gegen den Iwan war das manchmal. Und die hatten ja auch Gewehre. Da musst du erst mal drüber nachdenken, wenn du so blöde Fragen stellst. Wenn du denkst, du kommst jetzt mit Moral und dem ganzen Dreck. Die oder ich! Das war die Frage. Jeden Tag Iwans, jugendliches Fleisch, das auf uns zugetaumelt ist. Ein Ozean aus Fleisch. Die hatten ja zu viel davon. Von wegen Lebensraum im Osten. Waren viel zu viele Russen da. Bei denen stand einer von der Tscheka hinter jeder Linie und hat jeden abgeknallt, der nicht rauswollte in unser Sperrfeuer. Denkt man immer, die Nazis waren grausam. Aber im Vergleich zum Russen: Fliegenschiss. Und da haben sie uns ja letztlich mit überrollt. Mit Fleisch. Mit Maschinen hätten sie das nie geschafft. Ein Iwan und noch ein Iwan und noch ein Iwan. Ich hatte zwei Zentimeter Hornhaut auf meinem rechten Zeigefinger. Hier.» Er hielt beide Zeigefinger hoch. Tatsächlich hatte der rechte eine kleine Beule an der Kuppe. Ob die wirklich vom Iwan kam, weiß ich natürlich nicht.

«Das ist doch alles Schwachsinn», sagte Tschick.

Merkwürdigerweise reagierte der Mann nicht wirklich auf diesen Einwand. Er redete noch eine Weile weiter, aber was es mit seiner großen Liebe letztlich auf sich hatte, erfuhren wir nicht.

«Und eins müsst ihr euch merken, meine Täubchen», sagte er zum Schluss. «Alles sinnlos. Auch die Liebe. Carpe diem.»

Dann zog er ein kleines braunes Glasfläschchen aus der Hosentasche und überreichte es uns, als wäre es das Kostbarste auf der Welt. Er machte ein großes Gewese drum, wollte aber nicht sagen, was drin war. Das Etikett war vergilbt, und das Fläschchen sah aus, als hätte er es mindestens seit dem Kursker Bogen in seiner Tasche mit sich rumgetragen. Wir sollten es nur aufmachen, wenn wir in Not wären, schärfte er uns ein, wenn die Lage so ernst wäre, dass wir nicht mehr weiterwüssten, und vorher nicht, und dann würde es uns helfen. Er sagte *retten*. Es würde uns das Leben retten.

Damit gingen wir zum Auto zurück. Ich hielt das Fläschchen gegens Licht, aber es war nichts zu erkennen. Irgendeine zähe Flüssigkeit, aber auch was Festes mit dabei.

Im Auto versuchte Tschick, die Schatten auf dem Etikett zu entziffern, und als er das Fläschchen schließlich aufmachte, fing es an, wie wahnsinnig nach faulen Eiern zu stinken, und er warf es aus dem Fenster.

37

Die Straße verlor sich kurz hinter dem verlassenen Dorf, und wir mussten querfeldein. Links lag irgendwo die weggefräste Landschaft, rechts sackte eine riesige, längliche Kiesböschung nach unten, und dazwischen lief eine vierzig bis fünfzig Meter breite Piste, ein schmales Plateau. Als ich mich einmal umdrehte, sah ich in großer Entfernung hinter uns das Dorf, sah das zweistöckige Haus, in dem Schütze Fricke wohnte, und sah – dass vor dem Haus ein Polizeiauto hielt. Ganz winzig, kaum noch zu erkennen, aber doch eindeutig: die Polizei. Sie schienen gerade zu wenden. Ich machte Tschick darauf aufmerksam, und wir nagelten mit fast achtzig Stundenkilometern durchs Gelände. Die Piste wurde immer schmaler, die Abhänge rückten näher an uns ran, und schräg vor uns sahen wir irgendwo die Autobahn, die da unten einen Schlenker an der Kiesböschung vorbeimachte. Ich erkannte eine Parkbucht mit zwei Tischchen, einen Mülleimer und eine Notrufsäule, und man hätte da wahrscheinlich einfach auf die Autobahn fahren können – wenn irgendwo ein Weg nach unten geführt hätte. Aber vom Plateau führte kein Weg hinunter. Das Scheißplateau war da einfach zu Ende. Ich sah verzweifelt durch die Heckscheibe, und Tschick steuerte auf die Böschung zu, einen 45-Grad-Steilhang aus Kies und Geröll.

«Runter oder was?», rief er, und ich wusste nicht, was ich sagen sollte. Er tippte noch auf die Bremse, dann rauschten wir schon über die Kante – und das war's.

Möglicherweise hätten wir es auch geschafft, wenn wir gerade runtergefahren wären, aber Tschick fuhr seitlich auf die Böschung, und da schmierte der Lada sofort ab. Er kam ins Rutschen, blieb hängen und überschlug sich. Drei-, vier-, fünf-, sechsmal – ich weiß es nicht –, überschlug sich und blieb dann auf dem Dach liegen. Ich kriegte kaum was mit. Was ich wieder mitkriegte, war: Die Beifahrertür war aufgesprungen, und ich versuchte rauszukriechen. Was mir nicht gelang. Ich brauchte ungefähr eine halbe Stunde, um zu merken, dass ich nicht gelähmt war, sondern im Sicherheitsgurt festhing. Dann war ich endlich draußen und sah in dieser Reihenfolge: einen grünen Autobahnmülleimer direkt vor mir, einen umgedrehten Lada, unter dessen Motorhaube es dampfte und zischte, und Tschick, der auf allen vieren durchs Gelände kroch. Er rappelte sich auf, taumelte ein paar Schritte, rief «Los!» und fing an zu rennen.

Aber ich rannte nicht. Wohin denn? Hinter uns das Plateau mit der Polizei vermutlich, vor uns die Autobahn, und hinter der Autobahn Felder bis zum Horizont. Nicht gerade das ideale Gelände, um vor einer Polizeistreife davonzulaufen. Rund um den Autobahnparkplatz noch ein paar Bäume und Gebüsch, hinter den Feldern irgendwo ein großer weißer Kasten, wahrscheinlich eine Fabrik.

«Was ist los?», rief Tschick. «Bist du verletzt?»

War ich verletzt? Nein, schien nicht so. Ein paar blaue Flecken vielleicht.

«Stimmt was mit dir nicht?», fragte er und kam zurück.

Ich wollte gerade zu einer Erklärung ansetzen, warum ich es für lächerlich hielt, zu Fuß vor der Polizei davonzulaufen, da gab es ein Geräusch von brechenden Zweigen und Laubrascheln. Ein Flusspferd brach vor uns durch die Büsche. Irgendwo in Deutschland, direkt an der Autobahn, in der völligen Einöde, brach ein Flusspferd durchs Gebüsch und rannte auf uns zu. Es hatte einen blauen Hosenanzug an, eine blonde, kräuselige Dauerwelle auf dem Kopf und einen Feuerlöscher in der Hand. Vier bis fünf Fettringe schwabbelten über seiner Taille. Mit zwei Walzen, die unten aus dem Hosenanzug rausguckten, stampfte es durch das Gelände, kam vor dem umgedrehten Lada zum Stehen und riss den Feuerlöscher hoch.

Nichts brannte.

Ich schaute Tschick an, Tschick schaute mich an. Wir schauten die Frau an. Denn es war eine Frau und kein Flusspferd. Keiner sagte was, und ich weiß noch, dass ich dachte, dass aus diesem Feuerlöscher jetzt ein weißer Strahl rausschießen müsste, um uns unter einem Schaumberg zu begraben.

Die Frau wartete noch eine Weile, dass das Auto explodierte, damit sie ihren Feuerlöscher einsetzen konnte, aber der Lada war im Todeskampf genauso müde, wie er zu Lebzeiten gewesen war. Unter der Motorhaube zischte es nur. Ein Hinterrad drehte sich, wurde langsamer und blieb stehen.

«Ist euch was passiert?», fragte die Frau und guckte misstrauisch zur Kühlerhaube. Tschick tippte mit dem Finger gegen den Feuerlöscher. «Brennt's?»

«O mein Gott», sagte die Frau und ließ den Feuerlöscher sinken. «Ist euch was passiert?»

«Nichts», sagte Tschick.

«Bei dir auch alles klar?»

Ich nickte.

«Wo ist euer Vater? Oder eure Mutter? Wer ist denn gefahren?»

«Ich bin gefahren», sagte Tschick.

Die Frau schüttelte den Kopf, der aussah wie ihre Taille.

«Ihr habt einfach das Auto von –»

«Das Auto ist geklaut», sagte Tschick.

Wenn der Arzt recht hatte, der mich später untersuchte, hatte ich zu dieser Zeit einen Schock. Bei einem Schock geht alles Blut in die Beine, und dadurch hat man kein Blut mehr im Kopf und tickt praktisch nicht mehr richtig. Hat jedenfalls der Arzt gesagt. Und er hat auch gesagt, dass das aus der Steinzeit ist, wo die Neandertaler durch den Wald gelaufen sind, und wenn dann plötzlich von rechts ein Mammut kam, kriegte man einen Schock, und mit dem vielen Blut in den Beinen konnte man besser weglaufen. Denken war da nicht so wichtig. Klingt merkwürdig, aber, wie gesagt, das hat der Arzt gesagt. Und vielleicht hatte Tschick also recht gehabt mit seinem Wegrennen, und ich hatte unrecht mit meinem Stehenbleiben, aber im Nachhinein ist man immer schlauer. Und vor uns stand die Frau mit dem Feuerlöscher und war ebenfalls geschockt. Weil, wenn ich einen Schock hatte und wenn Tschick auch einen Schock hatte, dann hatte die Frau mindestens fünf Schocks. Vielleicht reichte es schon, dass sie unseren Absturz beobachtet hatte oder dass Tschick ihr erzählte, dass das ein geklautes Auto war, aber sie zitterte wahnsinnig. Sie guckte Tschick an, zeigte auf einen Tropfen Blut, der an seinem Kinn runterlief, und sagte: «O mein Gott.» Dann fiel ihr der Feuerlöscher aus der Hand und auf Tschicks Fuß. Tschick kippte sofort rückwärts um. Er landete mit dem Rücken im Gras, hielt sein Bein senkrecht nach oben, griff mit den Händen danach und schrie.

«O mein Gott!», rief die Frau noch einmal und kniete sich neben Tschick ins Gras.

«Scheiße», sagte ich. Ich warf einen kurzen Blick den Steilhang rauf: Immer noch keine Polizei.

«Ist er gebrochen?»

«Woher soll ich das wissen?», schrie Tschick und rollte auf dem Rücken rum.

38

Und das war jetzt die Lage: Da waren wir Hunderte Kilometer kreuz und quer durch Deutschland gefahren, auf Baustellengerüsten über den Abgrund gerollt und von Horst Fricke beschossen worden, wir waren eine Piste entlang- und einen Abhang runtergebrettert, hatten uns fünfmal überschlagen und alles mehr oder weniger ohne Schramme überstanden – und dann kam ein Flusspferd aus dem Gebüsch und zerstörte Tschicks Fuß mit einem Feuerlöscher.

Wir beugten uns über den Fuß, wussten aber nicht, ob er gebrochen war oder nur verstaucht. Jedenfalls konnte Tschick nicht mehr auftreten.

«Das tut mir unendlich leid!», sagte die Frau. Und es tat ihr unendlich leid, das konnte man sehen. Sie schien fast mehr Schmerzen zu haben als Tschick, jedenfalls dem Gesicht nach zu urteilen, und während in meinem Kopf immer noch vollkommene Leere herrschte und Tschick stöhnend hin- und herrollte, war die Frau die Erste, die die Situation langsam wieder unter Kontrolle kriegte. Sie fingerte nochmal an Tschicks Kinn rum, dann nahm sie seinen Unterschenkel hoch. «Aua, aua», sagte sie, während sie den Knöchel hin und her drehte und Tschick wimmerte.

«Du musst ins Krankenhaus», war ihre Schlussfolgerung.

«Warte», wollte ich sagen – da hatte das Flusspferd schon seine Vorderhufe unter Tschick gewuchtet und hob ihn hoch, als wäre er eine Scheibe Brot.

Tschick schrie auf, aber eher vor Überraschung als vor Schmerzen. So schnell wie sie aus dem Gebüsch gebrochen war, verschwand die Frau dort auch wieder. Ich rannte hinterher.

Hinter den Sträuchern parkte ein tarnfarbener 5er BMW. Die Frau warf Tschick auf den Beifahrersitz. Ich konnte hinten einsteigen. Als sie sich hinters Steuer setzte, sackte das Auto links einen halben Meter ab, und Tschick hopste auf seinem Sitz hoch. Wahnsinn, dachte ich noch, aber das Wort hätte ich mir besser für die nächsten Minuten aufgespart.

«Jetzt ist Eile geboten!», erklärte die Frau feierlich, und sie dachte dabei vermutlich nicht in erster Linie an eine Flucht vor der Polizei.

Ich war der Einzige, der sich die ganze Zeit immer wieder umgedreht und bemerkt hatte, dass das Polizeiauto auf Umwegen auch irgendwo den Steilhang runtergekommen sein musste. In sehr großer Entfernung kachelten sie mit Blaulicht unten an der Böschung entlang.

«Anschnallen», sagte die Frau und trat das Gaspedal durch, und der 5er BMW war in zwei Sekunden auf hundert. Als sie einen Schlenker fuhr, rutschte ich wie ein Papierflieger über die Rückbank. Tschick stöhnte.

«Anschnallen», wiederholte die Frau.

Ich schnallte mich an.

«Und Sie?», fragte Tschick.

Ich sah aus dem Heckfenster, wie der Verkehr hinter uns wegsackte. Irgendwo war ganz leise der Klang einer Polizeisirene zu hören, aber nicht lange. Und das war auch kein Wunder. Wir fuhren mittlerweile 250. Weder die Frau noch Tschick schienen die Sirene überhaupt gehört zu haben. Sie unterhielten sich über Sicherheitsgurte.

«Ist ja nicht mein Wagen», sagte die Frau. «Ich brauche

mindestens zwei Meter.» Sie kicherte. Sie redete mit ganz normaler Stimme, aber dieses Kichern von ihr war sehr piepsig, wie bei einem kleinen Mädchen, dem man den Bauch kitzelt.

Wenn Hindernisse vor uns auftauchten, hupte die Frau oder blendete auf, und wenn das nichts half, raste sie in aller Seelenruhe auf der Standspur an den anderen vorbei, als würde sie gerade mit fünfzehn Stundenkilometern die Auffahrt zum McDonald's-Drive-in nehmen. Ihre fünf Schocks hatte sie eindeutig gut weggesteckt.

«Im Notfall ist das erlaubt», erklärte sie. Dann kicherte sie wieder.

«Und ihr seid also damit gefahren, ja?»

«Wir machen Urlaub», sagte Tschick.

«Und ihr habt das geklaut?»

«Geliehen eigentlich», sagte Tschick. «Meinetwegen auch geklaut. Aber wir wollten's zurückbringen, ich schwör's.»

Der BMW schoss dahin. Die Frau sagte nichts dazu. Was hätte sie auch sagen sollen? Wir hatten ein Auto geklaut, und sie hatte Tschick den Feuerlöscher auf den Fuß geworfen. Ich konnte im Rückspiegel nicht genau erkennen, was in ihrem Gesicht vorging, falls da was vorging. Hysterisch reagierte sie jedenfalls nicht gerade.

Sie umkurvte zwei Lastwagen, und dann sagte sie: «Ihr seid also Autoknacker.»

«Wenn Sie das sagen», sagte Tschick.

«Das sage ich.»

«Und was sind Sie?»

«Das Auto gehört meinem Mann.»

«Ich meine, was machen Sie? Und wissen Sie überhaupt, wo hier ein Krankenhaus ist?»

«Krankenhaus in fünf Kilometern. Und ich bin Sprachtherapeutin.»

«Was therapiert man denn so als Sprachtherapeutin?», fragte Tschick. «Die Sprache?»

«Ich bringe Leuten Sprechen bei.»

«Säuglingen oder was?»

«Nein. Auch Kindern. Aber hauptsächlich Erwachsenen.»

«Sie bringen Erwachsenen das Sprechen bei? Analphabeten oder was?» Tschick verzog das Gesicht und konzentrierte sich jetzt ganz auf die Frau. Ich glaube, er wollte sich hauptsächlich von den Schmerzen im Fuß ablenken, aber irgendwie schien ihn das Thema auch zu fesseln.

Während die beiden vorne sich unterhielten, schaute ich die ganze Zeit hinten raus und kriegte möglicherweise nicht alles mit von ihrem Gespräch. Und wie gesagt, ich stand vielleicht auch unter Schock. Aber was ich mitkriegte, war Folgendes:

«Stimmbildung», sagte die Frau. «Sänger oder Leute, die viel vortragen oder die nuscheln. Die meisten Leute sprechen nicht richtig. Du sprichst auch nicht richtig.»

«Aber verstehen können Sie mich schon?»

«Es geht um Stimme. Dass die Stimme tragfähig ist. Deine Stimme kommt von hier», sagte sie und zeigte irgendwo auf ihren Hals. Sie war, seit sie sich mit Tschick unterhielt, leicht vom Gas gegangen, wahrscheinlich ohne es zu merken. Wir fuhren nur noch 180. Ich tippte Tschick an die Schulter, aber er war völlig in seine Unterhaltung vertieft.

«Ich spreche mit dem Mund, wenn Sie das meinen.»

«Normal sprechen ist was anderes als eine tragfähige Stimme. Eine gute, tragfähige Stimme kommt von hier, aus dem Zentrum. Bei dir kommt sie von hier. Sie muss aber von hier kommen.» Beim letzten «hier» schlug sie sich zweimal unter die Brust, sodass es wie «hiejaja» klang.

«Von hiejaja?», sagte Tschick und haute sich ebenfalls unter die Brust.

«Du musst dir das vorstellen wie Sport. Der ganze Körper ist beteiligt. Das Zwerchfell, die Bauchmuskulatur, das Becken, das muss alles mit. Zwei Drittel kommt aus dem Zwerchfell, nur ein Drittel aus der Lunge.»

160 Stundenkilometer. Wenn das so weiterging, kriegten sie das Auto mit der Sprachtherapie noch zum Stillstand.

«Das Wichtigste ist, dass wir jetzt schnell ins Krankenhaus kommen», sagte ich.

«Geht schon», sagte Tschick. «Tut gar nicht mehr so weh.»

Ich vergrub den Kopf in den Händen.

«Wenn du von hier sprichst», sagte die Frau, «kriegst du nur so ein Krächzen raus. Da kommt die Luft aus dem Hals, so: *Uch, uch*. Es muss aber von hier kommen.» Sie öffnete den Mund zu einem O und hob mit beiden Händen einen unsichtbaren Schatz vor ihrem Bauch, wozu sie kurz das Lenkrad loslassen musste. Tschick griff ins Steuer.

«Von hier», sagte die Frau und rief: «UHH!»

Ich bekam es mit der Angst. Tschick guckte die Frau schmerzlich begeistert an. Ich versuchte erneut, ihm ein Zeichen zu geben, er verstand es nicht. Oder er beachtete es nicht. Oder der Geisteszustand der Frau war ansteckend. Der Tacho zeigte 140. Noch war die Polizei nicht zu sehen.

«UCHH! UCHH! UCHH!», machte die Frau.

«Uch! Uch!», machte Tschick.

«Zentrum nach unten», sagte sie und ging langsam wieder aufs Gas. «Der Mensch ist wie eine Zahnpastatube. Wenn du unten drückst, kommt oben was raus. – UCHH! UCHH!»

«Uch! Uch!», machte Tschick.

«Ja, besser. UUAAAAAACHHH!»

«Uaaaach!»

Und so ging das ungelogen, bis wir im Krankenhaus waren.

Wir schleuderten die Autobahnausfahrt runter, bogen zweimal scharf rechts ab, und zwei Minuten später standen wir vor einem riesigen weißen Gebäude mitten in der Pampa. Von Polizei keine Spur.

«Eine ausgezeichnete Klinik», sagte die Frau.

«Ich hab keine Krankenversicherung», sagte Tschick.

Einen kurzen Moment lang wirkte die Frau entsetzt. Aber dann beugte sie sich über Tschick und hakte entschlossen die Tür für ihn auf. «Mach dir keine Sorgen. Ich hab's gemacht, und ich zahl das natürlich. Oder meine Versicherung. Oder wie auch immer. Tapfer.»

39

In der Notaufnahme war ziemlich viel los. Es war Sonntagabend, und vor uns warteten mindestens zwanzig Leute. Direkt am Empfangstresen stand ein Mann in Stonewashed-Jeans und kotzte in einen Mülleimer, den er unterm Arm hielt, während seine andere Hand eine AOK-Karte über den Tresen schob.

«Warten Sie bitte draußen», sagte die Krankenschwester zu uns.

Tschick und ich setzten uns auf zwei freie Plastikstühle, und nachdem wir eine Weile gewartet hatten, ging die Sprachtherapeutin Getränke und Schokoriegel aus einem Automaten holen. Währenddessen wurden wir reingerufen. Tschick konnte nicht aufstehen mit seinem Fuß. Also ging ich vor und erklärte, was Sache war.

«Und wie heißt er?»

«Andrej.» Ich sprach es französisch aus. «André Langin.»

«Adresse?»

«Waldstraße 15, Berlin.»

«Wo versichert?»

«Dedeka.»

«Debeka oder was?»

«Ja, genau.» Debeka. Damit hatte André sich bei der Schuluntersuchung gebrüstet. Wie toll es wäre, privat versichert zu sein. Das Arschloch. Jetzt war ich natürlich froh darüber. Aber mir zitterte ein bisschen die Stimme. Hätte ich mal besser auch eine Sprachtherapie gemacht vorher.

Vor allem war ich aber aufgeregt, weil ich nicht wusste, was da noch für Fragen kommen würden. Ich hatte mich noch nie in einer Notaufnahme gemeldet.

«Geboren am?»

«Dreizehnter Juli 1996.» Ich hatte keine Ahnung, wann André Geburtstag hatte. Hoffte aber, dass sie es nicht so schnell überprüfen konnten.

«Und was hat er jetzt?»

«Ihm ist ein Feuerlöscher auf den Fuß gefallen. Und vielleicht ist auch was mit seinem Kopf. Er blutet da. Die Frau» – ich deutete auf die Sprachtherapeutin, die mit einem Armvoll Schokoriegel gerade den Gang runterkam – «kann das bestätigen.»

«Quatsch mir jetzt kein Ohr ab», sagte die Krankenschwester, die die ganze Zeit den Mann mit dem Mülleimer beobachtete und immer kurz davor war aufzustehen. Tatsächlich stand sie in der Minute, wo wir uns unterhielten, zweimal halb auf, als würde sie gleich rübergehen und den Mann in den Schwitzkasten nehmen, aber dann setzte sie sich wieder.

«Der Arzt ruft euch auf», sagte sie.

Der Arzt ruft uns auf. So einfach war das also.

Die Sprachtherapeutin war einigermaßen überrascht, dass ich die Sache mit der Krankenversicherung schon geregelt hatte, und guckte mich mit schiefgelegtem Kopf an.

«Ich hab einfach meinen Namen gesagt», sagte ich.

Sie setzte sich mit uns hin und wartete, dass wir drankamen. Wir sagten ihr zwar, das wäre nicht nötig, aber ich glaube, sie fühlte sich irgendwie schuldig. Stundenlang unterhielt sie sich mit uns über Sprachtherapie, über Computerspiele, über Filme, Mädchen und Autoknacken, und sie war wirklich wahnsinnig nett. Als wir ihr erzählten, wie wir versucht hatten, mit dem Lada unsere Namen in das Weizenfeld zu schreiben, kicherte sie die ganze Zeit. Und als wir erklärten, dass wir als Nächstes wahrscheinlich mit der Bahn zurück nach Berlin fahren würden, glaubte sie uns.

Vor uns wurden immer wieder blutüberströmte Leute im Laufschritt am Empfang vorbeigeschoben. Und als es schon kurz vor Mitternacht war und wir immer noch nicht dran, verabschiedete die Frau sich dann doch von uns. Sie fragte noch mindestens hundert Mal, ob sie noch irgendwas für uns tun könnte, gab uns ihre Adresse, falls wir «Schadensersatzansprüche» oder so was anmelden wollten, zog ihr Portemonnaie raus und drückte uns zwei Hunderter für die Bahnfahrt in die Hand. Das war mir einigermaßen peinlich, aber ich wusste auch nicht, wie ich es ablehnen sollte. Und dann sagte sie zum Abschied noch etwas sehr Seltsames. Sie schaute uns an, und nachdem sie wirklich alles für uns getan hatte, was man tun konnte, sagte sie: «Ihr seht aus wie Kartoffeln.» Und dann ging sie. Drehte durch die Drehtür und war weg. Ich fand das wahnsinnig komisch. Und auch jetzt muss ich noch jedes Mal lachen, wenn mir das wieder einfällt: Ihr seht aus wie Kartoffeln. Ich weiß nicht, ob das einer versteht. Aber sie war wirklich die Netteste von allen.

Schließlich durfte Tschick rein zum Arzt. Eine Minute später kam er wieder raus, und wir mussten rauf zum Röntgen. Ich wurde immer müder. Irgendwann döste ich auf dem Gang ein, und als ich wieder aufwachte, stand Tschick mit zwei Krücken und einem Gips vor mir. Ein richtiger Gips, nicht bloß so eine Plastikschiene.

Eine Krankenschwester drückte ihm ein paar Schmerztabletten in die Hand und meinte, dass wir noch dableiben müssten, weil der Arzt sich den Fuß auch noch ansehen wollte. Und ich fragte mich, wer denn den Verband gemacht hatte, wenn nicht der Arzt. Der Hausmeister? Die Krankenschwester zeigte uns ein freies Zimmer, in das wir uns setzen konnten. In dem Zimmer standen zwei frischbezogene Betten.

Es war jetzt keine sehr glückliche Stimmung mehr. Die Reise war zu Ende, auch wenn das außer uns noch keiner wusste, und wir fühlten uns ziemlich erbärmlich. Ich hatte überhaupt keine Lust, mit der Bahn irgendwohin zu fahren. Tschicks Schmerzmittel fingen erst langsam an zu wirken. Er legte sich stöhnend in ein Bett, und ich ging zum Fenster und guckte raus. Es war noch dunkel draußen, aber als ich die Nase auf die Scheibe drückte und die Hände rechts und links ans Gesicht hielt, sah ich doch schon den Morgen dämmern. Sah den Morgen dämmern und –

Ich sagte Tschick, er sollte das Licht ausmachen. Er benutzte die Krücke als Fernbedienung. Gleich wurde die Landschaft deutlicher. Ich sah eine einsame Telekom-Säule in der Krankenhauseinfahrt. Ich sah einen einsamen Waschbetonkübel. Ich sah einen einsamen Zaun und ein Feld, einen Acker, und irgendwas an diesem Acker kam mir vertraut vor. Es wurde heller, und ich konnte auf der anderen Seite vom Acker drei Autos unterscheiden. Zwei Pkw, ein Kranlaster.

«Du glaubst nicht, was ich sehe.»

«Was siehst du denn?»

«Ich weiß es nicht.»

«Na komm!»

«Guck's dir an.»

«Einen Scheiß guck ich mir an», sagte Tschick. Und nach einer Weile: «Was siehst du denn?»

«Das musst du dir schon selbst ansehen.»

Er stöhnte. Ich hörte, wie er mit den Krücken klapperte. Dann presste er sein Gesicht neben mir auf die Scheibe.

«Das ist doch nicht wahr», sagte er.

«Keine Ahnung», sagte ich.

Wir starrten über den umgepflügten Acker hinaus, den wir vor wenigen Stunden noch von der anderen Seite gesehen hatten, mit dem weißen Klotz gegenüber. Jetzt standen wir in dem weißen Klotz. Die Sprachtherapeutin war eine fünf Kilometer große Schleife gefahren.

Die Sonne hatte es noch immer nicht über den Horizont geschafft, aber man konnte den schwarzlackierten Lada schon gut erkennen, in der Parkbucht neben der Autobahn. Er stand auf den Rädern. Jemand musste ihn umgedreht haben. Die Kofferraumklappe war offen. Drei Männer liefen um das Auto rum, standen beisammen, liefen wieder rum. Einer in Uniform, zwei im Blaumann, wenn ich das richtig erkennen konnte. Der Kran wurde über den Lada geschwenkt, einer befestigte Ketten an den Rädern. Die Uniform schloss den Kofferraum, öffnete ihn wieder und schloss ihn dann, um zum Kranlaster zu gehen. Dann gingen zwei wieder zum Lada. Dann ging einer wieder zum Laster.

«Was machen die denn da?», fragte Tschick.

«Siehst du das nicht?»

«Das mein ich nicht. Ich meine – was machen die denn da?»

Er hatte recht. Sie liefen immer hin und her und machten alles dreimal, und eigentlich machten sie gar nichts. Vielleicht Spurensuche oder so. Wir schauten uns das noch eine Weile an, und dann legte Tschick sich wieder stöhnend ins Bett und sagte: «Weck mich, wenn was passiert.» Aber es passierte nichts. Einer machte sich an den Ketten zu schaffen, einer ging zum Kran, einer rauchte.

Plötzlich verschwand das Bild, weil im Zimmer das Licht anging. In der Tür stand schnaufend der Arzt. Er sah völlig übermüdet aus. In seinem einen Nasenloch hing ein rötlich weißer Wattepfropfen bis fast zur Oberlippe. Langsam schlurfte er zu Tschicks Bett.

«Ma Bein da hoch», sagte er. Eine Stimme wie Zweiter Weltkrieg.

Tschick hielt ihm seinen Gips hin. Der Arzt rüttelte mit einer Hand am Gips, mit der anderen hielt er den Stopfen in seinem Nasenloch fest. Er grapschte ein Röntgenbild aus dem Umschlag, hielt es gegen das Licht, warf es neben Tschick aufs Bett und schlurfte wieder raus. In der Tür drehte er sich nochmal um. «Quetschung. Haarriss. Vierzehn Tage», sagte er. Dann verdrehte er plötzlich die Augen. Wie um Gleichgewicht bemüht, suchte seine Hüfte Halt am Türrahmen. Er atmete tief durch und sagte: «Nicht so schlimm. Vierzehn Tage Ruhe. Zu Hause Arzt konsultieren.» Er sah Tschick an, ob der ihn verstanden hätte, und Tschick nickte.

Der Arzt machte die Tür hinter sich zu – und riss sie zwei Sekunden später wieder auf, jetzt vergleichsweise hellwach. «Witz!», rief er, und sah uns freudig an. Erst Tschick, dann mich. «Was ist der Unterschied zwischen einem Arzt und einem Architekten oder so?»

Keiner wusste es. Er gab sich selbst die Antwort: «Der Arzt begräbt seine Fehler.»

«Hä?», sagte Tschick.

Der Mann winkte ab. «Wenn ihr geht, ich meine, wenn ihr müde seid, im Schwesternzimmer gibt's Kaffee, könnt ihr euch holen. Mit dem guten Koffein.»

Er schloss erneut die Tür. Aber ich hatte keine Zeit, mich über den Mann zu wundern, weil ich sofort wieder ans Fenster stürzte. Tschick schaltete mit der Krücke das Licht aus, und ich kriegte gerade noch mit, wie das Polizeiauto auf die Autobahn fuhr. Der Abschleppkran war schon weg. Allein der

Lada stand noch auf dem Parkplatz. Tschick wollte es nicht glauben.

«Kran kaputt oder was?»

«Keine Ahnung.»

«Dann jetzt oder nie.»

«Was?»

«Na, was?» Er rammte die Krücke gegen die Scheibe.

«Der fährt doch nicht mehr», sagte ich.

«Wieso denn nicht? Und wenn nicht, ist auch egal. Wir müssen wenigstens unsere Sachen rausholen. Wenn er nicht mehr fährt –»

«Der fährt nicht mehr.»

«Wenn *wer* nicht mehr fährt?», fragte die Krankenschwester und knipste das Licht wieder an. Sie hatte Tschicks oder Andrés Karteikarte in der einen und zwei Becher Kaffee in der anderen Hand.

«Du heißt André Langin», flüsterte ich und rieb mir die Augen, als sei ich vom Licht geblendet. Tschick sagte irgendwas von wegen, dass wir ja jetzt auch nach Hause kommen müssten – und das war leider genau der Grund, warum die Krankenschwester uns sprechen wollte.

40

Berlin wäre ja ein bisschen weit weg, meinte sie, und wo wir denn jetzt hinmüssten. Ich erklärte ihr, dass wir hier auf Besuch bei unserer Tante wären und alles kein Problem – und das hätte ich besser nicht gesagt. Die Krankenschwester fragte mich zwar nicht, wo diese Tante wohnte, aber dafür schleppte sie mich sofort ins Schwesternzimmer und stellte mich vor ein Telefon. Tschick verkniff sich den Schmerz, wedelte mit den Krücken und rief, wir könnten eigentlich auch zu Fuß gehen, und die Krankenschwester sagte: «Probiert's halt erst mal. Oder wisst ihr die Nummer nicht?»

«Doch, klar», sagte ich. Ich sah ein Telefonbuch auf dem Tisch liegen, das wollte ich nicht auch noch in die Hand gedrückt kriegen. Also wählte ich irgendeine Nummer in der Hoffnung, dass niemand ranging. Vier Uhr nachts.

Ich hörte es tuten. Die Krankenschwester hörte es vermutlich auch, denn sie blieb neben uns stehen. Das Beste wäre natürlich gewesen, bei uns zu Hause anzurufen, das war eine sichere Bank, dass da niemand abhob. Aber mit der Berliner Vorwahl zusammen war das eine elfstellige Nummer, und die Krankenschwester schaute jetzt schon misstrauisch genug. Es klingelte einmal, zweimal, dreimal, viermal. Ich dachte, ich könnte langsam auflegen und sagen, dass unsere Tante sicher noch fest schlafen würde und wir zu Fuß –

«Chrr... äch, Reiber», meldete sich ein Mann.

«Oh. Hallo, Tante Mona!»

«Reiber!», stöhnte der Mann schlaftrunken. «Keine Tante. Keine Mona.»

«Hab ich dich geweckt?», fragte ich. «Ja, natürlich, blöde Frage. Aber es ist Folgendes.» Ich gab der Krankenschwester ein Zeichen, dass alle unsere Probleme gelöst waren und sie sich wieder an die Arbeit machen könnte, falls es welche gab.

Es schien keine zu geben. Eisern blieb sie neben mir stehen.

«Hallo, verwählt!», hörte ich die Stimme. «Reiber hier.»

«Ja, ich weiß. Und ich hoffe, du hast nicht ... o ja ... ja», sagte ich und deutete Tschick und der Krankenschwester mit einem Blick an, wie überrascht – und besorgt – Tante Mona war, zu dieser Stunde einen Anruf von uns zu erhalten.

Die Stille im Telefonhörer war fast noch irritierender als das Schnaufen zuvor.

«Ja, nein ... es ist etwas passiert», fuhr ich fort. «André hat einen kleinen Unfall gehabt, ihm ist was auf den Fuß gefallen ... nein ... nein. Wir sind im Krankenhaus. Sie haben ihn eingegipst.»

Ich sah die Krankenschwester an. Sie rührte sich nicht.

Aus dem Telefonhörer kamen unverständliche Geräusche, und plötzlich war die Stimme wieder da. Diesmal nicht mehr ganz so schlaftrunken. «Verstehe», sagte der Mann. «Wir führen ein fiktives Gespräch.»

«Ja», sagte ich, «aber das macht nichts. Ist auch nicht wirklich schlimm, ein Haarriss oder so.»

«Und ich bin Tante Mona.»

«Nein. Ich meine, ja ... ja, genau ... ja.»

«Und neben dir steht einer und hört zu.» Der Mann machte ein Geräusch, das ich zuerst nicht deuten konnte. Ich glaube, er lachte leise.

«Ja. Ja ...»

«Und wenn ich jetzt laut schreie, hast du ein Riesenproblem, richtig?»

«Bitte nicht, äh … nein. Du musst dir wirklich keine Sorgen machen. Es ist alles geregelt.»

«Gar nichts ist geregelt», sagte die Krankenschwester pampig. «Sie muss euch abholen.»

«Brauchst du Hilfe?», fragte der Mann.

«Was?»

Die Krankenschwester sah aus, als wollte sie mir jeden Moment den Hörer aus der Hand nehmen und selbst mit Tante Mona sprechen.

«Du müsstest uns abholen, Tante Mona. Geht das? Ja? Ja?»

«Ich versteh nicht ganz, worauf das hinausläuft», sagte der Mann, «aber du klingst, als wärst du in echten Schwierigkeiten. Bedroht dich jemand?»

«Nein.»

«Ich meine, sich den Fuß brechen, nachts um vier Anrufe faken, und du klingst, als wärst du höchstens dreizehn. Du *bist* in Schwierigkeiten. Oder ihr seid es.»

«Ja, na ja.»

«Und kannst natürlich nicht sagen, in welchen. Also nochmal: Brauchst du Hilfe?»

«Nein.»

«Sicher? Mein letztes Angebot.»

«Nein.»

«Okay. Dann hör ich einfach zu», sagte der Mann.

«Jedenfalls, wenn du uns mit dem Auto abholen könntest», sagte ich verwirrt.

«Wenn du nicht willst.» Er kicherte. Und das brachte mich endgültig aus dem Konzept. Wenn er aufgelegt hätte oder rumgeschrien, das hätte ich noch verstanden, nachts um vier. Aber dass er sich die ganze Zeit amüsierte und uns seine Hilfe anbot – alter Finne. Seit ich klein war, hatte mein Vater mir beigebracht, dass die Welt schlecht ist. Die Welt ist schlecht, und der Mensch ist auch schlecht. Trau keinem, geh nicht mit Fremden und so weiter. Das hatten mir meine Eltern erzählt, das hatten mir meine Lehrer erzählt, und das Fernsehen erzählte es auch. Wenn man Nachrichten guckte: Der Mensch ist schlecht. Wenn man Spiegel TV guckte: Der Mensch ist schlecht. Und vielleicht stimmte das ja auch, und der Mensch war zu 99 Prozent schlecht. Aber das Seltsame war, dass Tschick und ich auf unserer Reise fast ausschließlich dem einen Prozent begegneten, das nicht schlecht war. Da klingelt man nachts um vier irgendwen aus dem Bett, weil man gar nichts von ihm will, und er ist superfreundlich und bietet auch noch seine Hilfe an. Auf so was sollte man in der Schule vielleicht auch mal hinweisen, damit man nicht völlig davon überrascht wird. Ich war jedenfalls so überrascht, dass ich nur noch rumstotterte.

«Und … in zwanzig Minuten, gut, ja. Du holst uns ab. Gut.» Zum krönenden Abschluss der Performance wandte ich mich wieder an die Krankenschwester und fragte: «Wie heißt das Krankenhaus nochmal?»

«Falsche Frage!», zischte der Mann sofort.

Die Krankenschwester runzelte die Stirn. Mein Gott, war ich blöd.

«Virchow-Klinik», sagte sie langsam. «Das ist das einzige Krankenhaus im Umkreis von *fünfzig* Kilometern.»

«Allerdings», sagte der Mann.

«Ah … sagt sie auch gerade!», sagte ich und zeigte auf den Telefonhörer.

«Und aus der Gegend seid ihr auch nicht», sagte der Mann. «Ihr habt ja richtig Scheiße am Hacken. Ich hoffe, ich les wenigstens morgen in der Zeitung, was los war.»

«Ja, hoffe ich auch», sagte ich. «Mit Sicherheit. Wir warten dann.»

«Alles Gute euch.»

«Ihn… dir auch!»

Der Mann lachte nochmal, und ich legte auf.

«Hat sie *gelacht?*», fragte die Krankenschwester.

«Ist nicht das erste Mal, dass wir ihr Kummer bereiten», sagte Tschick, der nur die Hälfte verstanden hatte. «Die kennt das schon.»

«Und das findet sie lustig?»

«Sie ist *cool*», erwiderte Tschick, und er betonte das Wort cool so, dass klar war, dass nicht alle Anwesenden in diesem Raum cool waren.

Eine Weile standen wir noch ums Telefon, dann sagte die Krankenschwester: «Ihr seid vielleicht zwei Früchtchen», und ließ uns gehen.

41

Wir stellten uns vor den Krankenhauseingang und hielten Ausschau nach Tante Mona. Als wir sicher waren, dass uns keiner beobachtete, rannten wir los. Das heißt, ich rannte und Tschick nicht so. Vor dem Feld stand ein kleiner Zaun. Tschick schmiss die Krücken rüber, dann sich selbst. Nach ein paar Metern auf dem Acker blieb er stecken. Das Feld war frisch gepflügt, und die Krücken versanken darin wie heiße Nadeln in Butter, das ging gar nicht. Er fluchte, ließ die Krücken stecken und humpelte an meiner Schulter weiter. Als wir schätzungsweise ein Drittel vom Acker hatten, drehten wir uns zum ersten Mal um. Die Landschaft hinter uns war blau. Die noch vom Krankenhaus verdeckte Sonne schickte Licht durch Nebel und Baumkronen. Die Krücken, eine etwas umgesunken, standen am Feldrand wie ein barmherziges Kreuz, und im Obergeschoss vom Krankenhaus sahen wir an einem der Fenster, vielleicht sogar an dem Fenster, von dem aus wir den Abschleppkran gesehen hatten, eine weißbekittelte Gestalt, die uns nachschaute. Wahrscheinlich die Krankenschwester, die sich den Kopf darüber zerbrach, was für Bekloppte sie da gerade verarztet hatte. Hätte sie gewusst, wie bekloppt wir in Wirklichkeit waren, hätte sie vermutlich weniger ruhig dagestanden.

Aber es war ziemlich sicher, dass sie mitbekam, wo wir hinsteuerten, und es war auch sicher, dass sie uns beim Lada ankommen sah. Das Dach und die rechte Seite waren einigermaßen eingedetscht. Allerdings nicht so stark, dass man nicht noch bequem drin sitzen konnte. Die Beifahrertür war im Eimer und ließ sich nicht mehr öffnen, aber über die Fahrertür konnte man einsteigen. Im Innenraum sah es aus wie auf einer Müllkippe. Der Unfall, das Umdrehen und Wiederaufrichten hatten alle unsere Vorräte, Konservendosen, Kanister, Papiere, leere Flaschen und Schlafsäcke quer durchs Auto verteilt. Sogar die Richard-Clayderman-Kassette flog noch zwischen den Sitzen rum. Die Kühlerhaube hatte einen leichten Knick, und wo der Lada auf dem Dach gelegen hatte, klebte eine ölverschmierte Sandkruste. «Ende, aus», sagte ich.

Tschick zwängte sich auf den Fahrersitz, schaffte es aber nicht, den Gips aufs Gaspedal zu stellen, der war zu breit. Er nahm den Gang raus, steckte die Kabel zusammen, drehte sich ein bisschen im Sitz herum und tippte mit der linken Fußspitze aufs Gas. Der Lada sprang sofort an. Tschick rutschte rüber auf den Beifahrersitz, und ich sagte: «Du hast sie doch nicht alle.»

«Du musst nur Gas geben und lenken», sagte er. «Ich schalt die Gänge.»

Ich setzte mich hinters Steuer und erklärte Tschick, dass das nicht ging. Der Tank war halb voll, der Motor im Leerlauf, aber wenn ich nur einen Blick auf die Autobahn warf und wie die da mit zweihundert an uns vorbeirauschten, dann wusste ich, dass das nicht ging.

«Ich muss dir ein Geheimnis verraten», sagte ich. «Ich bin der größte Feigling unter der Sonne. Der größte Langweiler und der größte Feigling, und jetzt können wir zu Fuß weiter. Auf einem Feldweg würd ich's versuchen, vielleicht. Aber nicht auf der Autobahn.»

«Wie kommst du denn auf Langweiler?», fragte Tschick,

und ich fragte ihn, ob er eigentlich wüsste, warum ich überhaupt mit ihm in die Walachei gefahren wäre. Nämlich weil ich der größte Langweiler war, so langweilig, dass ich nicht mal auf eine Party eingeladen wurde, zu der alle eingeladen wurden, und weil ich wenigstens einmal im Leben *nicht* langweilig sein wollte, und Tschick erklärte, dass ich nicht alle Tassen im Schrank hätte und dass er sich, seit er mich kennen würde, noch nicht eine Sekunde gelangweilt hätte. Dass es im Gegenteil so ungefähr die aufregendste und tollste Woche seines Lebens gewesen wäre, und dann unterhielten wir uns über die tollste und aufregendste Woche unseres Lebens, und es war wirklich kaum auszuhalten, dass es jetzt vorbei sein sollte.

Und dann sah Tschick mich lange an und sagte, ich solle nicht glauben, dass Tatjana mich nicht eingeladen hätte, weil ich langweilig wäre, oder dass sie mich nicht mögen würde deshalb.

«Die Mädchen mögen dich nicht, weil sie Angst vor dir haben. Wenn du meine Meinung wissen willst. Weil du sie wie Luft behandelst und weil du nicht so weichgespült bist wie Langin, dieser Schwachkopf. Aber du bist doch kein Langweiler, du Penner. Und Isa mochte dich ja auch sofort. Weil sie nämlich nicht so doof ist, wie sie aussieht. Und weil sie ein paar Eigenschaften hat, wenn du weißt, was ich meine. Im Gegensatz zu Tatjana, die eine taube Nuss ist.»

Ich sah Tschick an, und ich glaube, mein Mund stand offen.

«Ja, ja, du liebst sie. Und sie sieht ja wirklich superporno aus. Aber im Ernst, im Vergleich zu Isa ist das eine taube Nuss. Und ich kann das beurteilen, im Gegensatz zu dir. Weil, soll ich dir auch noch ein Geheimnis verraten?», fragte Tschick und schluckte und sah aus, als hätte man ihm eine Bleikugel im Hals versenkt, und dann kam fünf Minuten nichts, und er meinte, dass er es beurteilen könnte, weil es ihn nicht interessieren würde. Mädchen. Dann wieder lange nichts und dann: Das hätte er noch niemandem gesagt, und jetzt hätte er es mir gesagt, und ich müsste mir keine Gedanken machen. Von mir wollte er ja nix, er wüsste ja, dass ich in Mädchen und so weiter, aber er wäre nun mal nicht so und er könnte auch nichts dafür.

Und man kann jetzt denken von mir, was man will – aber ich war nicht wahnsinnig überrascht. Ich war wirklich nicht wahnsinnig überrascht. Ich hatte es nicht direkt gewusst, aber ich hatte so eine Ahnung gehabt, im Ernst. Als Tschick schon auf der ersten Fahrt mit dem Lada von seinem Onkel in Moskau angefangen hatte und auch die Sache mit der Drachenjacke und wie er Isa die ganze Zeit behandelt hatte – genau gewusst hatte ich's natürlich nicht. Aber im Nachhinein kam's mir vor, als hätte ich so eine Ahnung gehabt.

Tschick war mit dem Kopf auf das Armaturenbrett gesunken. Ich legte eine Hand in seinen Nacken, und dann saßen wir da und hörten «Ballade pour Adeline», und ich dachte einen Moment darüber nach, auch schwul zu werden. Das wäre jetzt wirklich die Lösung aller Probleme gewesen, aber ich schaffte es nicht. Ich mochte Tschick wahnsinnig gern, aber ich mochte Mädchen irgendwie lieber. Und dann legte ich den ersten Gang ein und rollte los. Es war so traurig gewesen, die Nacht über im Krankenhaus zu sitzen und zu denken, alles wäre vorbei, und es war so phantastisch, wieder durch die Windschutzscheibe vom Lada zu gucken und das Steuer in der Hand zu haben. Ich fuhr eine Proberunde auf dem Parkplatz. Die meisten Probleme machte immer noch das Schalten, aber wenn Tschick das übernahm und ich nur auf Kommando die Kupplung treten musste, ging es, und dann rollten wir mit Schwung auf die Autobahn. Rollten auf die Standspur und blieben stehen.

«Ganz ruhig», sagte Tschick, «ruhig. Wir machen das gleich nochmal.»

Wir warteten die nächste größere Lücke im Verkehr ab, und mit größere Lücke meine ich: kein Auto bis zum Horizont, und dann startete ich wieder und beschleunigte.

«Kupplung!», rief Tschick, und ich trat aufs Pedal, und er legte den zweiten Gang ein.

Ich war klitschnass.

«Alles frei, zieh rüber!» Tschick legte den dritten und dann den vierten Gang ein, und langsam ließ meine Aufregung nach.

Als der erste fette Audi mit fünfhundert Stundenkilometern an uns vorbeiraste, erschrak ich noch, aber nach einer Weile hatte ich mich beruhigt, und im Grunde war Autobahn fahren viel einfacher als Kurven fahren und bremsen und schalten und beschleunigen. Ich hatte eine Fahrspur für mich allein und musste nur noch geradeaus. Ich sah die weißen Striche wie in der PlayStation auf mich zurasen – was tatsächlich verdammt anders aussieht, wenn man in einem richtigen Auto auf einem richtigen Fahrersitz sitzt, da kann keine Grafikkarte mithalten. Der Schweiß floss in Strömen und klebte meinen Rücken am Sitz fest. Tschick pappte mir zuletzt noch ein Stückchen schwarzes Isolierband auf die Oberlippe, und dann fuhren wir und fuhren.

Clayderman klimperte, und dass er da so klimperte und dazu das eingedetschte Dach, Tschicks zerstörter Fuß und dass wir in einer hundert Stundenkilometer schnellen, fahrenden Müllkippe unterwegs waren, machte ein ganz seltsames Gefühl in mir. Es war ein euphorisches Gefühl, ein Gefühl der Unzerstörbarkeit. Kein Unfall, keine Behörde und kein physikalisches Gesetz konnten uns aufhalten. Wir waren unterwegs, und wir würden immer unterwegs sein, und wir sangen vor Begeisterung mit, soweit man bei dem Geklimper mitsingen konnte.

42

Wir fuhren bis zur Dämmerung auf der Autobahn und bogen dann wieder aufs Land ein, irgendwo in der tiefsten Provinz. Ich rollte, ohne zu schalten, im dritten Gang durch die Felder, und alles war ganz still, und der Abend war still, und die Felder waren gelb und grün und braun, und sie wurden immer farbloser. Tschick hatte seine Ellenbogen bei sich aus dem Fenster gehängt und den Kopf draufgelegt, und auch ich hatte meinen linken Arm aus dem Fenster gehängt wie bei einer Bootsfahrt, wenn man ins Wasser greift. Zweige von Bäumen und Sträuchern streiften meine Hand, und mit der anderen Hand steuerte ich den Lada durch die schattenhafte Welt.

Der letzte Lichtschein verschwand vom Horizont. Es wurde eine mondlose Nacht, und ich erinnerte mich daran, wann ich zum ersten Mal eine Nacht gesehen hatte oder wann mir zum ersten Mal aufgefallen war, was das eigentlich ist, die Nacht. Was Nacht eigentlich bedeutet. Da war ich acht oder neun, und das hatte ich Herrn Klever zu verdanken. Herr Klever wohnte im Mietshaus gegenüber, und wir wohnten auch noch im Mietshaus, und am Ende der Straße fing ein Gerstenfeld an. In diesem Gerstenfeld hatte ich abends mit Maria gespielt. Wir waren auf allen vieren durch das Feld gekrochen und hatten Gänge gemacht, ein riesiges Labyrinth. Und dann kam Klever, ein alter Mann mit einem Dackel und einer Taschenlampe. Klever wohnte im dritten Stock und hat uns immer angeschrien. Der hatte einen Riesenhass auf Kinder. Und der ist da mit seinem Dackel rumspaziert und hat mit seiner Taschenlampe ins Kornfeld reingeleuchtet und geschrien, dass wir den Bauern ruinieren. Und dass wir sofort rauskommen sollten und dass er die Polizei ruft und uns anzeigt und dass das Tausende von Euro kostet. Da waren wir acht oder neun, wie gesagt, und wussten noch nicht, dass das nur blödes Rentnergeschrei ist, und in unserer Angst sind wir aus dem Feld rausgerannt. Maria war klug und ist zu unserm Block hin, aber ich bin zuerst in die andere Richtung, und dann stand da der Alte mit seinem Dackel und hat mir den Rückweg versperrt. Und der ging da auch nicht weg, der funzelte mit seiner Lampe rum und schrie, ich müsste ihm meinen Namen sagen, damit er mich melden könnte, und als er immer weiter da stehen blieb, bin ich schließlich in die entgegengesetzte Richtung gelaufen.

Ich bin über die Felder und dann Hogenkamp rein, weil ich dachte, ich könnte vielleicht einmal ganz außen rum. Den Weg kannte ich ja von tagsüber. Aber jetzt war der Hogenkamp dunkel und von riesigen Sträuchern zugewachsen. Dahinter der Hogenkamp-Spielplatz, wo wir nie hingegangen sind, weil da immer Große waren, aber jetzt in der Nacht war natürlich alles frei. Die riesige Seilbahn war frei. Das war ein ganz komisches Gefühl. Ich hätte jetzt alles für mich haben können, ich hätte überhaupt alles machen können, aber ich blieb nicht stehen und rannte und rannte. Und auf dem ganzen Weg kein Mensch. An den kleinen Häusern brannten Lichter vor den Türen, dann im Dauerlauf durch die Lönsstraße, und auch da kein Mensch. Das war ein Riesenumweg, eine Schleife von mindestens vier Kilometern, aber laufen konnte ich damals wie ein Weltmeister. Und plötzlich gefiel mir das ganz gut, wie ich da durch diese dunkle, menschenleere Welt lief, ich wusste überhaupt nicht mehr, ob ich noch Angst hatte oder nicht, und ich dachte gar nicht mehr an Klever.

Natürlich war ich auch früher schon nachts draußen gewesen, aber das war nicht das Gleiche. Das war immer mit den Eltern oder auf der Autofahrt von Verwandten zurück oder so. Jetzt war es eine ganz neue Welt, eine vollkommen andere Welt als bei Tag, es war, als hätte ich auf einmal Amerika entdeckt. Ich sah auf dem ganzen Weg niemanden, und dann sah ich plötzlich zwei Frauen. Die hockten auf der Treppe vor dem China-Restaurant, und ich begriff nicht, was die da machten. Die eine schluchzte und schrie: «Ich geh da nicht rein! Ich geh da nicht mehr rein!» Und die andere hat versucht, sie zu trösten, aber sie schaffte es nicht. Über ihnen leuchteten die chinesischen Schriftzeichen gelb und rot durch die Nacht, das Haus war überschattet von dunklen Bäumen, und im Vordergrund joggte ein Achtjähriger vorbei. Ich war völlig irritiert. Die Frauen waren wahrscheinlich auch irritiert und haben sich gefragt, was joggt ein Achtjähriger da mitten in der Nacht herum, und wir haben uns einen Moment lang in die Augen gesehen, sie schluchzend und ich laufend, und ich weiß auch nicht, warum das auf mich einen so starken Eindruck gemacht hat. Aber ich hatte noch nie in meinem Leben erwachsene Frauen weinen sehen, und das hat mich wahnsinnig lange beschäftigt damals. Und so eine Nacht ist es jetzt wieder.

Ich habe den Kopf zur Seite gelegt und schaue hinaus, und der Lada zieht leise die kurvige Straße durch die blaugrünen Kornfelder des Sommers. Irgendwann sage ich, ich will mal anhalten, und ich halte an. Im Dunkeln liegt das Land, liegen Wiesen und Wege, und wir stehen vor einer großen Ebene, auf der in der Ferne der schwarze Umriss eines Bauernhofs zu sehen ist. Und als ich gerade etwas sagen will, geht links in einem kleinen Fenster im Bauernhof ein grünes Licht an, und ich sage nichts mehr. Ich kann nicht mehr. Schließlich legt Tschick seinen Arm um meine Schultern und sagt: «Wir müssen weiter.»

Und wir steigen ein und fahren weiter.

43

Am nächsten Tag waren wir wieder auf der Autobahn. Uns überholte ein riesiger Lkw, der aussah wie aus Schweineställen zusammengenagelt. Ein paar Räder unten dran, eine rostige Fahrerkabine, ein Nummernschild aus, weiß der Geier, Albanien. Wie man erst auf den zweiten Blick sehen konnte, waren die Schweineställe wirklich Schweineställe. Nebeneinander und übereinander stapelten sich die Käfige, und aus jedem guckte ein Schwein.

«Scheißleben», sagte Tschick.

Es ging leicht bergauf, und der Lkw brauchte eine halbe Stunde, um uns zu überholen. Als wir gerade seine Hinterreifen sehen konnten, fiel er wieder zurück. Nach einer Weile tauchte erneut das Fahrerhäuschen neben uns auf. Jemand kurbelte das Beifahrerfenster runter.

«Hat der dich gesehen?», fragte Tschick. «Oder guckt der die Beule in unserem Dach an?»

Ich ging vom Gas, um ihm das Vorbeikommen leichter zu machen. Der Lkw blinkte, setzte sich vor uns auf die Spur und wurde noch langsamer.

«Was ist denn das für ein Scheißidiot?», sagte Tschick.

Wir fuhren höchstens noch sechzig. Fünfundfünfzig.

«Überhol ihn einfach.»

Ich ging auf die linke Spur. Der Lkw vor uns ging auch auf die linke Spur.

«Dann geh rechts vorbei.»

Ich ging nach rechts. Der Lkw pendelte sich in der Mitte ein, und ich weiß nicht und weiß es bis heute nicht, ob der Typ uns ausbremsen wollte oder einfach nur stulle war. Tschick meinte, ich sollte warten, bis ein anderes Auto käme, und mich dann dranhängen. Aber es kam kein anderes Auto. Die Autobahn war so leer wie noch nie.

«Soll ich die Standspur nehmen?»

«Mit Anlauf vielleicht», sagte Tschick. «Wenn du dir das zutraust. Du musst kuppeln.»

Wir ließen uns zurückfallen, ich trat die Kupplung, und Tschick legte den dritten Gang ein. Das Getriebe heulte auf.

«Und jetzt voll aufs Gas. Dann geht er ab wie Rakete.»

Rakete war nicht ganz das richtige Wort. Wanderdüne hätte es genauer getroffen. Wir waren mittlerweile hundertfünfzig oder zweihundert Meter hinter den Lkw zurückgefallen, und mit durchgetretenem Gaspedal brauchten wir eine Minute, um wieder ranzukommen. Dann hatte sich die Tachonadel langsam hochgezittert. Ich hielt zur Tarnung genau auf den Lkw zu. Er fuhr leichte Schlangenlinien, und ich wusste nicht, auf welcher Seite ich vorbei sollte.

«Fahr auch Schlangenlinien», sagte Tschick. «Und im letzten Moment dann zack.»

Ich hatte den Fuß immer noch voll auf dem Gas, und ich muss dazusagen, dass ich in diesem Moment gar nicht wahnsinnig aufgeregt war. Dieses Schlangenlinienfahren kannte ich von der PlayStation. Schlangenlinienfahren kam mir viel normaler vor als Geradeausfahren, und der Schweinetransporter benahm sich wie ein typisches Hindernis. Ich hielt also auf das Hindernis zu, um im letzten Moment auf die Standspur zu ziehen, und ich nehme an, genau das hätte ich auch getan, wenn Tschick nicht gewesen wäre. Wenn Tschick nicht gewesen wäre, hätte ich das nicht überlebt.

«BREMS!», schrie er. «BREEEEEEMS!», und mein Fuß bremste, und ich glaube, erst sehr viel später habe ich den Schrei gehört und verstanden. Der Fuß bremste von allein, weil ich ja auch vorher schon immer gemacht hatte, was Tschick sagte, und jetzt schrie er «Bremsen», und ich bremste, ohne zu wissen warum. Denn es gab eigentlich keinen Grund zu bremsen.

Zwischen dem Laster und der Leitplanke wäre Platz für mindestens fünf Autos gewesen, und es wäre mir frühestens im Jenseits aufgefallen, dass der Lkw diese Seite der Autobahn gar nicht frei gemacht hatte, sondern frei *gerutscht*. Sein Heck war nach links geschmiert, und obwohl wir genau hinter dem Laster fuhren, sah ich auf einmal direkt vor mir die Fahrerkabine auf der Mitte der Autobahn – und wie sie vom Heck links überholt wurde. Der Lastwagen verwandelte sich in eine Schranke. Die Schranke rutschte vor uns davon, auf der ganzen Breite der Autobahn, und wir rutschten hinterher. Es war ein so ungewohnter Anblick, dass ich hinterher dachte, es hätte mehrere Minuten gedauert. In Wirklichkeit dauerte es nicht einmal so lange, dass Tschick ein drittes Mal «BREMS!» schreien konnte.

Der Lada drehte sich leicht seitwärts. Die Schranke vor uns neigte sich unentschlossen nach hinten, kippte krachend um und hielt uns zwölf rotierende Räder entgegen. Dreißig Meter vor uns. In absoluter Stille glitten wir auf diese Räder zu, und ich dachte, jetzt sterben wir also. Ich dachte, jetzt komme ich nie wieder nach Berlin, jetzt sehe ich nie wieder Tatjana, und ich werde nie erfahren, ob ihr meine Zeichnung gefallen hat oder nicht. Ich dachte, ich müsste mich bei meinen Eltern entschuldigen, und ich dachte: Mist, nicht zwischengespeichert.

Ich dachte auch, ich sollte Tschick sagen, dass ich seinetwegen fast schwul geworden wäre, ich dachte, sterben muss ich sowieso, warum nicht jetzt, und so rutschten wir auf diesen Lkw zu – und es passierte nichts. Es gab keinen Knall. In meiner Erinnerung gibt es keinen Knall. Dabei muss es wahnsinnig geknallt haben. Denn wir rauschten vollrohr in den Laster rein.

44

Einen Moment lang spürte ich nichts. Das Erste, was ich wieder spürte, war, dass ich keine Luft bekam. Der Sicherheitsgurt schnitt mich in der Mitte entzwei, und mein Kopf lag fast auf dem Gaspedal. Dort lag auch Tschicks Gipsbein irgendwo. Ich richtete mich auf. Oder ich drehte jedenfalls den Kopf. Über der gesprungenen Windschutzscheibe hing ein Lkw-Rad und verdunkelte den Himmel. Das Rad drehte sich geräuschlos. Auf der Radnabe war ein schmutziger, blitzförmiger Aufkleber, ein roter Blitz auf gelbem Grund. Ein faustgroßer Klumpen Dreck pendelte von der Achse, löste sich ganz langsam und flatschte auf die Windschutzscheibe.

«So viel dazu», sagte Tschick. Er hatte es also auch überlebt.

Tosender Applaus brandete auf. Es hörte sich an, als ob eine riesige Menge schrie, pfiff, johlte und mit den Füßen trampelte, und das kam mir nicht ganz unberechtigt vor, denn für einen Amateur-Autofahrer war meine Bremsleistung eine Bremsleistung der Extraklasse gewesen. Das war jedenfalls meine Meinung zu dem Thema, und es wunderte mich nicht, dass auch andere dieser Meinung waren. Nur war ja gar kein Publikum da.

«Bist du okay?», fragte Tschick und rüttelte an meinem Arm.

«Ja. Und du?»

Die Beifahrerseite neben Tschick war zwanzig Zentimeter

weit ins Auto gedrückt worden, aber sehr gleichmäßig. Alles lag voller Scherben.

«Ich glaub, ich hab mich geschnitten.» Er hielt eine blutige Hand hoch. Das Publikum brüllte und pfiff immer noch, es mischte sich aber auch schon Grunzen darunter.

Ich befreite mich vom Sicherheitsgurt und kippte zur Seite. Das Auto lag offensichtlich schief, ich musste durch das Seitenfenster aussteigen. Dann fiel ich sofort über irgendwas auf der Straße. Ich richtete mich wieder auf, fiel wieder hin und landete in einem blutigen Matsch. Ein totes Schwein. Ein paar Meter hinter uns hatte ein roter Opel Astra gebremst. In ihm saßen eine Frau und ein Mann und hielten mit den Zeigefingern die Knöpfe an den Türen runtergedrückt. Ich setzte mich auf ihre Kühlerhaube und fasste mit einer Hand die Antenne an. Ich konnte nicht mehr stehen, und diese Antenne fühlte sich wirklich sehr gut an. Niemals im Leben wollte ich diese Antenne wieder loslassen. «Bist du okay?», rief Tschick noch einmal, der hinter mir aus dem Auto geklettert war.

In diesem Moment kam ein Schwein schreiend um den umgekippten Laster gerannt. Hinter ihm eine Menge anderer Schweine. Das vorderste rannte blutend über die Autobahn auf eine Böschung zu. Einige galoppierten hinterher. Aber die meisten blieben stehen, und sie standen zwischen toten Schweinen und zerschossenen Käfigen und schrien vor Verzweiflung. Und dann sah ich am Horizont die Polizei auftauchen. Ich wollte erst wegrennen, aber ich wusste, es hat keinen Sinn, und die letzten beiden Bilder, an die ich mich erinnere, sind: Tschick, der mit seinem Gipsfuß die Böschung runterhumpelt. Und der Autobahnpolizist, der mit freundlichem Gesichtsausdruck neben mir steht und meine Hand von der Antenne löst und sagt: «Die kommt auch ohne dich klar.»

Und den Rest habe ich ja schon erzählt.

45

«Er begreift es nicht.» Mein Vater drehte sich zu meiner Mutter um und sagte: «Er begreift es nicht, er ist zu dumm!»

Ich saß auf einem Stuhl, und er saß mir gegenüber auf einem Stuhl und beugte sich so weit vor, dass sein Gesicht direkt vor meinem Gesicht war und seine Knie von außen gegen meine drückten, und ich konnte bei jedem Wort, das er schrie, sein Rasierwasser riechen. Aramis. Geschenk von meiner Mutter, zum hundertsiebzigsten Geburtstag.

«Du hast mächtig Scheiße gebaut, ist dir das klar!»

Ich antwortete nicht. Was sollte ich antworten? Klar war mir das klar. Und er sagte es ja auch nicht zum ersten, sondern zum ungefähr hundertsten Mal heute, und was er jetzt noch von mir hören wollte, wusste ich nicht.

Er sah meine Mutter an, und meine Mutter hustete.

«Ich glaube schon, dass er's begreift», sagte sie. Sie rührte mit dem Strohhalm im Amaretto rum.

Mein Vater packte mich an den Schultern und schüttelte mich. «Weißt du, wovon ich rede? Sag gefälligst was!»

«Was soll ich denn sagen? Ich hab doch ja gesagt, ja, es ist mir klar. Ich hab's verstanden.»

«Gar nichts hast du verstanden! Gar nichts ist dir klar! Er denkt, es geht um Worte. Ein Idiot!»

«Ich bin kein Idiot, nur weil ich zum hundertsten Mal –»

Zack, scheuerte er mir eine.

«Josef, lass doch.» Meine Mutter versuchte aufzustehen,

verlor aber sofort das Gleichgewicht und ließ sich zurück in den Sessel neben der Amarettoflasche sinken.

Mein Vater beugte sich ganz dicht zu mir vor. Er zitterte vor Aufregung. Dann verschränkte er die Arme vor der Brust, und ich versuchte mit meinem Gesicht eine Art Zerknirschung auszudrücken, weil mein Vater das vermutlich erwartete und weil ich wusste, dass er die Arme nur verschränkte, weil er kurz davor war, mir noch eine zu scheuern. Bis dahin hatte ich einfach nur gesagt, was ich dachte. Ich wollte nicht lügen. Diese Zerknirschung war die erste Lüge, die ich mir an diesem Tag leistete, um die Sache abzukürzen.

«Ich weiß, dass wir Scheiße gebaut haben, und ich weiß –»

Mein Vater holte mit dem Arm aus, und ich zog den Kopf ein. Diesmal brüllte er aber nur: «Nein, nein, nein! *Ihr* habt überhaupt keine Scheiße gebaut, du Vollidiot! Dein asiger Russenfreund hat Scheiße gebaut! Und du bist so dämlich, dich da reinziehen zu lassen. Du bist doch allein zu blöd, um an unserem Auto den Rückspiegel zu verstellen!», rief mein Vater, und ich machte ein genervtes Gesicht, weil ich ihm schon ungefähr zehntausend Mal erklärt hatte, wie es wirklich gewesen war, auch wenn er's nicht hören wollte.

«Glaubst du, du bist allein auf der Welt? Glaubst du, das fällt nicht auf uns zurück? Was meinst du, wie ich jetzt dasteh? Wie soll ich den Leuten Häuser verkaufen, wenn mein Sohn ihre Autos klaut?»

«Du verkaufst doch eh keine Häuser mehr. Deine Firma ist doch –»

Zack, krachte es in mein Gesicht, und ich fiel zu Boden. Alter Finne. Auf der Schule heißt es ja immer, Gewalt ist keine Lösung. Aber Lösung mein Arsch. Wenn man einmal so eine Handvoll in der Fresse hat, weiß man, dass das sehr wohl eine Lösung ist.

Meine Mutter schrie, ich rappelte mich auf, und mein Vater sah zu meiner Mutter und dann irgendwo in den Raum, und dann sagte er: «Klar. Ganz klar. Ist auch egal. Setz dich. Ich hab gesagt, setz dich, du Idiot. Und hör genau zu. Du hast nämlich gute Chancen, mit einem blauen Auge davonzukommen. Das weiß ich vom Schuback. Außer du stellst dich so dämlich an wie jetzt und erzählst dem Richter, wie toll du ein Auto kurzschließen kannst mit der Dreißig auf die Fünfzig und holla-holla. Das machen die gern beim Jugendgericht, dass sie das Verfahren gegen einen einstellen, damit er als Zeuge gegen den anderen aussagen muss. Und normal bist du derjenige, gegen den das Verfahren eingestellt wird, außer du bist zu scheißedämlich. Aber verlass dich drauf: Dein asiger Russe ist nicht so dämlich wie du. Der kennt das schon. Der hat schon eine richtige kriminelle Karriere hinter sich, Ladendiebstahl mit seinem Bruder, Schwarzfahren, Betrug und Hehlerei. Ja, da guckst du. Die ganze asige Sippschaft ist so. Hat er dir natürlich nicht erzählt. Und der hat auch kein solches Elternhaus vorzuweisen, der lebt in der Scheiße. In seiner Sieben-Quadratmeter-Scheiße, wo er auch hingehört. Der kann froh sein, wenn er in ein Heim kommt. Aber die können den auch abschieben, sagt der Schuback. Und der wird morgen versuchen, um jeden Preis seine Haut zu retten – ist dir das klar? Der hat seine Aussage schon gemacht. Der gibt dir die ganze Schuld. Das ist immer so, da gibt jeder Idiot dem anderen die Schuld.»

«Und das soll ich also auch machen?»

«Das sollst du nicht, das *wirst* du machen. Weil sie dir nämlich glauben. Verstehst du? Du kannst von Glück sagen, dass der Typ von der Jugendgerichtshilfe hier so begeistert war. Wie der das Haus gesehen hat. Wie der allein den Pool gesehen hat! Das hat er ja auch gleich gesagt, dass das hier ein Elternhaus ist mit den besten Möglichkeiten und allem Pipapo.» Mein Vater drehte sich zu meiner Mutter um, und meine Mutter linste in ihr Glas. «Du bist da reingerissen worden von diesem russischen Asi. Und das erzählst du dem Richter, egal, was du der Polizei vorher erzählt hast, capisce? Capisce?»

«Ich erzähl dem Richter, was passiert ist», sagte ich. «Der ist doch nicht blöd.»

Mein Vater starrte mich ungefähr vier Sekunden lang an. Das war das Ende. Ich sah noch das Blitzen in seinen Augen, dann sah ich erst mal nichts mehr. Die Schläge trafen mich überall, ich fiel vom Stuhl und rutschte auf dem Fußboden rum, die Unterarme vorm Gesicht. Ich hörte meine Mutter schreien und umfallen und «Josef!» rufen, und zuletzt lag ich so, dass ich zwischen meinen Armen heraus durchs Terrassenfenster sah. Ich spürte die Fußtritte immer noch, aber es wurden langsam weniger. Mein Rücken tat weh. Ich sah den blauen Himmel über dem Garten und schniefte. Ich sah den Sonnenschirm über der einsamen Liege im Wind. Daneben stand ein brauner Junge und fischte mit einem Kescher die Blätter aus dem Pool. Sie hatten den Inder wieder eingestellt.

«Ach Gott, ach Gott», sagte meine Mutter und hustete.

Den Rest des Tages verbrachte ich im Bett. Ich lag auf der Seite und zuppelte am Rollo rum, das über mir in der Nachmittagssonne schaukelte. Das Rollo war uralt. Ich hatte es schon gehabt, als ich drei Jahre war. Wir waren fünfmal damit umgezogen, und es war immer da gewesen. Das fiel mir jetzt zum ersten Mal auf, als ich daran rumzuppelte. Ich hörte aus dem Garten die Stimmen meiner Eltern. Der Inder kriegte auch noch was ab. Wahrscheinlich hatte er irgendein welkes Blatt im Pool übersehen. Es war der große Schreitag für meinen Vater. Später hörte ich die Vögel im Garten, dann setzte die Dämmerung ein, und es wurde ruhig.

Ich lag da, während es immer dunkler wurde, und betrachtete das Rollo und dachte darüber nach, wie lange alles noch so bleiben würde. Wie lange ich hier noch liegen könnte, wie lange wir noch in diesem Haus leben würden, wie lange meine Eltern noch verheiratet wären.

Und ich freute mich darauf, Tschick wiederzusehen. Das war das Einzige, worauf ich mich freute. Ich hatte ihn nicht mehr gesehen seit unserem Unfall auf der Autobahn, und das war jetzt schon vier Wochen her. Ich wusste, dass sie ihn in ein Heim gebracht hatten, aber es war ein Heim, wo man erst mal keinen Kontakt haben durfte, nicht mal Briefe bekam man da.

46

Und dann war Gerichtsverhandlung. Ich war logisch tödlich aufgeregt. Allein die Räume im Gericht waren der reine Terror. Riesige Treppenhäuser, Säulen, Statuen an den Wänden wie in einer Kirche. Das sieht man bei Richterin Barbara Salesch auch nicht, dass man erst mal stundenlang wo warten muss, wo man denkt, man ist auf seiner eigenen Beerdigung. Und genau das dachte ich, während ich da wartete, und ich dachte auch, dass ich in meinem Leben nie wieder ein Kaugummi klauen würde.

Als ich in den Gerichtssaal reinkam, saß der Richter schon hinter seiner Theke und zeigte mir, wo ich Platz nehmen sollte, an einem Tischchen fast wie in der Schule. Der Richter hatte einen schwarzen Poncho an, und rechts von ihm saß eine Frau und surfte die ganze Zeit im Internet, jedenfalls sah sie so aus. Ab und zu tippte sie ein bisschen, aber sie guckte eine Stunde lang nicht vom Computer auf. Und ganz links saß noch einer im schwarzen Poncho. Wie sich dann rausstellte, der Staatsanwalt. Die schwarze Kleidung scheint ein wichtiger Bestandteil vom Gericht zu sein. Auch draußen liefen lauter Schwarzgekleidete rum, und ich musste an die weißen Kittel im Krankenhaus denken und an Pflegeschwester Hanna, und ich war froh, dass man unter dem Schwarz wenigstens keine Unterwäsche sehen konnte.

Tschick war noch nicht da, kam dann aber eine Minute später in Begleitung von einem Mann vom Jugendheim. Wir fielen uns in die Arme, und keiner hatte was dagegen. Viel Zeit zum Unterhalten hatten wir allerdings nicht. Der Richter legte gleich los, ich musste meinen Namen sagen und wo ich wohne und das alles, und Tschick genauso, und dann stellte der Richter nochmal die ganzen Fragen, die die Polizisten auch schon gestellt hatten. Warum, weiß ich nicht, denn er kannte unsere Antworten ja schon aus den Akten, und am «Tatverlauf», wie der Richter das nannte, gab es dann auch keine riesigen Zweifel mehr. Ich erzählte einfach immer mehr oder weniger die Wahrheit, so wie ich sie ja auch schon auf der Polizei erzählt hatte – na ja –, von ein paar winzigen Details abgesehen. Dass wir im Krankenhaus den Namen von André Langin angegeben hatten und so einen Quatsch. Das konnte man aber auch gut unter den Tisch fallenlassen, das interessierte sowieso keinen. Was den Richter hauptsächlich interessierte, war, *wann* wir zum ersten Mal das Auto genommen hatten, *wo* wir damit überall langgefahren waren und *warum* wir das gemacht hatten. Das war die einzig schwierige Frage: Warum? Da hatten die Polizisten auch schon immer nachgehakt, und das wollte der Richter jetzt auch nochmal ganz genau wissen, und da wusste ich wirklich nicht, was ich antworten sollte. Zum Glück hat er uns dann gleich selbst so Antworten angeboten. Zum Beispiel, ob wir einfach *Fun* hätten haben wollen. Fun. Na ja, schön, Fun, das schien mir selbst auch das Wahrscheinlichste, obwohl ich das so nicht formuliert hätte. Aber ich hätte ja auch schlecht sagen können, was ich in der Walachei gewollt hatte. Ich wusste es nicht. Und ich war mir nicht sicher, ob sich der Richter stattdessen für meine Geschichte mit Tatjana Cosic interessieren würde. Dass ich diese Zeichnung für sie gemacht hatte und dass ich eine Riesenangst hatte, der größte Langweiler unter der Sonne zu sein, und dass ich einmal im Leben wenigstens kein Feigling sein wollte, und deshalb sagte ich, dass das mit dem Fun schon irgendwie richtig wäre.

Wobei mir einfällt, dass ich in einem Punkt dann doch gelogen hab. Und das war das mit der Sprachtherapeutin. Ich wollte nicht, dass die Sprachtherapeutin wegen uns Schwierigkeiten bekommt, weil sie so wahnsinnig nett gewesen war, und deshalb habe ich sie und ihren Feuerlöscher einfach nie erwähnt. Ich hab dem Richter nur erzählt, was ich auf der Polizei schon erzählt hatte, dass sich nämlich Tschick den Fuß gebrochen hat, als der Lada sich am Steilhang ungefähr fünfmal überschlagen hat, und dass wir danach über das Feld geradewegs ins Krankenhaus gehumpelt sind und keine Sprachtherapeutin und nix.

Eigentlich eine ganz okaye Lüge, aber schon während ich sie dem Autobahnpolizisten zum ersten Mal auftischte, fiel mir ein, dass sie auffliegen würde. Weil Tschick den Polizisten natürlich ganz was anderes erzählen würde, wenn sie ihn fragten. Und sie würden ihn fragen. Rausgekommen ist das Ganze dann lustigerweise nicht, weil Tschick nämlich genau das Gleiche gedacht hat, dass er die Sprachtherapeutin da nicht reinreißen will, und weil das eine so naheliegende Lüge war, das stellte sich jetzt im Gerichtssaal raus, war Tschick bei seiner Vernehmung auch auf genau die gleiche Lösung gekommen wie ich: Fuß beim Überschlag gebrochen, dann übers Feld ins Krankenhaus gehumpelt – und keinem ist aufgefallen, dass da ein logischer Fehler war. Weil, wenn man irgendwo in der Pampa, wo man noch nie war, einen Unfall baut und ringsum nur Felder und am Horizont ein paar Bäume und einzelne Gebäude – woher hätten wir ahnen sollen, dass dieses große weiße Ding, auf das wir da angeblich zielstrebig zugehumpelt sind, ein Krankenhaus ist?

Aber, wie gesagt, der Richter interessierte sich sowieso mehr für andere Dinge.

«Was mich mal interessieren würde, wer von euch beiden genau hat die Idee zu dieser Reise gehabt?» Die Frage ging an mich.

«Na, der Russe, wer sonst!», kam es halblaut von hinten. Mein Vater, der Idiot.

«Die Frage geht an den Angeklagten!», sagte der Richter. «Wenn ich Ihre Meinung wissen wollte, würde ich Sie fragen.»

«*Wir* hatten die Idee», sagte ich. «Wir beide.»

«Quatsch!», meldete sich Tschick zu Wort.

«Wir wollten einfach ein bisschen rumfahren», sagte ich, «Urlaub wie normale Leute und –»

«Quatsch», meldete Tschick sich wieder.

«Du bist nicht dran», sagte der Richter. «Warte, bis ich zu dir komme.»

Da war er ganz eisern, dieser Richter. Reden durfte immer nur, wer dran war. Und als Tschick dran war, erklärte er sofort, dass das mit der Walachei seine Idee gewesen wäre und dass er mich geradezu ins Auto hätte zerren müssen. Er erzählte, woher er wüsste, wie man Autos kurzschließt, während ich keine Ahnung hätte und das Gaspedal nicht von der Bremse unterscheiden könnte. Er erzählte völligen Quatsch, und ich sagte dem Richter, dass das völliger Quatsch ist, und da sagte der Richter jetzt zu mir, dass ich nicht dran wäre, und im Hintergrund stöhnte mein Vater.

Und als wir schließlich genug über das Auto geredet hatten, kam der schlimmste Teil, und es wurde über *uns* geredet. Nämlich der Typ vom Jugendheim erklärte ausführlich, aus was für Verhältnissen Tschick kommen würde, und er redete über Tschick, als wäre der gar nicht anwesend, und sagte, dass seine Familie so eine Art asozialer Scheiße wäre, auch wenn er andere Worte dafür gebrauchte. Und dann erklärte der Typ von der Jugendgerichtshilfe, der mich und meine Eltern zu Hause besucht hatte, aus was für einem stinkreichen Elternhaus ich kommen würde und dass ich dort vernachlässigt würde und verwahrlost sei und meine Familie letztlich auch so eine Art asozialer Scheiße, und als das Urteil verkündet wurde, war ich überrascht, dass sie mich nicht lebenslänglich einsperrten. Im Gegenteil, milder konnte ein Urteil gar nicht ausfallen. Tschick musste im Heim bleiben, wo er eh schon war, und an mich erging die *Weisung, Arbeitsleistungen zu erbringen*. Im Ernst, das hat der Richter gesagt. Er hat dann zum Glück auch gleich erklärt, was er damit meinte, und in meinem Fall meinte er, dass ich dreißig Stunden lang Mongos den Arsch abwischen soll. Zum Schluss kamen noch stundenlange moralische Ermahnungen, aber es waren eigentlich sehr okaye Ermahnungen. Nicht wie bei meinem Vater oder an der Schule immer, sondern schon eher so Sachen, wo man dachte, es geht am Ende um Leben und Tod, und ich hörte mir das sehr genau an, weil mir schien, dass dieser Richter nicht gerade endbescheuert war. Im Gegenteil. Der schien ziemlich vernünftig. Und der hieß Burgmüller, falls es jemanden interessiert.

47

Und das war dann dieser Sommer. Die Schule fing wieder an. Statt 8c stand jetzt 9c an der Tür von unserem Klassenraum. Sonst hatte sich nicht viel verändert. Es war noch die gleiche Sitzordnung wie in der Achten. Jeder saß da, wo er vorher gesessen hatte, außer dass am Tisch ganz hinten keiner mehr saß. Kein Tschick.

Erste Stunde am ersten Tag nach den Sommerferien: Wagenbach. Ich war eine Minute zu spät, kriegte aber ausnahmsweise keinen Anschiss. Ich humpelte noch ein bisschen und hatte Schrammen im Gesicht und überall. Wagenbach hob nur eine Augenbraue und schrieb das Wort «Bismarck» an die Tafel.

Schüler Tschichatschow würde heute nicht zum Unterricht erscheinen, erklärte er ganz nebenbei, und warum das so war, wusste er nicht, oder er sagte es nicht. Ich glaube, er wusste es nicht.

Ich wurde ein bisschen traurig, als ich den leeren Platz sah, und ich wurde noch trauriger, als ich zu Tatjana rüberguckte, die einen Bleistift im Mund hatte und ganz braun gebrannt war. Sie hörte Wagenbach zu, und es war ihr nicht anzusehen, ob sie jetzt stolze Besitzerin einer Bleistift-Beyoncé war oder ob sie die Zeichnung einfach zusammengeknüllt und in den Papierkorb geworfen hatte. Tatjana war so schön an diesem Morgen, dass es mir schwerfiel, nicht dauernd zu ihr rüberzugucken. Aber mit eisernem Willen schaffte ich es.

Ich versuchte gerade, mich wenigstens ein bisschen für die Geschäfte dieses Bismarck zu interessieren, als ich von Hans einen Zettel auf den Oberschenkel gelegt kriegte. Ich hielt ihn eine Weile in der Faust, weil Wagenbach in meine Richtung schaute, und als ich dann draufguckte, um festzustellen, an wen ich ihn weitergeben musste, stand *Maik* auf dem Zettel. Ich konnte mich nicht erinnern, in den letzten Jahren mal einen Zettel gekriegt zu haben. Außer so Zetteln, die jeder kriegte. Wo dann *Nicht hochgucken, da sind Fußspuren an der Decke!*, oder so ein Fünftklässlerscheiß drinstand.

Ich wartete einen Moment, faltete den Zettel auseinander und las. Ich las ihn fünfmal hintereinander. Es war kein superkomplizierter Text, es waren sogar nur neun Worte, aber ich musste sie trotzdem fünfmal lesen, um sie zu verstehen. Da stand: *Mein Gott, was ist denn mit dir passiert?!? Tatjana.*

Besonders das letzte Wort blockierte irgendwas in meinem Gehirn. Ich sah mich nicht um.

Die Wahrscheinlichkeit, dass mich jemand verarschen wollte, war relativ groß. War früher mal sehr beliebt gewesen: Zettel mit falschem Absender, wo *Ich liebe Dich* oder irgendein Quark drinstand. Aber es war doch meistens leicht zu erkennen, wer der wahre Absender war, weil der einen heimlich beobachtete.

Ich schaute in die Richtung, aus der der Zettel gekommen war und wo auch Tatjana saß. Niemand beobachtete mich. Auch Tatjana nicht. Ich las den Zettel zum sechsten Mal. Er war in Tatjanas Handschrift geschrieben, die kannte ich ganz genau. Das A mit dem runden Bogen, der Schnörkel im G – ich hätte das eins zu eins nachmachen können. Aber wenn ich es konnte, konnte es wahrscheinlich auch jeder andere. Und mal angenommen – nur mal angenommen –, der

Zettel kam *wirklich* von ihr. Mal angenommen, das Mädchen, das mich nicht zu ihrer Party eingeladen hatte, wollte wissen, was mit mir passiert war.

Allerhand. Was sollte ich darauf antworten? Vorausgesetzt, ich antwortete? Weil, es war ja ziemlich viel passiert, und ich hätte Hunderte Seiten vollschreiben müssen, um das alles zu erklären. Obwohl ich genau das natürlich am liebsten getan hätte. Wie wir rumgefahren waren, wie wir uns mit dem Lada überschlagen hatten, wie Horst Fricke auf uns geschossen hatte. Die Sache mit der Mondlandschaft, die Sache mit den Schweinen und hunderttausend andere Sachen. Und wie ich mir immer vorgestellt hatte, dass Tatjana uns dabei sehen könnte. Aber ich war mir ziemlich sicher, dass sie's so genau auch wieder nicht wissen wollte. Dass das Ganze vermutlich eher so eine Art Höflichkeitsanfrage war, und ich überlegte noch eine Weile, und dann raffte ich mich endlich auf und schrieb: *Ach, nichts Besonderes* auf den Zettel und schickte ihn zurück.

Ich guckte nicht hin, wie Tatjana ihn las, aber dreißig Sekunden später war der Zettel wieder da. Diesmal waren es nur sieben Worte: *Jetzt sag schon! Es interessiert mich wirklich.*

Es interessierte sie wirklich. Für die nächste Antwort brauchte ich eine halbe Ewigkeit. Obwohl sie wieder nicht sehr ausführlich war. Insgeheim wollte ich natürlich immer noch meinen Roman loswerden, aber auf so einem Zettel ist ja auch nicht viel Platz, und ich gab mir wahnsinnig Mühe. Es war schon fast am Ende der Stunde, als ich zum zweiten Mal Tatjanas Namen auf den Zettel schrieb und ihn zu Hans rübergab. Hans schob ihn mit dem Ellenbogen zu Jasmin. Jasmin ließ ihn eine Weile neben sich liegen, als würde er sie nichts angehen, und schnipste ihn dann zu Anja. Anja warf ihn über den Gang auf Olafs Tisch, und Olaf, der dumm war wie ein Haufen Wäsche, schmiss den Zettel über Andrés Schulter nach vorn, als Wagenbach sich gerade umdrehte.

«Oh!», sagte Wagenbach und hob den Zettel auf. André machte nicht den geringsten Versuch, ihn zu verteidigen.

«Geheime Botschaften!», rief Wagenbach und hielt den Zettel hoch, und die Klasse lachte. Sie lachten, weil sie wussten, was jetzt kam, und ich wusste es auch. In diesem Moment wünschte ich mir, ich hätte Horst Frickes Gewehr gehabt.

Wagenbach holte die Lesebrille raus und las: «Maik – Tatjana. Tatjana – Maik.» Er sah zuerst Tatjana an und dann mich.

«Ich schätze eure rege Beteiligung am Unterricht. Aber wenn ihr Verständnisfragen zur Bismarck'schen Außenpolitik habt, könnt ihr euch doch einfach melden», sagte er. «Ihr müsst eure Fragen nicht auf winzige Zettel schreiben, in der Hoffnung, dass ich sie zufällig finde.»

Diesen Witz machte er nicht zum ersten Mal. Er machte diesen Witz jedes Mal. Der Klasse war es egal. Sie fanden dieses Affentheater immer wahnsinnig toll.

Und man durfte sich keine Hoffnungen machen, dass es damit zu Ende war. Es gab Lehrer, die zerrissen Zettel einfach nur, es gab welche, die warfen sie in den Mülleimer oder steckten sie ein, aber es gab auch Wagenbach. Und Wagenbach war ein Arschloch. Er war der einzige Lehrer an der ganzen Schule, der imstande war, aus konfiszierten Handys den kompletten SMS-Speicher vorzulesen. Da änderte es nichts, wenn man bettelte oder heulte, Wagenbach las *alles* vor.

Er faltete feierlich den Zettel auseinander, und ich hoffte, es würde irgendein Wunder geschehen und ein Meteorit vom Himmel fallen, der Wagenbach den Arsch spaltete. Oder dass es wenigstens zur Pause klingelte, das hätte gereicht. Aber natürlich klingelte es nicht, und natürlich fiel auch kein Meteorit vom Himmel. Wagenbach ließ seinen Blick einmal über die Klasse schweifen und stellte sich in Positur. Ich glaube, er wäre wahnsinnig gern Schauspieler geworden oder Kabarettist. Aber es hatte nur zum Arschloch gereicht. Und ich meine – wenn es einfach *irgendein* Zettel gewesen wäre mit irgendeinem Quark drauf. Aber es waren die ersten ernstgemeinten Worte in meinem Leben, die ich mit Tatjana wechselte – und vielleicht auch die letzten –, und Wagenbach hatte kein Recht der Welt, sie vorzulesen.

«Da schreibt also das Fräulein Cosic», sagte Wagenbach und zeigte mit dem Kinn in Richtung Tatjana, als wäre sie uns allen nicht bekannt, «unsere bezaubernde Nachwuchsliteratin Fräulein Cosic schreibt: *Mein Gott!*» Die letzten beiden Worte in einem mäuschenhaften Piepsen.

Ein Riesenknaller. Gelacht wurde bei Wagenbach ja sonst nicht, aber wenn er selbst die Witze machte, dann schon. Auch wenn es rein beknackte Witze waren. Dass er zum Beispiel «Nachwuchsliteratin» sagte, war so einer von diesen beknackten Witzen.

«Mein Gott!», piepste Wagenbach weiter. *«Was ist denn mit dir passiert?»*

«Arsch», sagte ich halblaut, es ging im Jubel unter. Tatjana starrte auf die Tischplatte vor sich. Und da starrte sie noch die ganze Zeit hin. Wagenbach drehte sich zu mir um.

«Und was antwortet der Herr Klingenberg?»

Er senkte das Kinn auf die Brust und sagte mit einer Stimme wie ein geistig behinderter Zeichentrickbär: *«Och, nöchts Bösondörös.»*

Die Klasse brüllte. Selbst Olaf, der alles verbockt hatte durch seine Blödheit, fing an mitzulachen. Das war kaum auszuhalten.

«Ein geschliffener Dialog», sagte Wagenbach. «Doch wird das wissbegierige Fräulein Cosic sich mit dieser Antwort zufriedengeben? Oder verlangt es sie nach mehr?»

Mäuschenhaftes Piepsen: *«Jetzt sag schon! Es interessiert mich wirklich.»*

Geistig behinderter Zeichentrickbär: *«Olso. Dös wor so.»*

Wagenbach kniff die Augen hinter der Lesebrille zusammen, als könnte er selbst nicht fassen, was jetzt kam. Tatjana hob leicht den Kopf, weil sie meine Antwort ja auch noch nicht kannte, und ich sah aus dem Fenster und überlegte, was Tschick jetzt gemacht hätte an meiner Stelle. Ein ausdrucksloses Gesicht vermutlich. Er konnte das aber auch besser als ich.

Wagenbach war in seiner Bärennummer mittlerweile so drin, dass er erst gar nicht mitkriegte, was er da vorlas. *«Tschöck ond öch sönt möt döm Auto höromgöfohrön. Oigöntlöch wolltön wör ön dö Wolochai, obor donn hobön wör ons fönf Mol öborschlogön, nochdöm einör auf ons geschossön hottö.»* Wagenbach stutzte und fuhr mit normaler Stimme fort: «Dann Verfolgungsjagd mit der Polizei, Krankenhaus. Ich bin später noch in einen Laster gekracht mit lauter Schweinen drin, und mir hat's die Wade zerrissen, aber na ja – alles nicht so schlimm.»

Einige lachten immer noch. Hauptsächlich die drei Leute, die nicht auf Tatjanas Party gewesen waren. Die, die Tschick und mich mit dem Lada gesehen hatten, waren mehr oder weniger verstummt.

«Sieh mal an», sagte Wagenbach. «Der saubere Herr Klingenberg! Unfälle, Verfolgungsjagden, Schießereien. Und in einen Mord ist er nicht verwickelt? Na, man kann nicht alles haben.»

Er glaubte offensichtlich kein Wort von dem, was er da

vorgelesen hatte. Klang ja auch nicht sehr glaubwürdig. Und ich war nicht wahnsinnig wild darauf, ihn aufzuklären.

«Was mich allerdings am meisten begeistert an Herrn Klingenbergs aufregendem Leben, ist nicht diese Räuberpistole hier. Dass er sich Verfolgungsjagden geliefert haben will mit einem – wenn ich mich nicht irre –, mit einem *Auto* und Herrn Tschichatschow zusammen, nein ... Am meisten begeistert mich natürlich seine Formulierungskunst. Wie knapp, wie anschaulich! Denn wie lautet nochmal sein Fazit des ganzen Schwerverbrechens?» Er sah zuerst mich an und dann die Klasse und rief: *«Ollös nöch so schlömm!»*

Wagenbach schwenkte den Zettel vor Jennifer und Luisa herum, die das Unglück hatten, in der ersten Reihe zu sitzen.

«Alles nicht so schlimm!», wiederholte er und fing selbst an zu lachen. So sehr hatte er sich wahrscheinlich schon lange nicht mehr amüsiert. Wer sich dagegen überhaupt nicht amüsierte, war Tatjana. Das konnte man sehen. Und das nicht nur, weil sie mir den Zettel geschrieben hatte. Sie ahnte schätzungsweise, dass das keine Räuberpistole war, und so guckte sie auch.

Aber bisher hatte Wagenbach uns nur lächerlich gemacht. Was jetzt noch fehlte, war die Demütigung. Die Predigt. Das blöde Geschrei. Jeder wusste das, jeder wartete darauf, und als Wagenbach die Hand hob, um für Ruhe zu sorgen – kam merkwürdigerweise gar kein Geschrei, keine Predigt, keine Strafe. Stattdessen fiel der Meteorit vom Himmel. Es klopfte an der Tür.

«Ja!», sagte Wagenbach.

Voormann öffnete die Tür, der Direktor.

«Muss mal kurz stören», sagte er. Er schaute sich mit ernster Miene um. «Sind die Schüler Klingenberg und Tschichatschow anwesend?»

«Nur Klingenberg», sagte Wagenbach.

Alle hatten sich zur Tür umgedreht, und dort in der offenen Tür war nicht nur Voormann zu sehen. Im Dunkeln hinter Voormann konnte man zwei Uniformen erkennen. Breitschultrige Polizisten in voller Montur, Handschellen, Pistole, alles.

«Dann soll der Klingenberg mal mitkommen», sagte Voormann.

Ich stand so lässig wie möglich auf, soweit man mit zitternden Knien lässig aufstehen kann, und warf einen letzten Blick auf Wagenbach. Das dämliche Grinsen war weg. Er sah zwar immer noch ein bisschen aus wie der debile Zeichentrickbär, aber in einem richtigen Zeichentrickfilm hätte man ihm jetzt zwei Kreuze als Augen und eine zerknitterte Wellenlinie als Mund malen müssen. Ich fühlte mich großartig, trotz zitternder Knie. Das hörte allerdings gleich auf, als ich auf dem Gang den Polizisten gegenüberstand.

48

Voormann wusste eindeutig nicht, was er sagen sollte. Beide Polizisten hatten ausdruckslose Mienen aufgesetzt. Einer kaute Kaugummi.

«Möchten Sie allein mit ihm sprechen?», fragte Voormann. Der mit dem Kaugummi sah Voormann erstaunt an, hörte kurz mit Kauen auf und zuckte die Schultern. Als wollte er sagen: Uns doch wurscht.

«Möchten Sie einen Raum, wo Sie ungestört sind?», setzte Voormann nach.

«Ist nur kurz», sagte Polizist Nummer zwei. «Ist ja keine Vorladung. Wir kommen praktisch nur vorbei, weil wir eh vorbeikommen.»

Schweigen, Blicke. Ich kratzte mich hinterm Ohr.

«Ich hab ein Telefonat unterbrochen», sagte Voormann schließlich unsicher. Und im Gehen rief er noch: «Ich hoffe, das klärt sich alles auf!»

Und dann ging es los. Nummer eins fragte: «Maik Klingenberg?»

«Ja.»

«Nauenstraße 45?»

«Ja.»

«Du kennst Andrej Tschichatschow?»

«Ja. Ist ein Freund von mir.»

«Wo ist er?»

«In Bleyen. Bleyener Anstalten.»

«In dem Heim?»

«Ja.»

«Hab ich doch gesagt», sagte Nummer zwei.

«Seit wann?», fragte Nummer eins und guckte mich an.

«Seit dem Prozess – kurz davor. Also seit zwei Wochen oder so.»

«Habt ihr Kontakt?»

«Ist was passiert?»

«Die Frage lautet: Habt ihr Kontakt?»

«Nee.»

«Ich denk, ist dein Freund?»

«Ja.»

«Und?»

Worauf zum Geier wollten die hinaus? «Das ist so ein Heim, wo man die ersten vier Wochen keinen Kontakt haben darf. Die ersten vier Wochen werden die abgeschnitten von der Außenwelt. Müssten Sie doch eigentlich besser wissen.»

Nummer eins kaute mit offenem Mund. Nach dem geisteskranken Zeichentrickbären war das eine echte Erleichterung.

«Was ist denn passiert?», fragte ich.

«Ein Lada», sagte Nummer zwei. Er ließ das auf mich wirken. Ein Lada. «Da ist ein Lada verschwunden in der Annenstraße.»

«Kerstingstraße», sagte ich.

«Was?»

«Wir haben den in der Kerstingstraße geklaut.»

«Annenstraße», sagte der Polizist. «Vorgestern. Alter Schrott. Kurzgeschlossen. Heute Nacht bei Königs Wusterhausen wiedergefunden. Totalschaden.»

«Gestern», sagte Nummer eins. Er kaute zweimal auf seinem Kaugummi. «*Gestern* gefunden. Vorgestern geklaut.»

«Also, es geht jetzt nicht um unseren Lada?»

«Was meinst du mit *unseren?*»

«Wissen Sie doch.»

Das Kaugummi knallte in seinem Mund. «Es geht um die Annenstraße.»

«Und was hab ich damit zu tun?»

«Das ist die Frage.»

Und da dämmerte mir so langsam, dass Tschick und ich jetzt wahrscheinlich für die nächsten hundert Jahre für jedes beschissene Auto verantwortlich sein würden, das jemand in Marzahn kurzschloss.

Aber das in der Annenstraße konnte ich nicht gewesen sein, weil ich den ganzen Tag die Mongos am Hals gehabt hatte und abends Fußballtraining, und es war nicht sehr schwer, die Polizisten davon zu überzeugen, dass auch Tschick in seinem geschlossenen Heim nichts damit zu tun hatte. Schienen sie merkwürdigerweise auch vorher schon geahnt zu haben. Besonders Nummer zwei meinte die ganze Zeit, dass sie sich nur die Vorladung hatten sparen wollen und einfach mal vorbeigucken, sie machten sich nicht mal Notizen. Ich war fast ein bisschen enttäuscht. Denn in diesem Moment klingelte es zum Ende der Stunde, und die Tür zum Klassenzimmer ging auf. Dreißig Augenpaare, Zeichentrickbär inklusive, glotzten raus, und irgendwie wäre es doch toller gewesen, wenn sie mich gerade mit dem Schlagstock gewürgt hätten. Maik Klingenberg, der Schwerverbrecher. Aber sie wollten sich nur verabschieden und gehen.

«Soll ich Sie noch zum Auto begleiten?», fragte ich, und Nummer zwei explodierte sofort: «Findest du das cool vor deinen Mitschülern oder was? Willst du noch Handschellen angelegt kriegen?»

Wieder diese Erwachsenensache. Wie schnell die einen durchschauen. Ich hielt es für das Lässigste, es nicht abzustreiten. Aber da war nichts zu machen. Und ich wollte dann auch nicht aufdringlich sein. Sie hatten schon genug für mich getan.

49

Irgendwann musste ich ins Sekretariat und einen Brief abholen. Einen richtigen Brief. Ich hab in meinem Leben vielleicht drei Briefe bekommen. Einen, den ich in der Grundschule an mich selbst schreiben musste, weil wir das lernen sollten, und dann noch einen oder zwei von meiner Großmutter, bevor sie Internet hatte. Die Sekretärin hielt den Brief in der Hand, und ich sah, dass vorne drauf eine komische kleine Kugelschreiberzeichnung von einem Auto war, in dem ein paar Strichmännchen saßen, und rund um das Auto ein paar Strahlen, als wäre das Auto die Sonne, und dadrunter stand:

Maik Klingenburg
Schüler am Hagecius-Gymnasium
neunte Klasse ungefähr
Berlin

Dass das angekommen war, war schon ein Wunder. Aber weil ich nicht Klingenburg hieß und sie in der fünften Klasse auch noch einen Maik Klinger hatten, wollte die Sekretärin erst mal wissen, ob ich den Absender kennen würde.

«Andrej Tschichatschow», sagte ich, denn der Brief konnte logisch nur von Tschick sein, der es irgendwie geschafft hatte, an der Kontaktsperre vorbei zu schreiben, und ich freute mich wahnsinnig.

«Anselm», sagte die Sekretärin.

«Anselm», sagte ich. Ich kannte keinen Anselm. Die Sekretärin hielt den Kopf schief, und nach einer Weile sagte ich: «Anselm Wail?», und die Sekretärin gab mir den Brief. Wahnsinn. *Anselm Wail, Auf dem hohen Berg.* Ich riss ihn sofort auf, um zu gucken, wer der wahre Absender war, und dann war ich viel zu aufgeregt zum Lesen und packte ihn wieder ein und las ihn erst eine Stunde später, als ich zu Hause war und auf dem Bett lag.

Weil, er war natürlich von Isa. Und ich freute mich riesig. Ich freute mich fast genauso, wie wenn der Brief von Tschick gewesen wäre. Ich lag den ganzen Nachmittag damit auf dem Bett und dachte darüber nach, ob ich jetzt eigentlich mehr in Tatjana verliebt war oder mehr in Isa, und ich wusste es nicht. Im Ernst, ich wusste es nicht.

Hallo du Schwachkopf. Habt ihrs noch in die Walachei geschafft? Ich wette nicht. Ich hab meine Halbschwester besucht und kann dir jetzt das Geld wiedergeben. Ich hab einen Lasterfahrer verprügelt und meinen Holzkasten verloren. Ich fand es gut mit euch. Ich fands schade, dass wir nicht geküsst haben. Ich fand am besten die Brombeeren. Nächste Woche komm ich nach Berlin. Sonntag den 29. um 17 Uhr unter der Weltzeituhr, wenn du nicht noch fünfzig Jahre warten willst. Kuss – Isa.

Von unten waren Geräusche zu hören. Es gab einen Schrei, es krachte und rumpelte. Lange hörte ich nicht hin, weil ich dachte, meine Eltern streiten wieder, und ich drehte mich mit dem Brief auf den Rücken. Dann fiel mir aber ein, dass mein Vater gar nicht da war, weil er heute mit Mona zusammen eine neue Wohnung anguckte.

Ich hörte noch mehr Krach und sah aus dem Fenster. Im Garten war niemand zu sehen, aber in unserem Pool trieb kieloben ein Sessel. Irgendwas Kleineres spritzte daneben ins Wasser und versank. Sah aus wie ein Handy. Ich ging nach unten.

Da stand meine Mutter auf der Schwelle der Terrassentür und hatte schon wieder Schluckauf. In der einen Hand hielt sie eine eingetopfte Primel, wie man Leute an den Haaren hält, und in der andern Hand ein Whiskyglas.

«So geht das schon wieder seit einer Stunde», sagte sie verzweifelt. «Dieser Scheißschluckauf geht einfach nicht weg.»

Sie stellte sich auf Zehenspitzen und warf die Primel in den Pool.

«Was machst du denn da?», fragte ich.

«Wonach sieht's denn aus?», sagte sie. «Ich hänge nicht an dem Scheiß. Außerdem muss ich bescheuert gewesen sein – guck dir mal das Muster an.»

Sie hielt ein rot-grün kariertes Sitzkissen hoch und warf es über die Schulter in den Pool.

«Merk dir eins im Leben! Hab ich mit dir eigentlich schon mal über grundsätzliche Fragen gesprochen? Und ich meine nicht den Mist mit dem Auto oder was. Ich meine *wirklich* grundsätzliche Fragen.»

Ich zuckte die Schultern.

Sie zeigte einmal rundum. «Das ist alles egal. Was nicht egal ist: Bist du glücklich damit? Das. Und nur das.» Kurze Pause. «Bist du eigentlich verliebt?»

Ich dachte nach.

«Also ja», sagte meine Mutter. «Vergiss den anderen Scheiß.»

Sie hatte die ganze Zeit angepisst ausgesehen, und sie sah auch jetzt noch angepisst aus, aber auch ein wenig überrascht. «Du bist also verliebt, ja? Und ist das Mädchen – sie auch in dich?»

Ich schüttelte den Kopf (für Tatjana) und zuckte die Schultern (für Isa).

Meine Mutter wurde sehr ernst, schenkte sich noch ein Glas ein und warf auch die leere Whiskyflasche in den Pool. Dann umarmte sie mich. Sie riss die Kabel vom DVD-Spieler raus und schleuderte ihn ins Wasser. Es folgten die Fernbedienung und der große Kübel mit der Fuchsie. Eine riesige Fontäne spritzte über dem Kübel hoch, dunkle Sandwolken stiegen an der Einschlagsstelle auf, und rote Blütenblätter schwammen auf den Wellen.

«Ach, ist das herrlich», sagte meine Mutter und weinte. Dann fragte sie mich, ob ich auch was trinken will, und ich sagte, dass ich wahrscheinlich lieber auch irgendwas in den Pool werfen würde.

«Hilf mir mal.» Sie ging zur Couch. Wir schleppten die Couch zum Beckenrand. Sie machte eine Eskimorolle und dümpelte dann mit den Füßen nach oben knapp unter der Wasseroberfläche. Meine Mutter kippte den runden Tisch in die Senkrechte und ließ ihn in einem großen Halbkreis über die Terrasse rollen. Er fiel ganz hinten ins Wasser. Als Nächstes nahm sie die Chinalampe auseinander, setzte sich den Schirm auf den Kopf und beförderte den Lampenfuß wie ein Kugelstoßer in den Pool. Fernseher, CD-Ständer, Beistelltischchen.

Meine Mutter knallte gerade einen Champagnerkorken über die Terrasse und hielt sich die sprudelnde Flasche an den Mund, als der erste Polizist um die Ecke kam. Er zuckte zusammen, entspannte sich aber sofort, als meine Mutter den Lampenschirm abnahm und damit grüßte wie d'Artagnan mit seinem Federhut. Sie konnte sich kaum noch auf den Beinen halten. Ich stand am Beckenrand, den großen Couchsessel auf den Armen.

«Die Nachbarn haben uns informiert», sagte der Polizist.

«Diese Scheiß-Stasi-Kacker», sagte meine Mutter und setzte den Lampenschirm wieder auf.

«Wohnen Sie hier?», fragte der Polizist.

«Allerdings», sagte meine Mutter. «Und Sie befinden sich auf unserem Grundstück.» Sie ging ins Wohnzimmer und kam mit dem Ölgemälde wieder raus.

Der Polizist sagte irgendwas von Nachbarn, Ruhestörung und Verdacht auf Vandalismus, und währenddessen hob meine Mutter den Ölschinken mit beiden Händen über den Kopf und segelte damit wie ein Drachenflieger in den Pool. Das konnte sie noch immer so gut wie früher. Sie sah toll dabei aus. Sie sah aus wie jemand, der wirklich nichts lieber macht auf der Welt, als unter einem Ölschinken in einen Pool zu segeln. Ich bin sicher, die Polizisten wären mit Begeisterung hinterhergesegelt, wenn sie nicht zufällig im Dienst gewesen wären. Ich jedenfalls ließ mich mit dem Couchsessel vornüberfallen. Das Wasser war lauwarm. Beim Untertauchen spürte ich, wie meine Mutter nach meiner Hand griff. Zusammen mit dem Sessel sanken wir zum Grund und sahen von da zur schillernden, blinkenden Wasseroberfläche mit den schwimmenden Möbeln obenauf, dunklen Quadern, und ich weiß noch genau, was ich dachte, als ich da unten die Luft anhielt und hochschaute. Ich dachte nämlich, dass sie mich jetzt wahrscheinlich wieder Psycho nennen würden. Und dass es mir egal war. Ich dachte, dass es Schlimmeres gab als eine Alkoholikerin als Mutter. Ich dachte daran, dass es jetzt nicht mehr lange dauern würde, bis ich Tschick in seinem Heim besuchen konnte, und ich dachte an Isas Brief. Auch an Horst Fricke und sein Carpe diem musste ich denken. Ich dachte an das Gewitter über dem Weizenfeld, an Pflegeschwester Hanna und den Geruch von grauem Linoleum. Ich dachte, dass ich das alles ohne Tschick nie erlebt hätte in diesem Sommer und dass es ein toller Sommer gewesen war, der beste Sommer von allen, und an all das dachte ich, während wir da die Luft anhielten und durch das silberne Schillern und die Blasen hindurch nach oben guckten, wo sich zwei Uniformen ratlos über die Wasseroberfläche beugten und in einer stummen, fernen Sprache miteinander redeten, in einer anderen Welt – und ich freute mich wahnsinnig. Weil, man kann zwar nicht ewig die Luft anhalten. Aber doch ziemlich lange.

Wolfgang Herrndorf, 1965 in Hamburg geboren, hat Malerei studiert und unter anderem für die «Titanic» gezeichnet. 2002 erschien sein Debütroman «In Plüschgewittern» (rororo 25883), 2007 der Erzählband «Diesseits des Van-Allen-Gürtels» (rororo 24777) und 2010 der Roman «Tschick» (rororo 25635), der zum Überraschungserfolg des Jahres avancierte. Wolfgang Herrndorf wurde u. a. im Jahre 2011 mit dem Deutschen Jugendliteraturpreis sowie im darauffolgenden Jahr mit dem Preis der Leipziger Buchmesse für den Roman «Sand» ausgezeichnet.

Das für dieses Buch verwendete FSC®-zertifizierte Papier
Lux Cream liefert Stora Enso, Finnland.